HOMEM MÉDICO

Fernando Nobre

HOMEM MÉDICO

Um romance que retrata o sucesso
e o fracasso, o prazer e a decepção

SÃO PAULO, 2023

Homem médico – Um romance que retrata o sucesso e o fracasso, o prazer e a decepção
Copyright © 2023 by Fernando Nobre
Copyright © 2023 by Novo Século Ltda.

EDITOR: Luiz Vasconcelos
COORDENAÇÃO EDITORIAL: Silvia Segóvia
PREPARAÇÃO: Christiane Curioni
REVISÃO: Deborah Stafussi
DIAGRAMAÇÃO: Manoela Dourado
CAPA: Ian Laurindo

Texto de acordo com as normas do Novo Acordo Ortográfico da Língua Portuguesa (1990), em vigor desde 1º de janeiro de 2009.

Dados Internacionais de Catalogação na Publicação (CIP)
Angélica Ilacqua CRB-8/7057

Nobre, Fernando
　　Homem médico : um romance que retrata o sucesso e o fracasso, o prazer e a decepção / Fernando Nobre. -- Barueri, SP : Novo Século Editora, 2023.
　　288 p.

ISBN 978-65-5561-634-7

1. Ficção brasileira 2. Médicos - Ficção I. Título

23-5172   CDD B869.3

Índice para catálogo sistemático:
1. Ficção brasileira

Alameda Araguaia, 2190 – Bloco A – 11º andar – Conjunto 1111
CEP 06455-000 – Alphaville Industrial, Barueri – SP – Brasil
Tel.: (11) 3699-7107 | E-mail: atendimento@gruponovoseculo.com.br
www.gruponovoseculo.com.br

Dedico este livro aos três grandes valores da vida:
Aos meus familiares, em todos os planos que habitam.
Aos meus amigos, sem os quais a vida é vazia e insossa.
À Medicina: ciência e arte que me fez ser a pessoa que me fiz.

*Agradeço a tantos e todos que me incentivaram
e ajudaram na concretização desse romance.
Meu agradecimento especial ao amigo
LUIZ ROBERTO KAYSEL CRUZ pela inestimável
colaboração para que este livro fosse publicado.*

SUMÁRIO

Apresentação, 11

Prefácio, 17

Carta ao meu amigo, 21

1. Um dia de decepção, 25

2. O desejo de ser médico, 43

3. O exercício da Medicina, 69

4. O medo de adoecer e a arte de curar, 95

5. De novo... As emoções do amor, 125

6. A vida como ela foi: para Reinaldo e Solange, 169

7. Espiritualidade na Medicina, 199

8. O poder da comunicação, 225

9. Entre a ética, a moral e a lei, 245

10. Missão cumprida!, 261

Bibliografia consultada, leitura recomendada, 281

APRESENTAÇÃO

Homem médico é um romance, pois tem uma narrativa com um protagonista – Dr. Reinaldo – e outros núcleos com histórias paralelas, mas ligadas ao personagem principal. Assim, atende à conceituação formal literária do que seja uma obra romanceada. Também é uma profunda reflexão sobre as características do que se espera, e deseja, do comportamento do homem, detentor do poder e do privilégio de estabelecer os seus valores, suas crenças, suas atitudes, seus conceitos éticos e morais, de acordo com o seu livre-arbítrio. Dr. Reinaldo é um médico de bom caráter, centrado em sinceros propósitos para exercer a profissão que, na tenra idade, ele já sabia ser o seu destino. O seu mais forte desejo.

Passa por momentos de alegria e realizações, mas também por frustrações e decepções, tanto no exercício da Medicina como na vida pessoal, afetiva, diante dos desafios que o viver impõe independentemente do desejo de quem vive.

As relações no exercício da Medicina, as quais determinam o solene contexto da sua prática, calcada nos mais elevados valores que priorizam o atendimento, o conforto, a orientação e a compreensão dos problemas dos assistidos, são a essência dessa obra.

Em tempos de relações interpessoais conturbadas e não sustentadas por princípios que glorifiquem a prática da Medicina e, por conseguinte, o seu praticante, essas reflexões, a narrativa do romance e as análises das reflexões coadunam-se para enriquecer a compreensão do homem personagem e do ser médico.

Dr. Reinaldo – que desde muito cedo guardou o encantamento pela Medicina e a paixão pelo ofício do médico – viveu as oportunidades e as frustrações que o fizeram chegar às projeções mais elevadas para atingir, no presente, a consolidação de seus objetivos. Como sempre, pautou suas ações pela forma de aplicação das técnicas para diagnosticar doenças e pela paixão por cuidar das pessoas ao tratá-las. Tornou-se, assim, um exemplo de profissional – não um semideus, condição que ele sempre rechaçou com veemência, mas com uma personalidade forte e definida naquilo que fez, da forma como sempre agiu.

Em sua longa carreira, defrontou-se com doentes e doenças, enfermidades e enfermos. Soube sempre diferenciar uns dos outros: doença como anormalidade da estrutura e função dos órgãos e sistemas corporais, como um infarto do coração. Doença apresenta evidências biológicas, físicas e químicas, não lidando com fatores pessoais, culturais, sociais e espirituais da saúde debilitada (mais bem percebidos sob a perspectiva da enfermidade).

Por outro lado, conceitualmente, enfermidade é a resposta subjetiva do paciente ao não se sentir bem, ou seja, doença é algo que um órgão tem; enfermidade é aquilo que a pessoa sente, a resposta subjetiva ao fato de não estar bem, envolvendo comportamento, enfrentamento ou relacionamentos. É a perspectiva do paciente, pouco valorizada na Medicina puramente técnica, lamentável e frequentemente, a mais praticada. Os enfermos padecem de enfermidades, de sentimentos comprometidos, e possuem visões alteradas sobre a vida. Em geral, voltadas ao mal. Necessitam, por isso, da fala mansa, concisa e confiante, que conforta, que acalenta. Necessitam do tratamento pelos sentidos e dos sentimentos; não apenas dos tratamentos medicamentosos convencionais, mas daqueles que só a afeição pelo seu igual, a compreensão e, sobretudo, a percepção do que está emocionalmente alterado podem determinar: a cura. Missão de todos, exercida por poucos.

O conceito de saúde da OMS (Organização Mundial da Saúde), definido como o completo bem-estar físico, psicológico, social e espiritual, é profunda e extensamente apresentado e avaliado neste livro, em vários momentos e circunstâncias.

Dr. Reinaldo, em sua prática médica, depara-se, nessa narrativa, com vários casos que trata com sucesso, porém outros têm resultados decepcionantes. É o que ocorre na vida em geral: um misto de glórias e de frustrações.

São situações hipotéticas, criadas nesse texto, porém encontradiças na vida real. Pelo fato de deter o conhecimento para diferenciar essas duas circunstâncias: doentes e enfermos, doenças e enfermidades, criadas nesse romance e avaliadas em várias reflexões do autor e constantes na literatura, ele se torna um médico de sucesso, solicitado a contribuir em várias ocasiões e situações peculiares. Seu sucesso não decorre mais do que de uma forma humanística e afetiva de ser homem e médico: diferenciar enfermidade como sendo o que leva o paciente ao médico, o que ele sente, e doença o que efetivamente tem após a consulta!

Fica explícito que, para ser um médico completo, ele há de se ocupar do físico e do espírito.

Dr. Reinaldo optou por tratar doentes e enfermos e não doenças e enfermidades. Para ele, vem primeiro o homem, depois as alterações, de quais sortes forem na sua vida.

Sentimentos e pensamentos positivos e negativos compõem a personalidade das pessoas, o modo como elas são e agem, reagem e respondem aos estímulos que continuamente a vida lhes oferece. Tanto na saúde como nas doenças e enfermidades, esses sentimentos têm e deixam uma marca em cada pessoa. Nos saudáveis, os pensamentos e sentimentos negativos podem concorrer para o aparecimento dos distúrbios, levando às alterações físicas, químicas e emocionais, determinando piora expressiva naqueles já acometidos por essas condições.

Os pensamentos e sentimentos negativos, como raiva, ódio, pessimismo, vaidade, ingratidão, ressentimento, ruminação, desejo de vingança, egoísmo e intolerância, determinam, e mantêm, distúrbios hormonais e bioquímicos que causam aumento dos batimentos cardíacos, da pressão arterial, dentre outras indesejáveis alterações no organismo. Determinam mais ansiedade, depressão e respostas maléficas. Os sentimentos e pensamentos positivos, por sua vez, resultam em produção de substâncias que geram bem-estar, disposição, reações de aceitação e enfrentamento às adversidades, como endorfinas, dopamina, serotonina. São exemplos: perdão, honestidade, autodisciplina, altruísmo, humildade, gratidão, otimismo, solidariedade, empatia, tolerância, paciência e calma. Enquanto os primeiros causam mal, os outros determinam completo refazimento de bom estado psíquico, físico, emocional e espiritual; o conceito pleno de saúde da OMS!

Os sentimentos e pensamentos são das pessoas e refletem o que elas são.

Podemos estabelecer que os bons pensamentos e sentimentos fazem o nosso espírito viver em harmonia com o meio, os outros e nós mesmos. É como caminhar pela manhã com o respingado da relva pelo orvalho da noite ainda acariciando as plantas, com as suas formas caprichosamente esculpidas pela natureza, a brisa suave afagando o rosto, o perfume das flores a nos impregnar as narinas e o tato tocando o nada para sentir o tudo. Todos os sentidos em perfeita harmonia. Em constante bem-estar. Uma manhã de primavera povoando os nossos sentidos e sentimentos.

Os sentimentos e pensamentos negativos nos fazem sentir como caminhando pela noite escura, que nos retira a visão; são como ensurdecedores trovões importunando os nossos ouvidos. Céu escuro, negras nuvens, ausência do fascínio da Lua, sem estrelas no firmamento, sem beleza. O vento rude como que açoitando a pele e, quando tateado, não refrigera, mas fere.

São como temporais, que assim se manifestam.

Por fim, este livro objetiva ser uma reflexão contida e expressa naquilo que deve fazer o médico para seus assistidos e naquilo que os assistidos esperam, idealizam e desejam de seus cuidadores.

Pelo livre-arbítrio dos homens, e dos médicos, fica a escolha de como ser, da forma como agir.

Espero que, mais do que uma leitura agradável e fluida, como romance que é, e as reflexões sobre a vida, a vivência e o respeito por ambas, ele atenda às expectativas criadas nessa apresentação.

Homem médico não é uma autobiografia, embora tempos e fatos de minha vida sejam divididos, em vários momentos, com personagens, especialmente Dr. Reinaldo, no andamento deste livro.

Se não é exatamente a minha vida, é a de muitos médicos com suas glórias e decepções, acertos e erros, vitórias e derrotas.

Como é na Medicina. Como é na vida.

Fernando Nobre

PREFÁCIO

A vida é um grande contrato de risco cujas cláusulas mais importantes não estão e nunca estiveram definidas.

Ninguém em sã consciência assinaria um contrato se as cláusulas não estivessem claras, porque pode ocorrer uma série de demandas, disputas e processos capazes de comprometer os bens e a integridade psicossocial de uma pessoa. Mas, por mais paradoxal e inacreditável que seja, todos nós entramos na jornada da vida assinando um contrato de altíssimo risco sem garantia alguma de que venceremos! Concorremos com 40 milhões de participantes sem qualquer treinamento prévio, na fagulha inicial da aurora da existência!

Quando? Quando éramos uma célula incompleta, um espermatozoide desesperado pelo direito à vida! E tivemos de ser os maiores alpinistas da história, os maiores maratonistas do mundo e os mais notáveis nadadores do planeta para alcançarmos o alvo e fecundarmos o óvulo!

Fomos espermatozoides super-heróis, super-resilientes, super teimosos, sem consciência intelectual, mas com uma carga genética arrebatada pela esperança de vencer a jornada da existência! Mas, infelizmente, há centenas de milhões de pessoas, em destaque jovens de todas as nações, que gritam "Que droga de vida", "Eu não pedi para nascer", sem saber que lutaram dramática e intensamente para viver. A cada quatro segundos, alguém pensa em suicídio, e a cada 40 segundos alguém consegue desistir de viver, sem conhecer sua verdadeira biografia, sua vontade louca de respirar, existir e ser quando suas chances eram próximas de zero! Ah! Se essas pessoas soubessem quanto lutaram pela vida, seriam resilientes, mais empoderadas e muito mais autoras da própria história, sabendo que qualquer contrariedade, crise, fracassos e até mesmo a maioria das enfermidades são riscos diminuídos em relação aos inenarráveis riscos que correram quando se arriscaram na mais acidentada e complexa disputa!

Em muitos países em que são publicados meus livros, tenho afirmado que, na realidade, toda pessoa que pensa em morrer tem sede e fome de viver!

E todos os médicos, quando atendem um paciente, têm de saber que não estão tratando um órgão doente, mas um ser humano único que batalhou pela vida e ainda está lutando ansiosamente por ela, reitero, até quando pensa em morrer, pois todo pensamento é uma homenagem à vida, pois só a vida pensa!

Há um desejo irrefreável pela continuidade do processo existencial e pelo desbloqueio das amarras que o impedem, como a dor e a angústia.

E meu dileto amigo e ilustre médico cardiologista Fernando Nobre captou esses fenômenos em seu importante livro *Homem médico*. Como ele mesmo descreve, a enfermidade é o que paciente sente, mas o enfermo é o que o paciente é, a sua essência, a sua personalidade integral! Os sintomas, como taquicardia, dispneia, cefaleia e uma série de alterações metabólicas, deixam de ser apenas sintomas para serem um grito de alerta para o **ser humano** fugir da situação de risco como se estivesse clamando: **por favor, cuide-se**. Não morra!

Fernando Nobre tem consciência, como médico brilhante e escritor arguto, de que assinamos o maior de todos os contratos de risco! E sabe que a impressibilidade é intrínseca, que sucessos e fracassos, riscos e lágrimas, aplausos e vaias, saúde e doenças fazem parte da nossa historicidade.

Ele, no fundo, quer mostrar, neste livro, para médicos e todos os demais leitores, o que comentei há pouco: que cada ser humano é único, irrepetível e insubstituível, não é mais um órgão a ser tratado, ou um diagnóstico a ser feito, mas um ser humano complexo e completo, independentemente de raça, status, sexualidade, cultura! De fato, cada paciente é uma pérola viva no teatro da existência e, dependendo do grau de comprometimento dos sintomas, inclusive o sofrimento pelo futuro, a asfixia, a angústia, isso retira o oxigênio da liberdade, do prazer de viver e da capacidade de lutar pela própria vida!

Dr. Reinaldo, o protagonista deste livro, é um médico que dá um significado fascinante à profissão, faz da sua história uma jornada para tratar do ser humano. E se cardiologistas, pneumologistas, neurologistas, clínicos gerais e todos os médicos de todas as especialidades não valorizarem o ser humano por trás da dor física e dos sintomas psicossomáticos e psíquicos, como geralmente acontece, eles estarão despreparados para serem notáveis médicos, sacerdotes da vida. Ficarão reféns dos exames e medicamentos, que são importantes, mas se esquecerão do essencial, de entrar em camadas mais profundas do ser que está à sua frente! Triste, muito angustiante, saber que a Medicina está cada vez mais racionalista, cartesiana, organicista, que despreza a complexidade do psiquismo humano e os fantasmas mentais, que assombram cada criança, jovem, adulto e seres da melhor idade.

Ainda bem que há pessoas como Dr. Fernando Nobre que querem ajudar a resolver esta equação existencial!

Bem-vindos ao livro *Homem médico*.

Augusto Cury
Médico psiquiatra e escritor

CARTA AO MEU AMIGO

A vida imita a arte ou a arte imita a vida?... Desde os tempos trágicos, entre as arenas e a guerra, deuses e heróis, templos e mares, capitéis, colinas e videiras, eis a pergunta a desafiar pedras, silêncios e civilizações... O amigo me indaga, inspirado na arte tão longa que zomba de nossas vidas tão breves, sobre o valor de vossa trajetória transmutada em arte e palavra, na narrativa autobiográfica, pontuada aqui e ali de imaginário e poesia, cheiro de terra orvalhada, manhãs bucólicas, canteiros de dálias, arroios cristalinos e canto de passarinhos... afinal, as mentiras risonhas é que nos salvam do infinito tédio que seria a existência desprovida de sonhos.

Mas como responder a tudo isso isento do encantamento feiticeiro da amizade?... Como avaliar com rigor a obra do amigo, se a amizade tudo envharacterniza de tonalidades solares e faz correr para a beira do mundo a sisudez da técnica envergada ao peso esmagador da crítica formal?...

Impossível, amigo, um parecer imparcial, posto que, na planície fecunda da amizade, todo olhar, já de velho, é indulgente e temperado no azeite da simpatia e da benevolência. E, assim, tudo o que vem do amigo, e de vosso coração e de vossa alma e de vossas mãos e de vosso canto, coteja doçura e convida ao acalento de vossa morada.

A leitura crítica que vós me solicitais deve ser delegada aos desconhecidos de olhar asséptico, distantes do campo afetivo do artista, descontaminados de amor, estagiários das torres de marfim da análise literária, não raro impregnadas de fastio, azedume e de determinações de ocasião.

Foi assim, pois, amigo, na tonalidade maior da admiração respeitosa que vos devoto, que adentrei os labirintos de vossa história. E pelas mãos de vosso alter ego, Doutor Reinaldo, caminhei peregrino por velhas veredas, por fazendas e moirões, antigas salas de aula, joelhos esfolados, patriarcados ancestrais, enfermarias rescendendo a éter e iodo, cirurgiões hieráticos e sensações de um mundo que se perdeu nos longes da memória, em anciões corredores povoados de sombras e claridades, esperanças, sussurros e lamentos...

Desfilaram por mim, no horizonte de vossas evocações, Cláudia e Solange: o onírico primeiro amor e a potência da mulher companheira, ambas valsando entre as ilusões e a paixão, o desejo e a culpa, a estabilidade e a aventura. Sem dizer das centenas de pacientes em sofrimento, seus familiares e amigos... enfim, vidas transitando entre a maternidade e o necrotério, na terceira margem do rio a que chamamos **hospital**, paixão inquestionável de vosso protagonista, cenário em que o humano, subtraído de sua saúde e de sua cotidianidade, órfão de estabilidades, vai ao encontro da consciência de sua transitoriedade irremediável, ponto de partida para a constituição possível de sentidos inusitados e autênticos na teia movediça do existir em direção à morte.

Entre o entusiasmo do jovem estudante de Medicina e a serenidade do profissional consagrado, pairam as angústias próprias do homem comum, seus medos, frustrações, ambições, vaidades, dúvidas, erros, quedas, saltos, projetos realizados, e tantos outros abandonados à soleira do caminho. Doutor Reinaldo é um médico que socorre os simples que o ajudam na casa e os que chegam em seu consultório doentes, mais dos afetos e dos humores que dos seus órgãos e tecidos... um terapeuta que a toda hora anseia integrar a ideia de saúde a uma articulação equacionada entre genética, estilo de vida, facticidades, valores, sentimentos e espiritualidade, vaticinando uma Medicina que, oxalá, há de se construir nos próximos séculos.

A narrativa guarda igualmente o mérito de ressaltar a importância da compaixão, da educação, do acolhimento e da empatia como fundamentos universais na tarefa do cuidado. Daí a proposta real de uma "clínica" digna de seu nome, do latim *inclinare*, o movimento de debruçar-se sobre a dor do outro tentando amenizá-la, sair de uma pretensa superioridade e inclinar-se para alcançar o plano de sofrimento em que jaz o próximo no leito da aflição.

E para além da carreira científica, adornada das glórias do mundo, vossa personagem resgata os tesouros inomináveis da convivência pura e singela. Por isso, em Josivaldo, Cícera, Genivaldo, Josicí, Benedito, Cida e Juscelino, encontramos o cortejo da família trans-sanguínea que se vai forjando nas afinidades misteriosas e nas vivências mais simples do enredo existencial, aberturas de olhares novos para os invisíveis do mundo. Nessas clareiras de relações espontâneas e belas, Doutor Reinaldo é solicitado à mesa dos humildes, e comunga, juntamente com a companheira, do pão da solidariedade e do vinho da esperança no cálice da justiça.

Assim, amigo, em se vislumbrando a vossa história, os leitores atentos e de boa vontade, e em especial o médico aprendiz, garimparão, entre um tempo e outro, pistas luminosas na edificação de seus altares pessoais. Vossas citações de pensadores e luminares, pinçadas com esmero e cravejadas de sabedoria, a emoldurar os parágrafos da narrativa, estabelecem a atmosfera adequada ao caráter pedagógico que se insinua desde as primícias do texto até o epílogo moralizante, guardião dos altos propósitos que aqueles que abraçam o ofício da Medicina devem lograr.

Destarte, caríssimo amigo, que vos devo asseverar, e aqui registrar, sem viés laudatório algum, que contemplo, em vossa obra romanesca, o coroamento de uma biografia em que o homem, o cidadão, o cientista, o professor, o médico, o cronista, o jornalista, o pai e esposo e avô, o amigo, mas sobretudo o poeta, se abraçam num entroncamento criativo e substancial. Vosso livro traz a sublimidade da vida na luta por ideais superiores, em busca do deslumbramento do espírito entre o pranto e o sorriso, o nascer e o morrer, no que há de mais belo e transcendente entre o sagrado e o prosaico de nossas experiências no mundo.

Que ele faça boa carreira.

André Bordini
Advogado, psicólogo e escritor

1
UM DIA DE DECEPÇÃO

Entre o sucesso e o fracasso, o prazer e a decepção. Exercício da Medicina e a vida de um médico dedicado.

O espelho nunca me reflete igual,
Em cada instante sou diferente.
É uma verdade cabal.
Tudo mudando frequente.
...
O espelho sempre mostrou
O que me agrada e o que me atinge
Exatamente como estou
Posso fingir, mas ele não finge!

Reinaldo chegou em casa por volta de dez e meia da noite, como não era raro acontecer.

O caminho entre o hospital, onde estava, e a casa, para onde foi, pareceu-lhe muito mais longo que o usual. Quase interminável.

Estava tomado por grande emoção, entristecido e pensativo, um estado emocional que acomete as pessoas que têm sentimentos puros.

Veio mais lentamente, observando o céu de chuva, porém ainda sem ela, de cor cinza forte, dada ao negro. Havia raras estrelas, na ausência do fascínio da Lua, que não era mais do que uma mancha clara no negro céu, sem exercer o fascínio que tem sobre a noite e as pessoas.

O trajeto permitia-lhe contar os postes de estilo antigo e as luminárias alinhadas a cada um dos lados da rua, piscantes pelo vento ora mais forte. Dava para observar, sem perda de detalhes, as árvores, cujas folhas balançavam freneticamente como que açoitadas pelo mesmo vento que criava o efeito de piscar das luzes. Raras e assustadas aves misturavam-se às folhas balançantes apoiadas em ramos frágeis e inquietos, emitindo ruídos quase que angustiantes como que acometidas do pavor que a noite usualmente lhes impõe.

Ruídos de animais notívagos destacavam-se mais do que usualmente se ouvia.

Pessoas absortas sabe-se lá por quais pensamentos circulavam com um andar apressado e intuitivo, como se estivessem antevendo a mudança de tempo que se delineava no horizonte que parecia bem perto. Cansadas? Mais do que isso, exaustas? Desesperançadas por uma lida diária muito mais cansativa que compensadora?

Outras circulavam com semblante descontraído, aparência feliz. Otimistas? Resilientes?

A rua e as pessoas que nela passam refletem um sumário do mundo, os matizes de comportamentos. Olhando-se atentos para elas no seu frenético e constante fluxo, é possível ter-se uma visão do mundo no qual vivem.

Os desafios que a vida impõe são esse misto do bem e do mal, do que nos alegra e daquilo que nos aflige. O tempo vai ensinando, aos que estão afeitos a aprender, que encontrar o equilíbrio entre esses dois grandes grupos de sentimentos é a sabedoria de viver.

Os pensamentos, divididos em dois grandes sentimentos, definem a vida de cada um entre o equilíbrio daqueles positivos e dos negativos, cada um exercendo seus implacáveis efeitos, igualmente positivos e negativos.

Reinaldo vinha pelas ruas, fazendo parte das pessoas que povoam o mundo e nossas imaginações. O pensamento estava fixo por onde ele passava, mas principalmente pelo que tinha passado naquele dia de trabalho intenso. Conturbado.

Embora o trajeto lhe fosse familiar, pela frequência diária com que por ele transitava, parecia-lhe estranho, em detalhes e no conjunto, naquele preciso momento.

Quando fortes emoções lhe roubavam a paz de todos os dias, confundiam o agradecimento que ele sentia a cada fim de jornada ao ter concluído mais uma tarefa, mais um comprometimento que ele havia proposto à sua vida e para o bem daqueles com quem dividia os seus propósitos de trabalho.

Dirigia com redobrada cautela, reconhecendo que os sentidos estavam comprometidos pelas emoções que experimentava. Parecia contido por forças que o impediam de imprimir mais velocidade ao carro. Assim, vinha mais lento e consumia mais tempo para percorrer aquele trajeto que, naquele momento, parecia-lhe infindo.

As reflexões, como costuma ocorrer em momentos como esses, remetiam-se a tempos passados. Lembrava-se de épocas na faculdade de Medicina, que ele cursou com entusiasmo só comparável ao que agora ele sentia exercendo a profissão de médico.

Havia um sentimento de gratidão que não lhe permitia esquecer tudo que recebera ao longo do tempo e que acumulara nessa vivência escolhida por destino e desejo.

Absorto nesses pensamentos, rememorava os casos complexos com os quais havia se envolvido nos tempos de estudo e residência médica e que marcaram a sua formação. Todos tinham uma característica especial: eram divididos, nas suas dificuldades de diagnóstico e tratamento, com experientes professores, com os quais também dividia os méritos das curas, a satisfação do agradecimento dos pacientes e, em algumas vezes, os revezes do insucesso.

Tudo isso, naquele lapso de tempo, passava como filme em rápida projeção por sua mente. Imagens entrecortadas por pensamentos ora redundantes, ora interrompidos, sem conclusão.

Pensava exaustivamente sobre como é complexo o exercício da profissão que ele abraçara por vocação e destino, desejo e admiração desde tenra idade.

As características que cercam a prática da Medicina em geral e em sua vida em particular, sempre as considerou como desafios a serem vencidos e batalhas a serem ganhas. Tinha plena convicção de que o sucesso é decorrente de luta fortemente travada, trabalho árduo, e o fracasso nem sempre acontecia por falta desses valores.

Era uma relação indissolúvel do homem que ele se fizera e do médico que se tornara.

Não podia deixar de agradecer à Medicina, que o tornara essa composição de homem e médico: os sentimentos do homem íntegro e as responsabilidades do médico voltado aos mais nobres princípios que a profissão exige e impõe.

Procurava, sem sucesso, em seus guardados da memória, algum caso de dor abdominal intensa em paciente de "meia-idade" que ele tivesse visto e cujo desfecho tivesse acompanhado.

Teria ele vivido algo semelhante que não se lembrava?

De imediato, disse a si mesmo:

– Se tivesse tido essa experiência, ela não guardara peculiaridade alguma para ser lembrada.

O que nos marca não é esquecido!

● ● ●

Exausto, como costumava ocorrer, especialmente naquela hora da noite, chegou em casa e deixou a maleta com estetoscópio, aparelho de pressão, pequena lanterna, martelo para observar reflexos neurológicos e receituário que estampava ao alto Dr. Reinaldo da Cruz Albuquerque e, logo abaixo, em exata e simétrica divisão de espaço: Médico – Clínico Geral.

Com semblante circunspecto, reconheceu o ambiente como se fosse a primeira vez que ali estivesse. Isso era, na realidade, uma forma de, pela retina, encontrar consolo, conforto e segurança naquele local que lhe acalmava a alma e reconfortava o corpo.

Olheiras refletiam o cansaço do dia de trabalho e da noite anterior maldormida. Como sempre, deitava-se tarde e acordava muito cedo para cumprir o ritual de preparo para o trabalho. Fazia isso como rotina e prazer: rotina pela necessidade e prazer pelo trabalho, que ele exercia com satisfação.

A roupa estava amarrotada, com uma leve mancha aqui e ali sobre o alvo avental, que dava proteção às vestes e configurava respeito à profissão.

O rosto denotava cansaço pelo trabalho estafante do dia e o olhar reluzia a satisfação de estar no aconchego da casa e com o carinho da esposa.

Não se vestia com luxo, mas cuidava da aparência, começando pelos trajes sempre elegantes com roupas leves e avental impecavelmente bem passados, de tecidos finos.

Fazia questão absoluta de estar, diariamente, bem barbeado e com cabelos impecavelmente penteados.

Considerava esses cuidados como um necessário respeito àqueles de quem cuidava. Tinha velada repreensão pelos pares que não atendiam a esses importantes cuidados pessoais.

● ● ●

Solange recebeu-o com um reconfortante e carinhoso sorriso, acompanhado de "Boa noite, querido": reconhecimento pelo trabalho que ele fazia, já havia alguns anos, e que ela admirava e reconhecia por todos os méritos que guardava.

Não só por isso, mas também, e especialmente, pelo amor incondicional que tinha pelo marido, considerado homem de excepcional caráter e médico exemplar, exercendo uma Medicina raramente observada, especialmente nos tempos em que imperam os valores materiais sobre os afetivos.

Por isso, ela costumava referir-se a Reinaldo, valorizando a sua posição de homem íntegro e profissional dedicado, como: meu homem médico. Homem pelo caráter que deve ser apanágio do ser humano de boa índole, médico pela dedicação, além de muitas outras características igualmente elevadas e dignas que tinha na sua profissão.

Psicóloga por formação, compreendia seu trabalho ardoroso e sua dedicação à profissão, expressa fundamentalmente pelo comprometimento técnico e afetivo com os pacientes que lhes eram destinados a cuidar. Pelos anos vividos juntos, formou a clara ideia de quanto era desgastante para o físico o trabalho dele, mas, por outro lado, quanto era reconfortante para a alma.

Um beijo na fronte seguiu-se, beijo que ele sempre recebia dividido entre o prazer pelo significado e a preocupação por ainda trazer os resquícios do ambiente de consultório e hospital que ele tinha frequentado por todo o dia.

— Fico mais tempo nesses dois ambientes que em casa — dizia, mas sem arrependimento pelos motivos que o obrigavam a isso, embora com algum aborrecimento, pelo tanto que lhe eram importantes sua casa e a esposa.

Solange trajava um vestido de cortes retos que, mesmo assim, eram capazes de delinear o corpo de silhueta atraente, sobre o qual pendiam cabelos castanhos, lisos, bem cortados e igualmente bem penteados.

A face discretamente maquiada era um convite à observação mais atenta, com destaque para os olhos cor de mel que, em contraste com a pele morena, destacavam-se mais do que todos os outros que têm essa mesma característica.

Uma suave fragrância de perfume dava-lhe agradável aroma, sem ser pouco, que não percebido, nem tão intenso, que incomodasse.

O tempo parecia não ter passado para ela, como várias vezes Reinaldo, entre encantado e galanteador, costumava dizer.

Ela guardava sempre um equilíbrio de sentimentos e sabia quantificar todos eles, ainda que o momento lhe exigisse que um se sobrepusesse ao outro.

Apesar de todo o estresse que ele passara durante o dia de trabalho e da angústia que se abatia sobre ele, não conseguiu deixar de observar essa mulher encantadora que ele tinha, há anos, como esposa, companheira e amiga.

A esse eterno encantamento, mantido em todos os tempos, mesmo nos mais difíceis, cada um poderia dar o nome que quisesse, mas Reinaldo sempre o definiu como amor.

● ● ●

O jantar estaria, em breve, à mesa, com alimentação frugal, de acordo com seus hábitos e pertinente ao horário, já muito próximo do merecido repouso que se avizinhava.

Ele compartilhava com a querida esposa vários anos de respeitoso e afetivo convívio, uma história repleta de boas lembranças, como as de um namoro iniciado em tenra idade, noivado quando da formatura, reunindo duas aspirações superiores conseguidas no mesmo momento.

Ao casamento, sem grandes pompas, faltou sofisticação com a qual muitas vezes esse momento reveste-se, mas com excesso de alegrias e prazeres. Estavam presentes parentes próximos e apenas amigos de todos os momentos que haviam participado de outra conquista: a conclusão dos anos de residência em clínica geral. Alguns muito considerados professores que lhe marcaram as conquistas daqueles tempos de formação médica e pessoal juntaram-se a ele e Solange naquele tão especial momento.

Naquele tempo, delineava-se uma vida de trabalho árduo, conquistas, aprendizados, alegrias e decepções, como a vida sempre nos impõe. Entretanto, neste momento, podia-se perceber um Reinaldo diferente daquele de todos os dias, tantos deles juntos vividos. Era como se toda essa longa e edificante história de vida, unindo ambos em afeto, carinho e consideração, tivesse pouco significado.

O olhar estava absorto, distante dali, onde ele, ao chegar, sempre relaxava e encontrava o descanso esperado e merecido. Conhecedora de suas características pela sensibilidade típica das mulheres em geral e, em particular, dela, pelo amor, não quis aborrecê-lo com indagações prematuras e imediatas, sugerindo o relaxante banho que se seguiria do jantar sempre acompanhado da melhor conversa sobre o que tinha ocorrido com ambos ao longo do dia: seus sentimentos, em reflexões como prece, agradecimentos como obrigação por tantos bens e fé no presente e nos dias que viriam.

Não muito tempo passado, ele retorna e espontaneamente confessa a Solange o terrível dia que tinha passado, suas angústias ainda sendo vivenciadas pelos fatos ocorridos.

● ● ●

Relata, então, à esposa, circunspecto e visivelmente aborrecido:

— Um paciente, ainda jovem, com 52 anos, foi atendido por mim, em meu consultório, no final da tarde, com dores abdominais recém-iniciadas e referidas como de grande intensidade com caráter intermitente.

— O exame clínico não sugeria alterações significativas no abdome, sede da intensa dor — continuou ele. — As características do paciente, sem fator algum que sugerisse alterações compatíveis com doença de maior gravidade, fizeram com que os exames de rotina fossem solicitados e a internação hospitalar, cautelosamente, recomendada. Entretanto, o quadro clínico teve rápida e grave progressão para isquemia mesentérica, cujo diagnóstico costuma ser tardio e a mortalidade muito alta e precoce. Trata-se de uma condição clínica, felizmente, não frequente, mas que, quando presente, tem alta letalidade.

Continuando, disse:

— Em poucas horas, o paciente faleceu enquanto eu o acompanhava atônito e sem condições de fazer por ele aquilo que sempre costumo dar a todos de que cuido: atenção irrestrita, cuidados extremos e respeito pela doença e pelo sofrimento do doente e de seus familiares.

— Fiquei inerte por minutos frente ao seu corpo imóvel, ceifado pela sentença da morte inimiga fatal da vida. Não consegui parar de pensar em seus familiares, filhos, parentes que ficariam, por essa fatalidade, privados de sua presença física.

Solange, atenta e visivelmente solidária à narrativa, ouvia-o com redobrada dedicação.

Então, cada vez mais comovido e envolto nessas reflexões, continuou:

— Senti-me reconfortado ao fazer uma silenciosa prece por aquela alma que, encontrando o seu fim na terra, fora em busca de outra vida em outro plano, como creio acontecer. Surpreendeu-me, então, esse momento em que, tendo falecido um paciente, como outras vezes havia presenciado, tive uma sensação de dor e perda muito intensa.

Descobri que vivenciava um tempo mais voltado ao transcendental e de valorização da vida em todos os seus aspectos, sentimentos e pensamentos. Confesso que nesse muito breve tempo, e diante dessa constatação, fiquei aliviado e feliz por experimentar esse sentimento, por viver tão elevado estado espiritual e de espiritualidade.

– A família foi informada do infortunado desfecho e, junto com ela, experimentei, novamente, o impacto pela triste e inesperada perda – desabafou com sentimento.

– Isso – continuou ele à esposa – fez-me temporariamente desacreditar no meu trabalho como médico e na Medicina que exerço com dedicação e cercado de cuidados. Não consigo compreender a grandeza da morte, nem a fragilidade da vida e dos médicos, ainda que a reconheça como um desfecho esperado desde o nascimento, desfecho que em algum desconhecido e incerto momento ocorrerá. Essa mesma morte que faz parte da vida como manifestação final, que extingue uma existência e que, quando abruptamente ocorre, causa ainda mais tormentos e dores. Embora saibamos ser esse momento que todos nós, um dia, experimentaremos, ela não é aceita, mesmo quando o sofrimento vem imperando e atordoando a existência. Dominá-la e retardá-la pela intervenção dos tratamentos nos faz, como médicos, reconfortados, aproximando-nos de Deus ao mitigar o sofrimento. Perder para ela, ainda que com consciência do bem feito, foi, e será sempre, decepcionante. Essa luta travada contra esse triste desfecho desorienta-me, abalando a fé no que faço e no que esperam que eu possa fazer. Uma sensação de fracasso? Certamente não, mesmo porque a dubiedade dos sentimentos aponta nesse sentido.

– Mas temos duas sentenças a cumprir: a do nascimento e a da morte. Assim sempre será: a alegria do nascimento e a tristeza intrínseca do fim da vida.

● ● ●

Reinaldo precisava saber que, segundo escreveu Marcelo Gleiser, professor titular de Filosofia Natural, Física e Astronomia na Dartmouth College, nos Estados Unidos, fracasso não é um fato necessariamente negativo. Ele pode ser um alerta permanente e poderoso para a busca natural do sucesso, almejado por todos em todos os tempos sejam quais forem as atividades desempenhadas.

> *Só falhamos quando fazemos algo. Só isso já deveria estabelecer o valor do fracasso, pois é relacionado com o esforço que dedicamos a um projeto. Deixar de fazer algo para evitar o fracasso é muito pior, pois representa estagnação, o medo paralisador de falhar. Nas ciências e nas artes, só não falha quem não está engajado em projeto criativo... Sem o fracasso teríamos apenas vencedores sem paciência com aqueles que precisam de um esforço maior para terem sucesso. Aliás, sem o fracasso não teria qualquer valor o sucesso. Se o fracasso foi socialmente mais bem aceito, a arrogância seria mais rara.*

É certo que fracassar não é mais do que aceitar que o objetivo traçado não foi alcançado, que dentre tantas outras ações bem-sucedidas essa foi uma que não deu certo. Não é, como pode parecer, uma falta de atitude positiva de ação coordenada, objetivando uma meta que não foi alcançada. É próprio e necessário para o equilíbrio da vida.

Benjamin Franklin, como tantos outros pensadores e tantas personalidades de todas as áreas de atuação e conhecimento, tem uma reflexão sobre o fracasso que foi expressa da seguinte forma: "O fracasso quebra as almas pequenas e engrandece as grandes, assim como o vento apaga a vela e atiça o fogo da floresta".

Por outro lado, o sucesso, esse tão almejado e pretendido objetivo, desejado por todos, também foi considerado por muitos pensadores, como Gandhi, ao afirmar: "Você nunca sabe que resultados virão da sua ação. Mas se você não fizer nada, não existirão resultados".

Sucesso e fracasso são antônimos? Conceitos e teses em antíteses?

Não necessariamente.

Fracasso tem como sinônimos: frustração, derrota, desastre, desgraça, fiasco, insucesso, malogro, reprovação, revés... enquanto sucesso é considerado bom resultado, êxito, triunfo, vitória, feito, conquista. Observemos que o fracasso tem mais palavras que o expressam que o sucesso.

Será que o homem está mais preparado para um que para o outro?

É possível que o fracasso seja apenas a não obtenção do resultado esperado, enquanto o sucesso seja uma vitória, um êxito. É, entretanto, certo que, em todas as atividades da vida, a Medicina não sendo exceção, um e outro podem ocorrer como espera possível e não infrequente.

O filósofo e romancista francês Charles Pépin, nascido em 1973, considera que, ao buscarmos incessantemente o sucesso sem considerarmos o significado e infalibilidade do fracasso, estamos promovendo uma ameaça à nossa própria vida e plena felicidade. Assim, ele conclui: "Uma sociedade que não aceita erros é doente".

> *É só experimentando o fracasso, o fiasco e a frustração que nos tornamos humanos. Nossa inteligência está justamente na nossa capacidade de analisar e corrigir os erros – e, sendo assim, fracassar se torna mais do que inevitável: se torna fundamental – diz Pépin.*

Ele é autor de uma obra filosófica sobre o assunto, *As virtudes do fracasso*, cuja primeira edição ocorreu em 2016. Dentre outros aspectos, analisa o fracasso de muitos, como Freud, Sartre e Bachelard, que precisaram de uma série de verdadeiros fracassos para alcançar o retumbante sucesso.

> *Negar o fracasso seria o verdadeiro fracasso – e é por isso que ele pode nos ajudar, nos orientar e até servir de combustível para o abandono da obsessão por um tipo de sucesso único. Sua defesa é de que é preciso sempre coragem e originalidade – é preciso fracassar de uma maneira interessante, e assim se estará no caminho para o sucesso de verdade.*

Não é, pois, sem razão – ao contrário, com muita propriedade e sentimento – que o psiquiatra Augusto Cury (1958), escritor de singular sucesso, diz: "Conquistas sem riscos são sonhos sem méritos. Ninguém é digno dos sonhos se não usar as derrotas para cultivá-los".

Entretanto, o sucesso que gratifica de forma imediata a quem o obtém, que é a meta e o desejo de todos naquilo que fazem, que realizam, possivelmente deixa menos lições, menores aprendizados que a falha, apesar das mais nobres intenções. Sucesso, sendo o que se espera, ao ocorrer, não causa impacto. É como se fosse a obrigação realizada com o melhor desfecho obtido.

Não fosse o indesejado fracasso, não haveria estímulo às reflexões, não se imporiam correções, não haveria novos ensinamentos e não se criariam cobranças à mente.

Está, entretanto, o sucesso, muito frequentemente, ligado à sensação de felicidade, de bem-estar. Mas há relatividade no sucesso, como em todas as áreas do conhecimento humano, pois pode ser que ele esteja relacionado à obtenção de um resultado que, embora seja o esperado pelo seu detentor, não seja nem ética nem moralmente aceitável. O sucesso de uma gangue ao assaltar um banco dá imenso prazer de missão cumprida aos envolvidos, mas não é passível de aceitação como um bem ou um desfecho desejável. Assim, melhor o fracasso!

Não há, então, razão para se assumir que o sucesso é a única fonte de satisfação real ou o fracasso uma forma de frustração. Sobre o sucesso pessoal e profissional, Napoleon Hill (1883-1970) foi o pioneiro no estudo do comportamento humano e ainda é, provavelmente, o pensador que mais inspira outros autores nessa área do conhecimento.

Sobre ele, há uma história interessante e desafiadora que retrata como o sucesso pessoal, por meio de suas atividades, pode se iniciar. Aos 10 anos, ele foi abatido pelo falecimento da mãe. Tornou-se um garoto rebelde, intratável, antissocial. Dedicou-se a todos os tipos de comportamento inadequado e agressivo, especialmente com o pai. Alguns anos depois, ao contrair novo matrimônio, o pai, desgostoso com as suas formas de comportamento, apresentou-o à madrasta da seguinte forma:

— Napoleon é a pior pessoa que você pode encontrar. Cuidado com ele. Suas reações e atitudes são, quase sempre, inesperadas e agressivas.

Ela colocou as mãos nos ombros dele e disse:

— Menino, isso não é uma falta grave. Talvez você seja a pessoa mais esperta do mundo e, simplesmente, não estão sabendo o que fazer com a sua inteligência.

Então, abateu-se sobre ele o poder transformador das palavras edificantes. Tornou-se um homem capaz, astuto, de inteligência prática inusual, um articulador brilhante, escritor de grande competência que o fez ser assessor direto de dois presidentes americanos: Woodrow Wilson e Franklin Delano Roosevelt.

Seu pensamento mais edificante para estimular a todos em busca do sucesso concebido como a forma ideal de fazer as coisas é: "O que a mente do homem pode conceber e acreditar pode ser alcançado".

Portanto, faziam sentido as reflexões do Dr. Reinaldo sobre a sua frustração, seu momentâneo e pontual insucesso, porém não deveriam passar de motivo para estimular a mente a pensar com frequência e constância sobre como fazer de sua profissão a sua missão e seu sacerdócio, como não se satisfazer com os méritos sem compreender o poder transformador e edificante das frustrações, os insucessos.

Deveriam os fatos ocorridos ser motivo para novas reflexões e aprendizados.

Assim a vida nos ensina. Assim ela nos encaminha.

● ● ●

Atenta, a esposa continuou ouvindo todo seu lamento e, então, exerceu o papel de companheira e psicóloga, a um só tempo, dando a ele o conforto assim expresso:

— Creio que ser médico é um dom concedido aos homens por Deus para cuidar de um bem que só Ele pode dar e tirar: a vida.

— Você escolheu e foi escolhido para cuidar, consolar, curar e sabe exercer essa tarefa de acordo com o juramento que fez na sua formatura. Segue-o até hoje, muitos anos após, apesar das dificuldades, das exigências que lhe são impostas para cumpri-lo com dignidade. Ninguém melhor que você, Reinaldo, é capaz de saber como se estabeleceu e se definiu a prática ideal da Medicina: algumas vezes curar, aliviar quando possível e consolar sempre.

— Ser médico é abdicar, muitas vezes, dos desejos e interesses pessoais a favor dos de outros, seus semelhantes. É uma doação evangélica ao oferecer aquilo que se espera que seja feito, se necessário. Ao exercer a Medicina, você está colocando, como sempre faz, não só a esperança da cura, mas também, e sobretudo, o desejo de vida nas pessoas de quem cuida, e o desejo de viver é o mais poderoso medicamento para a saúde e contra a doença — continuou Solange com carinho em voz suave, consoladora.

E ainda prosseguiu em suas reflexões: — Chaplin (Charles Spencer Chaplin, ator, escritor, músico, poeta, cineasta), a quem admiro pela ampla capacidade de ter feito bem tudo que fez, definiu que os melhores médicos são: "A luz do sol, o descanso do corpo, o exercício físico, a boa alimentação, a autoestima e o conforto dos amigos".

— Você, ao orientar seus pacientes, aponta-lhes a luz; confortando-os, permite-lhes o descanso do corpo, livre das atribulações; ensinando-lhes o valor do corpo e a importância de seu integral funcionamento, orienta-os para os benefícios do exercício e da boa alimentação; com o amor que lhes devota, dá-lhes também o conforto da amizade e o valor da autoestima. Incute-lhes na alma: a fé no tratamento e a esperança da cura. Esse conjunto de atenções e cuidados pode ser resumido no amor ao próximo e na dedicação à Medicina que você exerce.

— Essa decepção que lhe abate a alma é a marca dos bons, de espírito elevado e voltados estritamente à prática do bem. Você se sente assim, angustiado, porque o sofrimento de outros é o seu próprio infortúnio. Os que não se envolvem com as dores, pessoais e dos outros, não sofrem, mas também não vivem com a plenitude que a vida pode oferecer – concluiu ela.

Jantar servido, espírito acalentado, amor imperando como fonte inesgotável de conforto fizeram com que, em seguida, o sono fosse reparador, antecedendo-se a um novo dia de trabalho como outros que se foram e, certamente, muitos que ainda viriam.

Todas as falas, reflexões e pensamentos acalentaram a alma e confortaram o espírito. Um dom inigualável que a vida dá às pessoas!

2
O DESEJO DE SER MÉDICO

O amor que surge e se consolida.
A clareza da escolha, ainda
que precoce, da Medicina como
profissão e vida.

Ser médico é o dom concedido por Deus às pessoas para cuidarem do bem maior que só Ele pode dar e tirar: a vida.

Reinaldo relata como eram aqueles tempos, mesclados por boas lembranças impossíveis de serem olvidadas.

— Frequentava o terceiro ano da escola que, à época, era chamada de "grupo escolar", em um prédio que, para a pequena cidade de interior, tinha característica que chamava a atenção: dois andares. Destacava-se à vista, mesmo a distância, exibindo as paredes em cor amarelada com janelas e vitrôs com pinturas e detalhes em preto. O telhado exibia cor avermelhada, não parecendo que as antigas telhas eram frequente e caprichosamente pintadas, dando a ideia de que eram novas. Um cuidado, dentre outros, para manter o edifício, símbolo da cidade. A distribuição interna tinha sido cuidadosamente feita com o intuito de dar praticidade e boa função à escola que o prédio abrigava. Logo à entrada, na porta principal, vinha escrito o nome da filantropa, esposa do antigo governador do estado. Uma homenagem justa a quem, como primeira-dama, havia se dedicado a uma atividade que é capaz de mudar os destinos de um povo e de todas as nações: a educação.

Então, com lembranças e detalhes surpreendentes, continuou:

— No térreo, ficavam a diretoria, a secretaria, uma pequena biblioteca, salas de estudos, um amplo pátio com espaço para abrigar todos os alunos que participavam, no meio do período destinado às aulas, do esperado e comemorado recreio. Era um momento, para todos, mais importante e desejado que as aulas. No piso superior ficavam as salas de aulas. Para ter acesso a elas, era preciso subir por largas escadas de corrimãos amplos de alvenaria, muito bem encerrados, representando um convite irrecusável para escorregar por eles entre os espaços que separavam os dois pavimentos. Essa atividade era considerada proibida pela diretoria e coibida com vigor pelos inspetores de alunos que, sabedores do desejo de todos, permaneciam atentos para identificar e punir, sem muito rigor, os inocentes infratores. Às vezes ficava a impressão de que eles, que tinham a função de fiscalizar, admiravam essas inocentes peripécias, pois os "escorregadores", como eram chamados os que se destinavam a essa prática, desenvolveram tal habilidade em fazê-la que, com a mesma lentidão que iniciavam a aventura, chegavam ao seu final, embora adquirissem alta velocidade no meio do trajeto.

– Outra atividade, igualmente frequente e também reprimida, essa castigada com mais rigor, era escrever mensagens nas portas dos banheiros e em locais de boa visibilidade, propiciando leitura certa dos alunos. Em geral, eram inocentes, do tipo: Fulano gosta da Cicrana. Quase sempre vinha com o desenho de um coração contendo no interior os nomes dos envolvidos. As salas de aula eram amplas, de tal modo grandes que mal permitiam que os alunos pudessem enxergar com facilidade a carteira do vizinho, o que nos dias de prova representava um obstáculo quase intransponível para a "cola". Salas com amplas janelas de vidro e madeira permitiam a entrada do sol da manhã que suavemente tocava todos os assentos e os alunos. Não se tinha a ideia do porquê, mas era clara a sensação de confortável bem-estar em ser banhado por aqueles raios que traziam a energia do Sol, o carinho da natureza e o frescor do vento que naturalmente entrava pelas janelas e vitrôs, sempre abertos.

– Hoje, penso que era como se iluminassem o ambiente e nossas mentes, permitindo mais facilmente o aprendizado. Era a razão principal de nossa presença e uma forma de criarmos um futuro, sobre o qual pouco pensávamos, mas que deveria ser promissor. Ainda que inconsciente.

Então, ele continua relatando:

– Uma única e enérgica professora exerce autoridade mantendo na classe a disciplina de exército e o silêncio de igreja entre os 30 alunos, ávidos por conversar e pouco interessados em se concentrar nas falas dela que, na época, não era chamada de "tia", mas tratada sempre com um indispensável "dona" antes do nome: a inesquecível "dona" Cida, que tinha a mesma proporção entre o rigor, a disciplina e a eficiência para ensinar. Era, ao mesmo tempo, rigorosa e afetiva. Uma única mestra tinha de ter aptidão para lecionar todas as matérias e capacidade intelectual de dominar todas elas, despertando com habilidade o interesse nos alunos. Uma lousa, chamada impropriamente de "quadro negro", já que era verde, e giz branco, excepcionalmente algum colorido, era todo o material didático disponível além de apenas um livro e também um único caderno. Apenas um deles para cada aluno. Tudo era escrito a lápis, permitindo que a borracha sempre pudesse corrigir o erro, diferentemente do que ocorre na vida, fazendo, então, com que o caderno, também diferentemente da realidade das coisas, fosse uma exceção, com tudo no lugar certo e da forma correta. Não havia preocupações especiais. Tudo resumia-se, durante as primeiras aulas da manhã, à espera do recreio e, ao terminar esse tempo, à expectativa do final da segunda metade das aulas para o retorno à casa. Almoço da mãe feito com amor e temperado com carinho, ingredientes que faziam a refeição ser especial, aguardada com ansiedade e desejo, além de fome redobrada, própria dessa idade.

● ● ●

Era uma manhã de maio, frio intenso com vento "cortante" que fazia os 15 graus darem a sensação de muito menos.

Reinaldo, então, continua o relato:

— Tomei o café da manhã, que era "pão de casa" com manteiga feita com a sobra de todos os dias do leite natural e integral, acompanhado por leite quente com açúcar queimado no fundo da caneca, conferindo-lhe cor de mel e o sabor indescritível, guardado no paladar até hoje. Nesse dia em particular, movido pelo incômodo frio, aqueci o pão na chapa do fogão de lenha que, ao mesmo tempo que se prestava para cozinhar os alimentos que seriam servidos nas refeições, aquecia a água, que passava por grossos canos no meio de fogo e brasas das lenhas ardendo em chamas avermelhadas da cor do ferro quando está sendo malhado nas fornalhas. O caminho para a escola não era longo, mas considerando as dimensões da pequena cidade e de morar afastado, na zona rural, tornava-se uma verdadeira viagem a cada dia. Na realidade duas: ida à escola e volta para casa, percurso vencido diariamente em charrete que, quando era do modelo mais especial, tinha pneus no lugar das grandes rodas de madeira contornadas por grosso aro de ferro protetor. Um único animal "vestido" por arreio especial puxava com vigor e imprimia boa velocidade para o "veículo", que cortava as estradas de terra e fazia ensurdecedor ruído ao cruzar algumas das poucas ruas revestidas por paralelepípedos cuidadosamente colocados um ao lado do outro. Guarani era o nome do fiel cavalo que pacientemente carregava todo peso e que parecia estar convencido, além de conformado, de que essa era a sua mais alta e nobre missão.

A estrada, vencida todos os dias, guardava particularidades que até hoje povoavam a mente de Reinaldo.

– Saindo da cidade – continua ele –, passava na frente do cemitério, momento em que se mantinham respeito e silêncio, e continuava, então, serpenteando pelos campos que separavam a cidade da casa de fazenda. Um momento de extremo cuidado e atenção redobrada: o cruzamento com a estrada de ferro, por onde passava o pequeno trem com poucos vagões de passageiros e alguns, mais frequentemente encontrados, de carga. A fumegante máquina à frente queimava madeira e carvão para vencer os caminhos traçados pelas linhas paralelas dos trilhos e imprimir pequena, porém constante, velocidade à composição. Guardava uma imponência que hoje só teria lugar nas mentes mais saudosistas ou como uma imagem não vivida por boa parte das pessoas. Quando, raramente, esse espetáculo podia ser observado, era um deleite, e os que tinham esse raro privilégio ficavam ali extasiados e assim permaneciam ainda que o trem tivesse passado há minutos e desaparecido logo à frente, na primeira e próxima curva. Uma longa descida se seguia, procurando o mais baixo ponto do vale, que era cortado por límpido córrego em cima do qual uma antiga e bem-feita ponte de madeira deixava passar os veículos, não sem registrar barulho mesmo de longe audível. A ponte dava início a uma subida íngreme que culminava numa espessa mata em relação à qual havia lendas sobre a presença de animais perigosos, como uma onça pintada capaz de devorar o que via pela frente. Nunca foi vista por qualquer um dos que por ali frequentemente passavam, mas a lenda era mais forte que a realidade. Em seguida, uma plana área já permitia a observação da casa grande e branca, incrustada entre árvores e roseiras que a circundavam e eram caprichosamente cuidadas.

– Nos tempos de seca prolongada, uma espessa camada de terra vermelha e fina fazia levantar poeira, cobria a estrada por onde passava e se encarregava de criar fina camada desse pó no uniforme escolar. No entanto, não se admitia que as camisas brancas, as calças curtas (as compridas eram reservadas só para especiais ocasiões) azuis, as meias igualmente brancas e os sapatos pretos não estivessem limpos e brilhantes.

– Mas a viagem não causava cansaço. A chegada – Reinaldo continua o agora emocionado relato – era conforto e alívio motivados pela satisfação do encontro de ambiente familiar e agradável e a pequena viagem vencida. Quanto mais jovem, mais energia física vai progressiva e lentamente dissipando-se com o passar do tempo, enquanto a mente parece elevar-se em conhecimento e compreensão, sendo esse um dos benefícios da idade que avança. Perde-se no físico que enfraquece, ganha-se no espírito que se fortalece.

Então, Reinaldo prossegue relatando suas reminiscências e boas lembranças:

– Nesse dia, ao chegar à escola, comecei a ter leves calafrios que se confundiam com a ação da baixa temperatura, que determinava igual percepção. Em seguida, houve contrações de músculos da barriga como se um quisesse ocupar o lugar do outro, arrochando-a e causando dores.

Uma sensação de que o café da manhã não queria assentar-se no estômago e procurava retornar pelo caminho por onde tinha entrado.

Mal sabia que eram náuseas, prenúncio de vômitos que vieram tão logo chegou à escola. Então, tudo que sentia de forma muito leve, sem maiores incômodos, foi se tornando mais significativo a ponto de ser perceptível na face avermelhada, em tremores e num prenúncio de febre alta que ocorreria em seguida. Da escola direto para o único e modesto hospital da cidade.

Lá estivera Reinaldo outras vezes, sempre em visitas a familiares e outras pessoas de relações de amizade, embora a entrada de crianças não fosse permitida e muito menos, com razão, recomendada. Ele guardava muito bem na memória o cheiro típico hoje reconhecido como um misto de odor de medicamentos e substâncias lá usadas frequentemente.

Lembrava-se, igualmente, de pessoas vestidas com roupas brancas que transitavam pelos corredores à meia-luz, do piso muito limpo e cuidadosamente encerado, dando coloração avermelhada aos ladrilhos que revestiam todas as áreas do hospital. Paredes alvas e meticulosamente bem cuidadas, igualmente muito limpas, por necessidade e dever, contrastavam com o destaque da avermelhada cor do piso. Por portas semiabertas dava, às vezes, para ver pessoas deitadas em camas de ferro, pintadas de branco. Duas borrachinhas, cada uma delas penetrando em uma das narinas, causavam uma sensação estranha, além da atemorizante agulha espetada em um dos braços, a qual o ligava a um frasco contendo um líquido levemente amarelado.

Quando lá ia Reinaldo, pensava quanto tudo aquilo lhe causava, a um só tempo, uma sensação ambígua de estranheza e interesse. A primeira relacionava-se ao novo, aos desconhecidos objetos e à ignorância em relação aos seus papéis, enquanto o segundo era algo que o movia a penetrar naquele mundo de desafios das doenças e do desejo que ele guardava, embora ainda não soubesse, de ser parte desse encantador campo de trabalho da Medicina. Era como um dom inato, contido e retido ainda não manifesto, mas que se manifestaria no momento certo, como todo sentimento que se retém na alma para expressar-se um dia mais à frente. No momento certo. Pode-se comparar isso à pessoa que traz em si a aptidão pela música e torna-se, em algum momento, uma exímia musicista, bastando que lhe seja dado o instrumento certo na hora exata de tocá-lo. Então, eles se afinarão no mesmo tom: instrumento e instrumentista.

● ● ●

Chegando ao hospital em estado já piorado pelos vômitos, naquele momento mais frequentes, e pelas dores mais fortes e repetidas, foi encaminhado ao consultório para ser examinado. Embora ainda não soubesse, tinha febre alta que podia ser estimada por intensos calafrios e mal-estar nunca antes sentidos.

Então, Reinaldo continua o relato, dizendo:

– Observei a entrada de um homem alto de cabelos grisalhos, barba rigorosamente bem-feita, postura altiva e semblante que, embora sério, dava sensação de confiança, segurança, conforto e amizade. Trajava roupa branca impecavelmente bem passada e ajustada ao corpo esguio e sapatos também brancos sobre meias da mesma cor. Quando ele entrou, pude observar que tinha uma discreta dificuldade com os passos por causa da perna esquerda. Causou-me interesse e encantamento o fato de portar no bolso da camisa de mangas compridas, abotoadas sobre os punhos, três reluzentes canetas cujas tampas exibiam as cores azul, preta e vermelha, configurando que possuía recursos para destacar, segundo seu interesse e sua necessidade, cores diferentes para também diferentes anotações. Essa sensação de encantamento e admiração frente ao médico era, novamente sem que eu ainda soubesse, o indício de quanto me fascinava a Medicina – concluiu Reinaldo.

Ele ainda não sabia que isso viria a se sedimentar e a consolidar tempos após aquele momento pelo qual passava e que, embora fosse de dor e medo, lhe marcaria profundamente as decisões e o futuro.

— Lembro-me lucidamente – continuou, e com mínimos detalhes – que me deitei, a pedido do médico, em uma cama com lençóis e travesseiro brancos, limpíssimos. Para deitar-me, utilizei uma pequena escada de dois degraus pelos quais subi com ajuda e apoio de uma senhora morena, cabelos colados à cabeça e protegidos por uma touca branca. Era uma mulher de meia-idade, bem vestida, também de branco, com o nome bordado no bolso do avental. Abaixo do bolso, podia-se ler "auxiliar de enfermagem". Admirei-a, antes que, por orientação do médico, ela me espetasse com dolorosa e grossa agulha no meu braço direito e me explicasse, mas eu não tive interesse em prestar atenção, que servia para colocar um soro com medicamentos para interromper as minhas piores sensações naquele momento: vômitos, febre e dores na barriga. Confesso que, de imediato, perdi um pouco da simpatia que tive por ela, porém os seus cuidados, feitos com delicadeza e carinho, fizeram rapidamente com que eu a recobrasse – concluiu.

— Em seguida – continuou sua narrativa –, fui cuidadosamente examinado, começando pelos olhos, depois a garganta. Com o dedo médio direito, ele batia no dedo indicador esquerdo, que ora estava em minha barriga, ora em meu tórax, obtendo sons de diferentes timbres e intensidades. Era uma sequência harmônica e determinada de diferentes timbres que, certamente, tinha para ele algum significado. Então, fez o mais terrível de tudo, cuja sensação ainda povoa meus piores momentos: apalpou vigorosa e profundamente meu abdome. Ao chegar ao lado direito, a dor que eu sentia intensificou-se, tornando-se insuportável. Só pude, e foi o máximo que consegui, contrair meu corpo e soltar um vigoroso gemido. Expressão de intensa dor. Tenho de confessar que achei desnecessário aquele sofrimento a mim imposto. Pensei em um nome feio para lhe dizer, mas obviamente não o disse, embora vontade não tenha faltado! Nesse momento, a auxiliar de enfermagem disse-lhe:

— Doutor, temperatura de 38,7 graus! – e continuou: – O sangue colhido quando "peguei a veia" para instalar o soro foi ao laboratório e acabo de receber a informação de que se trata de um quadro infeccioso.

— Enquanto ele me examinava — continua Reinaldo —, embora com dor intensa no abdome, eu observava atento suas mãos, com dedos longos brancos e unhas impecavelmente limpas e cortadas. Os dedos esguios pareciam-me ter a capacidade de sentir mais do que o tato pode conferir como sensação, como se detivessem mais informações do que sabemos serem capazes essas partes do corpo. Para mim, aquelas mãos eram capazes de ver, de registrar informações úteis e absolutamente necessárias para que o médico fosse conduzido a pensar em um diagnóstico e, por conseguinte, em um tratamento. Uma sequência lógica e precisa de pensamentos: essa era a atribuição de um médico, um ser capaz de cuidar da vida e, pelo tratamento, aliviar a dor e evitar o pior de tudo que pode interferir nesse bem maravilhoso que é a vida: a morte.

— Isso tudo, ainda que velada e inconscientemente, e apesar das circunstâncias, causava-me incontida admiração. Diante da informação de meu exame de sangue, informado que fora pela auxiliar de enfermagem, o médico foi objetivo e rápido ao dizer:

— Caso de apendicite aguda. Imediatamente para o centro cirúrgico.

A cirurgia foi rápida por causa da habilidade do cirurgião, do fato de a doença ter sido diagnosticada com rapidez e do tratamento precocemente instituído com os antibióticos disponíveis e demais cuidados tomados a tempo.

Mais tarde, Reinaldo entenderia quanto importantes são essas rápidas e precisas decisões na prática da Medicina

● ● ●

— Naquela mesma tarde — continuou —, fui reexaminado pelo médico que, ao fazê-lo, expressava, a cada momento, semblante que denotava otimismo e sugeria que a cirurgia havia sido muito bem-sucedida e minhas condições de saúde eram ótimas. Eu também atestava esses fatos pelo bem-estar que sentia, pelo alívio dos sintomas que apresentei naquela manhã. Estava com fome e fiquei aliviado com a informação de que poderia comer livremente, porém dietas leves, e de que na manhã do dia seguinte teria alta hospitalar. Dentro de dois ou três dias poderia retornar às minhas atividades normais, com alguns cuidados. Poderia retornar às aulas.

– Confesso que essa última informação não foi muito bem recebida por mim. Esperava que ficasse de "férias" pelo menos por uma semana. Por outro lado, a sensação de ser motivo de curiosidade entre os colegas de escola, e o centro de todas as especulações, causava-me uma vontade de, rapidamente, retornar.

– No dia seguinte, nas primeiras horas da manhã, pude perceber que os médicos começam a trabalhar muito cedo, recebi a visita do Dr. Rui. Enquanto quase todas as outras pessoas ainda estavam se preparando para o trabalho, já estava ele firme nas suas tarefas. Não eram ainda 7 horas. Cortesmente, entrou no quarto com a mesma boa aparência do dia anterior e, mostrando-se feliz com o desempenhar de suas funções, disse-me:

– Curado! Alta para casa e para sua vida de todos os dias – dizendo isso, completou: – Com os cuidados que já falamos: bicicleta e atividades físicas mais intensas só em aproximadamente quinze dias. Em uma semana, deve retornar para retirada dos pontos e revisão.

– E para descontrair, e ao mesmo tempo me provocar, continuou dizendo:

– Estudar está liberado a partir de agora. – Com um sorriso discreto e amigável, saiu do quarto em busca de suas tarefas de atendimento a outras pessoas, aliviando dores e causando-lhes o bem.

– Novamente – notou Reinaldo enquanto o médico preenchia os papéis da alta hospitalar –, observei as suas mãos e naquele momento pude acrescentar a elas o dom de terem extirpado o mal que tanto me incomodava ainda no dia anterior. Era com elas, guiadas pela mente atenta e culta, fruto de anos de estudos, que ele exercia o seu trabalho que a cada instante me encantava ainda mais. Ao sair do meu quarto, observei, com um pouco mais de detalhes, que ele mancava discretamente. Até isso causou-me encantamento, muito mais pelo que fazia que por outra qualquer razão. O que lhe teria acontecido? Curiosidade tola nunca esclarecida. Fui para casa, fiquei inquietamente deitado naquele resto de dia e toda a noite. O tempo que não passava. Minutos que pareciam ter mais de 60 segundos e horas com muito mais minutos que o tempo determina. Ao retornar às aulas, a minha previsão se consumou: colegas irrequietos e curiosos para saber como tinha sido aquela experiência inédita para todos, igualmente para mim.

– Como é a sensação de estar no hospital? – perguntou-me o mais falante de todos os colegas, um moleque sardento de cabelo ruivo.

– Você chorou de medo? – perguntou-me uma menina pela qual eu tinha particular simpatia e que parecia ser recíproca. Para ela, gastei deliberadamente um pouco mais de tempo na resposta e confesso que propositalmente simulei uma coragem e uma aceitação do perigo que efetivamente não tinha tido. Senti-me muito bem quando ela, com olhar delicado, expresso por lindos olhos verdes, deixou-me a sensação de admiração por minha coragem que, repito, não foi tanta quanto lhe fiz perceber e sentir.

● ● ●

Reinaldo continua a emocionada narrativa:

– As aulas continuaram. Era o ano de 1968. Logo após o meu retorno à escola, seguido pela inusitada experiência de ter sido operado e de ter guardado na memória, indeléveis, as minhas observações em relação ao que se fazia no hospital em geral e a como era a vida dos médicos, com base no que observei naquele que me assistiu, o país todo foi informado, com as pompas que o fato merecia, de maravilhoso feito de um médico, mestre da cirurgia cardíaca no Brasil, professor renomado de Medicina na maior universidade pública da América Latina. Ele havia realizado o primeiro transplante de coração em 26 de maio daquele ano. Euryclides de Jesus Zerbini (1912-1977), cirurgião do Hospital das Clínicas da Universidade de São Paulo, revolucionou a Medicina brasileira ao liderar a equipe que realizou o primeiro transplante de coração no país, colocando no peito do lavrador mato-grossense João Ferreira da Cunha, de 23 anos, conhecido como João Boiadeiro, um novo coração. Isso foi estampado em todos os jornais, motivo de longas entrevistas na televisão e, igualmente, assunto de todas as horas nas emissoras de rádio. Apesar de não ter sido o pioneiro, lugar que pertence ao sul-africano Christiaan Barnard, que havia realizado igual procedimento cinco meses antes, a cirurgia esteve entre as cinco primeiras do mundo. Meu interesse pela Medicina, seus personagens e suas realizações cresciam e sedimentavam-se em minha mente. Assisti, na televisão, com particular interesse e muita atenção, a uma entrevista com o realizador do transplante tão comemorado e que seria, no futuro, uma solução para doenças graves do coração que as medicações não fossem capazes de controlar. Com fala mansa, equilibrada, sem a pompa que o feito poderia lhe dar não fosse a sua compreensão elevada sobre a vida e a valorização de seus feitos pessoais com base mais no que significam para humanidade que para si próprio, ele descreveu a participação de sua equipe e auxiliares que contribuíram para a cirurgia que havia feito. Deixou claro não ser uma atitude isolada e pessoal, característica de quem tem espírito elevado e é comprometido com os seus pares mais do que consigo mesmo. Compreendi que a Medicina, além de todos os bens que poderia causar, era uma atividade coletiva entre médicos e outros profissionais a ela direta e indiretamente ligados, mas mirando o mesmo fim com a mesma objetividade: as pessoas. Durante toda a entrevista, observei atento as mãos do entrevistado, que gesticulavam harmonicamente com sua fala como que dando mais consistência a ela e aos fatos narrados. Vi, com detalhes, que eram mãos finas, com dedos longos que sugeriam que uma ação deles poderia resultar em causa de grande e necessário bem às pessoas. Não havia um só deslize delas no ar. Eram firmes, como se, por vontade própria, soubessem onde agir e como fazê-lo. De novo, minha visão expressa pelas mãos representava quanto por meio delas era possível ser feito.

● ● ●

– Passei com orgulho do ensino primário para o ginasial, nomenclaturas da época que equivalem hoje ao último ano do ensino fundamental 1 ao ensino fundamental 2 – continua Reinaldo em sua narrativa. – Era um pré-adolescente com as amarguras e os conflitos que esse momento da vida carrega, porém com o vigor que, em compensação, impõe. A vida no campo e o contato estreito com a da cidade entremeavam-se. A praça da igreja, como em toda pequena cidade, era o "centro cultural, social e recreativo". O cine São Carlos exibia filmes que nos atraíam para as matinês dos domingos: chanchadas brasileiras com os artistas da moda, quase sempre os mesmos, com enredos igualmente invariáveis. Os faroestes criavam expectativas diversas e vibrantes. Embora todos já soubessem o desfecho, o meio era vivido como se fosse algo inusitado, diferente do que já se sabia que ocorreria. A maior e mais duradoura expectativa era a criada pelos filmes chamados de seriados, que acabavam em momentos em que a imaginação não conseguiria saber como deles o protagonista se safaria. Poucas exigências para ser feliz.

– Continuava também Cláudia, carinhosamente chamada de Cal, em minha classe, nessa caminhada em busca do meu destino final de me formar em Medicina. Isso já estava consolidado em minha mente, pelas mãos de alguns médicos que me fascinaram e por minha vocação, ainda que precocemente, já definida. Cal tinha olhos verdes, brilhantes e expressivos. Os cabelos não poderiam ser definidos como loiros, mas, sim, castanho-claros, com mechas levemente mais claras, lisos e brilhantes. Adornavam o rosto bem feito com cuidada simetria; nariz e lábios destacavam-se nessa silhueta sem agredir o conjunto. A pele clara era levemente corada, especialmente nas bochechas, que se destacavam no rosto como um todo, em sintonia e equilíbrio perfeitos. As mãos eram delicadas, novamente as mãos me fascinando, com dedos finos terminados por unhas que estavam sempre bem-feitas e guardavam um brilho que não se conseguia saber se era natural ou ressaltado por uma pintura com esmalte incolor. Uma pequena e discreta mancha rosa avermelhada podia ser observada quando algum movimento mais brusco mostrava o pescoço, bem abaixo da orelha esquerda. Inata, era um detalhe dentre outros que marcava uma particular característica da pessoa que a cada momento fazia crescer meu encantamento. Marca de charme e atração que cresciam em minha mente e que consolidavam um sentimento que me parecia, pelas evidências, ser recíproco.

Alimentava, assim, uma crescente e ainda contida paixão. Desejada por muitos e admirada por todos, Cláudia era delicada e parecia, ou se fazia parecer, encantadora. Colocava-se, por tudo isso, no ideário dos garotos com os quais convivia.

– No intervalo – continua com encantamento a relatar –, entre a primeira e a segunda parte da aula, meu coração acelerava à medida que esse tempo se aproximava. Era uma deliciosa expectativa de encontro fortuito e sutil sentido por nós dois e observado por todos. Havia uma indisfarçável inveja e um ciúme por parte dos colegas, que certamente gostariam de estar em meu lugar, desfrutando daquele privilégio. Eu imaginava que, se estivesse no lugar deles, observando o nosso ainda platônico amor, principiante romance, quanto também estaria entristecido. Para eles, era como se fosse uma possibilidade inatingível e para mim, um sonho quase realizado. No final do ano, muito próximo, haveria uma festa da escola. Era esse o assunto que dominava os pensamentos de todos em muitos momentos. Era o meu durante todos eles, pois seria a esperada oportunidade de declarar meus sentimentos de intenso amor à Cláudia. Isso já estava perfeitamente estabelecido em minha mente. Bastava o momento certo para a confissão esperada. Movido por ansiedade intensa, fui um dos primeiros a chegar ao salão da escola que, não sendo tão grande para deixar espaços entre os presentes, obrigava uma aproximação que promovia aconchego. Não demorou muito para que Cláudia chegasse. Estava linda, vestido branco com discreto decote que insinuava mais do que efetivamente exibia seus seios. Ele ficava discretamente acima dos joelhos no comprimento, e permitia, sem vulgaridade, com elegância, destacar o corpo bem feito, ainda em formação. O imaginado sobrepondo-se ao observado. O rosto exibia beleza inigualável, destacado por suave maquilagem e um batom que dava mais brilho que cor aos seus já naturalmente avermelhados e grossos lábios. Entrou com elegância e firmeza incomuns a uma adolescente. Caminhou diretamente a mim, deixando-me com pernas trêmulas e uma sensação de felicidade que poucas vezes se repetiu em toda minha vida.

– Postando-se ao meu lado, trocamos olhares que substituíam um turbilhão de palavras. Tive então a firme ousadia de tocar de leve a sua mão esquerda com a minha direita, ao que ela aquiesceu e, então, nossos dedos entrelaçaram-se com força suficiente para expressar nosso mútuo carinho, mas com suavidade, para refletirmos quanto esperávamos por aquele momento. Era esse um desejo mútuo cultivado com o tempo e que amadurecera naquele mágico instante. Nossas mãos não se desprendiam, como uma manifestação de quanto, por meio delas, queríamos também não mais nos separar. Ficamos algo distantes dos demais sem que, no entanto, nos mantivéssemos alheios e não participantes da festa que marcaria para sempre os nossos mais íntimos sentimentos. Dançamos várias vezes as músicas mais animadas da época, a distância entre nós mantida como esses ritmos sugeriam. Em determinado momento, como se fosse um ato premeditado, uma suave e romântica balada na voz marcante de Elvis Presley iniciou-se. Rapidamente nossos rostos colaram-se e nos aproximamos mais, até que pudéssemos sentir o calor de nossos corpos sendo tocados em uma sintonia infinita e um prazer indescritível. Inigualável. Inesquecível. Pedia que esse momento fosse perpetuado e notei que esse também era o sentimento de Cal. O tempo, assim mais uma vez sentido, parecia voar, e as horas se foram como se tivessem menos minutos e esses, menos segundos. Ao término da festa, saímos de mãos dadas, exatamente como ficamos por quase toda a noite. Como tínhamos começado, continuávamos. A tranquilidade e a segurança que eram características da pequena cidade permitiam que caminhássemos lenta e suavemente, mais a fim de mantermos o nosso romance tão intenso do que para cumprir com o dever de levá-la até a porta de casa. Chegado esse momento, nossas mãos entrelaçaram-se; as respirações estavam mais intensas, os corações podiam ser sentidos nos compassos acelerados e, então, nossos lábios tocaram-se. De início, mais suavemente, como que expressando um desejo reprimido por muito tempo, para depois entrelaçarem-se, como estavam nossas mãos, em longo e ardoroso beijo. Sentimento contido e esperado por nós dois, por muito tempo, agora realizado com significado indescritível, que se instalaria em nossas mentes e no tempo e que mesmo as mais diversas circunstâncias da vida jamais apagariam.

– O primeiro e inesquecível beijo. Meu e dela!

● ● ●

– O tempo passava e nosso amor ia se consolidando de forma inocente; porém, em alguns instantes, elevado ao estado de paixão, tomado por ardentes momentos. Terminamos o período de estudos correspondente ao que imediatamente antecede o colegial, tempo esse que sempre me foi dúbio. Queria muito que logo chegasse para começar a alçar o meu desejo, já firmado, de estudar Medicina, porém guardando o temor de uma possível, e prevista, separação de Cláudia. Era desejo dela estudar Administração de Empresas, uma área que exigiria outros estudos e preparações diversas das minhas. Por várias vezes conversamos sobre o nosso futuro, ressaltando sempre meu desejo de ser médico, admirado por ela e desejado fortemente por mim. Ela pensava em trabalhar em uma empresa e dedicar-se aos processos de seleção de pessoas para o trabalho. Tinha lido sobre isso e achava uma atividade fascinante que poderia dar-lhe oportunidade de convívio com pessoas e auxiliá-las na descoberta de suas habilidades e pendores que resultasse em prazer pelo trabalho e sustento à vida. O que havíamos previsto, e era muito provável, ocorreu.

– Eu iria para a cidade grande onde ficava a faculdade de Medicina de meus sonhos, e ela iria para a capital, movida por dois imperiosos motivos: seu pai havia sido promovido nas atividades de funcionário de um grande banco estatal e seria transferido, e lá estava o lugar ideal para um colegial voltado aos seus objetivos de formação acadêmica em área das ciências humanas. As nossas mudanças definitivas para outras cidades, com cada um em busca de novos destinos, ocorreriam em não mais do que duas semanas. Como todo tempo que nos é caro e muito desejado passa rápido, daquela vez não foi diferente. Passamos duas semanas de intenso convívio, fazendo planos para nos encontrarmos e jurando que nosso amor despertado com tanto ardor e mantido com inusitado zelo não se esvairia pela distância que nos separaria. Eu poderia vê-la em algum momento na capital e ela viria ao meu encontro em outra ocasião. Como ela possuía familiares que continuariam morando na nossa cidade natal, ela poderia lá se hospedar. Tudo estava sendo arquitetado para dar suporte à nossa relação e esperança ao nosso relacionamento. A despedida foi pungente. Cláudia estava particularmente linda, vestindo jeans e camiseta casual branca, roupas que lhe contornavam o corpo belo e a deixavam encantadoramente atraente. Seu rosto tinha uma coloração rósea mais pronunciada, os lábios estavam trêmulos e as mãos, frias. Essas características, só pude compreender muitos anos mais tarde, já fazendo o curso de Medicina, quando, em aula de farmacologia, discutiam-se os papéis dos hormônios da tensão e da ansiedade, capazes de, exatamente, determinarem esses mesmos sinais e sintomas. Não tínhamos diferenças, pois também eu tinha esses mesmos sentimentos e apresentava as mesmas características. Beijamo-nos mais demoradamente e, como tornara-se nosso hábito, o fizemos com ambas as mãos entrelaçadas, para que pudéssemos transmitir mais de nossas intensas energias um ao outro. Cada um ia em busca de sua nova vida de estudos e preparo para o destino das suas respectivas formações profissionais. Tudo muito racional no pensamento lógico, porém limitado nos sentimentos. Mantínhamos dois focos distintos e igualmente intensos: os estudos e o pensamento de amor de um pelo outro que a distância só fazia aumentar, mas que, naturalmente, colocava em risco nosso relacionamento. Amor a distância é difícil de ser mantido. Quem não é visto, não é lembrado, diz o provérbio popular. Agora haveria mais um ingrediente que não tínhamos experimentado anteriormente, quando a proximidade física não permitia que existisse: uma imensa saudade.

● ● ●

O tempo de adaptação às novas vidas, hábitos, estudos, escolas, amigos foi gradativamente se consolidando e estabelecendo também novas rotinas para ambos.

Os sentimentos de afeto, carinho e intenso amor mútuo não se perdiam, mas o fato de não se verem causava tristeza mútua. Ao contrário, o amor parecia aumentar com a distância, e o tempo, naquele momento, diferentemente de quando estavam juntos, passava moroso e dolente. Escreviam cartas longas e cheias das maiores expressões de saudades e amor. Nelas relembravam momentos únicos e situações de imenso prazer.

Reinaldo então relembrava com doce saudosismo o encontro naquela festa da escola, com o toque primeiro das mãos, o carinho e a delicadeza dos encontros que se seguiram e o primeiro e ardente beijo.

Os escritos de cada um não difeririam no conteúdo; guardavam a delicadeza que ambos tinham no modo de se expressarem.

Relembravam sempre os mesmos fatos marcantes do relacionamento que, apesar de não ser longo, era como se fosse de muitos anos.

Haveria um feriado prolongado que se estenderia da quinta até domingo. Era o momento ideal e muito desejado para que se encontrassem.

Cláudia veio passar esses dias na casa de parentes, e a ansiedade que os envolvia à espera desse encontro, e dos momentos que com ele viriam, aquietou-se quando se viram e, ainda distantes, correram quanto as pernas podiam fazê-lo um em direção ao outro.

Foi um encontro consumado por longo e ardente beijo, com um interminável abraço que parecia ter força intensa para preservá-lo. Não havia desejo de ambos para que o beijo e o abraço, expressões de amor e saudades, terminassem.

As mãos estavam, como sempre, entrelaçadas. Marca dos sempre felizes encontros.

Havia muito a dizer sobre a nova vida de cada um, novos colegas, estudos diversos, novidades que ambos tinham que contar.

Os professores, naquele momento do ensino, tinham outras metas, agora voltadas para um exame vestibular ao qual, dali a pouco, ambos seriam submetidos. Nutriam a esperança de entrar numa faculdade, esperança essa alimentada com ansiedade e desejo de se concretizar.

Os dias juntos passaram-se céleres. Os encontros eram longos e duravam quase todas as horas do dia. E ainda assim, só terminavam sem maiores desgostos porque havia a expectativa do reencontro no dia seguinte.

As palavras pareciam ser insuficientes para que cada um contasse sobre as novas experiências de vida, e o tempo parecia passar mais rápido que o necessário para que tudo fosse dito. Sem esquecimentos. Sem faltas.

Com a força e a disposição da juventude, não havia cansaço, sobrava ânimo e havia, já no segundo dia de encontro, uma sombra de angústia, pois nova separação já se avizinhava.

Incontáveis confissões de como eram ardentes os desejos de um pelo outro e juras de amor repetiram-se ao longo daqueles dias que, como se sabia, passariam muito rápido. E assim foi.

Parece que uma hora em um avião que passa por área de grande turbulência não é o mesmo quando se está ao lado da pessoa amada por igual tempo. A relatividade do tempo nas emoções é maior do que na física de Einstein!

Uma nova separação se fez, com o beijo com as mãos entrelaçadas, que havia se tornado hábito para eles.

Apesar da tristeza de cada um por ter que seguir para a nova vida, os objetivos a serem alcançados a tornavam suportável.

● ● ●

– As cartas começaram a ser escritas a intervalos maiores – relembra Reinaldo –, justificados pelas exigências com o estudo. E, quando se deram conta, já cursavam o segundo ano do colegial. O final de ano não lhes permitiu um anteriormente programado encontro, pois as famílias de cada um tomaram rumos diferentes, acompanhadas pelos filhos.

Cláudia e Reinaldo não fizeram mais do que algumas breves ligações telefônicas, à época muito difíceis e caras.

Mas quando se comunicavam, por qual forma fosse, não havia outro assunto que não fossem as confissões de amor que juravam ser eterno, pois não conseguiam se imaginar um sem a companhia do outro. O tempo, nos relacionamentos, tem características próprias. É uma realidade inconteste.

O ano se passou sem que houvesse uma única e real possibilidade de se encontrarem. Se por um lado esse fato parecia intensificar as saudades e os desejos de um novo encontro, por outro, havia uma sensação de que o vazio deixado não era tão intenso quanto fora em outros tempos.

O último ano do colegial foi de muitos estudos e ambos estavam se preparando para o vestibular.

Dedicados aos estudos da forma como eram, levavam muito a sério o compromisso assumido com a família, e com eles próprios, de que teriam um desempenho satisfatório nas provas de seleção para as faculdades que almejavam.

Ao final do ano, exultante, Cal recebeu a informação de que havia sido aprovada em uma escola de Administração de Empresas das mais qualificadas e localizada em São Paulo, onde residia.

A primeira pessoa a quem deu a informação foi Reinaldo.

– Reinaldo – disse ela com voz doce e delicada –, fui aprovada para a faculdade de Administração que sempre sonhei cursar. Estou feliz. E falar com você, a primeira pessoa para quem conto esse fato, faz-me muito contente.

Um sentimento ambíguo tomou posse dele. De um lado, havia se consolidado, com isso, o fato de que não teria oportunidades de se encontrar com Cláudia com a frequência que gostaria e que seus sentidos pediam. De outro, a satisfação pela realização de ela ter iniciado a carreira com a qual sonhava.

– Cláudia, creia que estou sentindo a mesma alegria por sua aprovação. O que lhe acontece tem para mim o mesmo sentido. Parabéns, minha querida!

Sobre o vestibular para a faculdade de Medicina, com todo o rigor que lhe é imposto e a alta concorrência de candidatos a cada uma das raras vagas disponíveis, sobretudo em escola com o perfil da que Reinaldo almejava, o resultado não lhe foi satisfatório. Embora tivesse tido muito bom desempenho, especialmente nas matérias de conhecimentos biológicos, área pela qual tinha particular apreço, não obteve pontuação suficiente para uma aprovação.

Ficou entre os primeiros dos chamados excedentes, mas não tendo havido, como costuma ocorrer, desistências, não foi classificado. A famigerada lista de espera o fez, em vão, aguardar sem sucesso!

Iniciou, então, uma etapa penosa e exaustiva de estudos exclusivamente voltados para um novo vestibular.

Nos primeiros meses do ano seguinte ainda trocavam cartas, mas Cláudia, em uma delas, demonstrou descontentamento pela distância que os separava e pela absoluta impossibilidade de estar ao lado de Reinaldo.

Novas amizades, novo ambiente, agora universitário, distanciavam-na de Reinaldo, que ainda experimentava uma vida de estudante secundarista.

Mantinha-se focado nos estudos e no vestibular que lhe conduziria ao sonho que, desde a infância, ele havia estabelecido. Sempre que se cansava ou sentia-se abatido, reafirmava o precoce desejo manifesto e lembrava-se das mãos que se tornaram o símbolo de ser médico. De curar. De salvar pessoas. De ser útil e reconhecido na sociedade e por si próprio.

Passado não mais do que um mês, recebeu carta de Cláudia, que o impressionou pelo volume. Mesmo ainda antes de abri-la, viu que se tratava de uma grande quantidade de páginas.

Ao começar a lê-la, reconheceu que era uma longa retrospectiva de tudo que haviam vivido. Dos olhares esquivos e sutis dos tempos de escola, em que a inocência não deixava ir além, passando pela adolescência, a lembrança de tocarem as mãos levemente para depois entrelaçarem os dedos fortemente e o inesquecível beijo em consonância e consenso de ambos.

Mas, logo à frente, a conclusão que, embora verdadeira, era inadmissível, e Cláudia assim escreveu:

— Estamos em caminhos que, se no início levavam ao mesmo destino, agora apontam para diferentes lugares. Posso sentir quanto isso dói em você, pois sinto a mesma dor, com essa indesejada e dura conclusão.

Era uma realidade. O amor nunca acaba, ele só muda o foco. Só aponta para outro ponto ou outra pessoa.

Assim foi com Cláudia e Reinaldo. Eles não puderam esquecer o que viveram. Não foi pequeno para ser esquecido. Foi grande para ser sempre lembrado.

Cada um estava trilhando o próprio caminho. Ambos estavam vivendo as mesmas emoções.

E ela terminou dizendo:

> *Amor é sentimento e gestos especiais,*
> *De esplendor inigualado*
> *Faz exatamente felizes e iguais*
> *O amante e o amado.*
>
> *Conhecidos quando ainda crianças*
> *O destino agora nos separa*
> *Em busca de nossas alianças*
> *Quem sabe um dia nos ampare.*

Ficava assim, entre a beleza do amor que viveram, a desilusão e a tristeza da separação, a esperança, quem sabe, de um dia um novo encontro.

Ainda, em um gesto pueril, não mais compatível com sua condição de jovem universitária, deixou desenhado um coração com os dois nomes entrelaçados, como por muitas vezes entrelaçadas estiveram suas mãos, reflexo de uma lembrança que não se apagou do inocente amor tão cedo iniciado e que ainda perdurava.

Amor é bem que sempre dura. Não acaba. Muda o foco, mas não apaga.

Houve reticências e não um ponto final.

● ● ●

3
O EXERCÍCIO DA MEDICINA

Ser médico: como um sonho que se tornou realidade passou a ser a realidade da vida de um médico especial.

Ser médico é consultar primeiro a razão
antes que outro seja consultado
Para ter a melhor ação
Que aquele anseia desesperado.

Ser médico é pensar na fragilidade
Imposta pela doença
O pavor, o medo, a ansiedade
Que nada ampara senão a fé e a crença.

É ter um pouco de cada um
Ser todos em um único sentimento
É dar conforto incomum
Divino, humano a um só tempo.

Naquele mesmo final de ano, Reinaldo submeteu-se novamente ao vestibular para a faculdade de Medicina. Perfeitamente bem preparado, pois estudara horas a fio, todos os dias da semana, pelos meses que se anteciparam ao exame, sentiu-se confortável fazendo as provas, com segurança, tendo raras dúvidas.

Conseguiu aprovação com destaque, entre os primeiros novos estudantes. Exatamente na faculdade sonhada.

Ao receber a notícia, foram inevitáveis a emoção e os frutos gerados por ela: lágrimas de alegria discretamente desceram pelo rosto. Euforia jamais sentida. Rapidamente vieram as lembranças de todo o tempo passado, desde a estada no hospital para curar a apendicite, onde teve consolidado o desejo de estudar Medicina, até aquele instante, e elas passaram-lhe na mente como um filme em rápida projeção.

A família comemorou efusivamente. Alegria incontida.

Ter um filho médico a colocava em um lugar de destaque entre parentes e amigos. Na sociedade, a Medicina, sabiam todos, era uma das profissões mais respeitadas pelas pessoas. Havia sido divulgada pesquisa em todas as mídias que colocava médicos como representantes da profissão mais respeitada. Como não podia ser diferente, não tendo sido surpresa para ninguém, os políticos ficaram na última posição da confiabilidade da população. O poder judiciário, quase pareado com os médicos, destacava-se em um não menos glorioso segundo lugar.

Os médicos sempre foram personalidades consideradas, sobretudo nas pequenas cidades, de onde Reinaldo era egresso.

Parentes ligavam expressando o orgulho pela aprovação. Colegas de escola também o procuravam ou entravam em contato com orgulho para cumprimentá-lo.

Uma tia solteirona e tradicionalista, que por ele tinha especial carinho, somado ao orgulho pelo feito de então, queria presenteá-lo com um anel de esmeralda, a verde e reluzente pedra símbolo da Medicina.

Com agradecimento e cuidados, Reinaldo a convenceu a deixar o presente que muito lhe agradava (parte das pequenas e inocentes mentiras para ser elegante sem magoar) para o momento da formatura. Aí sim era o tempo exato para o presente e para o seu uso (o que ele tinha plena convicção de que não faria).

Uma recepção, como agradecimento, aos seus professores do curso pré-vestibular, parentes e amigos próximos foi programada.

Nela, houve palavras de incentivo e reconhecimento pelos estudos que foram árduos e pela inteligência que era necessária ser pareada a eles. Um completava o outro: sem estudos, de nada valia a inteligência, e essa sem aqueles seria igualmente infrutífera.

Passado esse primeiro momento de euforia, prazer e satisfação, ele ligou para Cláudia, cuja imagem logo após a sua aprovação veio-lhe à mente.

– Cláudia, é Reinaldo. Tenho uma ótima notícia. Abriu-se o caminho para a concretização de meu grande sonho. Fui aprovado no vestibular para Medicina.

Um silêncio de poucos segundos pareceu durar muito mais tempo. O suficiente para perceber que ela soluçava suavemente, como suavemente fazia tudo.

– Reinaldo, sinto-me feliz! Sinto uma emoção muito grande que não consigo expressar por mais do que isso que digo. Participei desse tempo, ainda que à distância, mas sempre cultuando o desejo de vê-lo aprovado. Seus sonhos eram também os meus. Posso dizer que me sinto tão feliz quanto você. Igualmente realizada, "doutor" Reinaldo. – Em tom de descontração, concluiu.

Não havia mais vivências em comum que permitissem extensão da conversa. Faltavam outros assuntos. Não era mais como em passado recente.

– Sinta-se carinhosa e afetivamente beijado por mim – disse ela antes de a ligação terminar.

Novamente, e por outras razões, duas lágrimas desceram pelo rosto de Reinaldo. As mãos frias e trêmulas, o coração acelerado. Exatamente como no momento em que a beijou pela primeira vez.

Não podia deixar de experimentar uma leve tristeza em contraste ao momento de tanta alegria. Um fato é claro: não há momentos nem de absoluta alegria nem de total tristeza. A vida é uma composição de sentimentos e inspirações.

Com relação à Cláudia, essa condição antagônica só podia justificar-se por conta do tempo que viveram com intenso amor, paixão e felicidade: alegria e tristeza que não mais existiam.

● ● ●

A aula inaugural na faculdade de Medicina foi revestida de todas as emoções. Aquele prédio portentoso, situado em privilegiada área verde de aspecto bucólico, que trazia história de muitas décadas, era uma visão que as vistas não conseguiam abranger no todo. Eram tantas paisagens, figuras, pessoas, prédios, espaços que as rotinas pareciam insuficientes para acomodar e registrar.

Foi uma emoção o convite para a foto de toda a turma na escadaria portentosa do prédio central da faculdade. A visão de amplo e cristalino lago, ao fundo, recortava aquela paisagem que por si já era espetacular.

Foi uma emoção vestir aquele impecável avental branco que fora caprichosamente encomendado na melhor costureira da cidade e presenteado pela família. Era cuidadosamente bordado no bolso superior esquerdo com o nome dele, que parecia ter se tornado um símbolo de grandeza.

Na manga esquerda, bem posto e harmonicamente posicionado, estava o dístico da faculdade. Era de um peso delicado. Fácil de carregar. Transportado com orgulho.

Reinaldo ainda não tinha exatamente essa ideia. Mas é certo que se pode perder o que se acumulou como fortuna. Podem-se perder bens pelos quais se tinha grande apego. Perde-se tudo que é material. Perde-se, com o tempo, o vigor da juventude. Perde-se a saúde com a natural ocorrência das doenças. Jamais se perderá o conhecimento adquirido. A cultura é um bem que não lhe roubarão jamais. O que você faz, o que você vê e o que aprende são bens que lhe pertencerão. Para sempre!

Você é senhor de sua mente!

● ● ●

Naquele dia, no início das aulas, ansioso por começar uma nova etapa de vida a que ele aspirara por longos anos, precocemente sonhada, teve uma inesquecível e marcante sensação de realização.

Um aparentemente sisudo professor, cujo aspecto era parte da trama armada para impressionar os jovens calouros, o fez sentir-se ainda mais ansioso. Era um homem de aproximadamente 50 anos, óculos de modelo tradicional (minha mãe dizia que eram "óculos de médico". Não sei por que, mas provavelmente pela elegância e sobriedade), avental branco impecável. Camisa de cor azul-claro com gravata azul-escuro com listras avermelhadas compunham um todo harmônico.

Tinha os cabelos lisos e grisalhos, bem penteados e brilhantes. Parecia ter discreto sobrepeso, sem sugerir obesidade.

A face rosada, dando um aspecto de boa pessoa, contribuía para desmistificar a aparente seriedade que era, artificialmente, imposta.

Postou-se em um púlpito onde havia, em relevo, o símbolo da faculdade de Medicina secundado pelo nome da universidade.

Atrás, havia um amplo palco que era acompanhado, acima, por uma lousa esverdeada (lembrava a que existia, em muito menores dimensões, na sala do curso primário) que, pela imponência e pelo tamanho, sugeria a importância daquele anfiteatro (mais tarde reconhecido como maior do que todas as salas de aula da faculdade).

A altura do palco não era tanta (também mais tarde o tempo se encarregou de corrigir essa sensação modificada pela emoção daquele momento), mas Reinaldo tinha a impressão de que o professor ali postado, no púlpito, estava beirando o teto.

Perto do céu!

Não havia microfone para amplificar a voz. Porém, quando o professor começou sua fala, podia-se ouvi-la de qualquer lugar ocupado por alunos, da primeira até a última fila. Uma acústica perfeita. Bem planejada. Cuidadosamente estudada, em tempos em que a tecnologia dos recursos audiovisuais não era tão amplamente disponível.

Ao iniciar a palestra sobre a Medicina como ciência e arte, o aparentemente sério professor disse que, antes dela, faria um sorteio de dez alunos que deveriam demonstrar a capacidade de resolver questões complexas em pequeno espaço de tempo. Eles teriam menos de 24 horas para apresentar um trabalho de pesquisa sobre um tema absolutamente não familiar. Deveriam investigar sobre ele. Fazer um relatório com dimensões compatíveis com o lugar de destaque que ocupavam na universidade. Afinal, estavam iniciando o curso mais cobiçado. Maior número de candidatos por vaga oferecida. E ali estavam eles: os eleitos.

— Se tiveram capacidade para chegar até essa faculdade, é o momento de justificarem sua inteligência — disse ele em tom severo. Voz grave.

— Deverão demonstrar suas competências, que não chegaram aqui por acaso – concluiu.

Espanto total! Suas palavras, cada vez mais poderosas, imponentes, solenes, começaram a crescer em volume e peso. Foram assumindo a característica do badalar intenso de um sino aos ouvidos de cada um. Os olhares ficaram esquivos, como se isso pudesse reduzir a chance de serem "sorteados".

Imediatamente, a ansiedade tomou conta do que restava de resignação a cada um. De uma pequena caixa, ele começou a retirar papéis, e em cada um deles estava escrito um número. Ao dizer em tom grave determinado número, o professor pedia que o seu dono se levantasse e dissesse em voz alta o nome. A cada número, sentia-se a angústia do "infeliz" sorteado. Quase não conseguiam atender ao pedido de declarar em alta voz o próprio nome. Alívio, ainda que momentâneo, para os demais. E assim as coisas caminharam. O professor, para dar mais impacto ao momento (esse era o objetivo previamente definido por ele), fazia o sorteio lentamente, tendo a sádica postura de olhar lenta e demoradamente para o papel e, a seguir, mirar a plateia, para só após esse macabro ritual dizer o número escolhido. Isso ocorreu durante um interminável intervalo de tempo, até que o nono número foi anunciado. Havia sido criado um grupo que, segundo o que ele antecipara, teria que passar uma noite toda, logo a primeira do curso recém-iniciado, no preparo de um trabalho difícil e desafiador da competência de cada um.

Embora o fato não tenha sido notado por todos, ele disse, em tom muito mais descontraído, que também fazia parte do cenário montado:

— Sorteei apenas nove. O décimo é o Zé Carlos que, por suas conhecidas habilidades ao violão, voz afinada e repertório refinado, abrilhantará o jantar que oferecerei na minha casa amanhã à noite.

Naquele momento, o cenário inverteu-se: os não sorteados ficaram entristecidos e um alívio acompanhado de satisfação tomou conta dos escolhidos.

— Meu desejo era receber todos vocês, mas oitenta é um número muito grande para levar para minha casa. Isso me custaria uma discussão interminável com minha esposa, que a essa hora já está lá preparando o jantar de amanhã à noite. Deixá-la contrariada é coisa que não faço jamais por ser um homem de juízo – afirmou com um sorriso maroto.

— Considerem-se todos meus convidados, recebidos nessa faculdade com os méritos de quem conseguiu a proeza de a ela pertencer. Tornarem-se médicos. Exercerem suas atividades como as de alguém que em futuro próximo terá essa função na sociedade. Desculpem-me pelos momentos de ansiedade. Isso faz parte de um "trote" que planejei para recebê-los e antecipar-se à minha palestra sobre a Medicina como ciência e arte – concluiu o ex-sisudo professor.

Não pudemos, todos, deixar de saudá-lo, agradecidos, com uma efusiva salva de palmas. Todos de pé, ele com um amplo e largo sorriso no rosto que se manteria durante todo o nosso curso de Medicina. E pela vida que teve, merecidamente, longa.

● • ●

Sua palestra foi magnífica. Edificante. Iniciou exortando os alunos a uma vida saudável para dar exemplo àqueles de quem cuidariam em próximo futuro.

— Não poderão orientar bons hábitos sem que os tenham. Dizerem sobre os males dos vícios se os praticarem. Serem indulgentes se não o forem. Pregarem a resiliência se não forem tolerantes e aceitarem os males que a vida lhes imporá.

Pediu especial atenção para que a boa qualidade de vida, os cuidados com ela, um bem inestimável dado por Deus, fossem a meta a ser atingida e os modos para atingir esse objetivo.

Citando o pensamento de Mohandas Karamchand Gandhi (simplesmente Mahatma Gandhi), pediu que os alunos tivessem as atenções voltadas para que isto não acontecesse com eles próprios e com as pessoas de quem iriam cuidar no futuro:

> *Os homens perdem a saúde para juntar dinheiro, depois perdem o dinheiro para recuperar a saúde. E por pensarem ansiosamente no futuro, se esquecem do presente de forma que acabam por não viver nem no presente nem no futuro. E vivem como se nunca fossem morrer... e morrem como se nunca tivessem vivido.*

Citou ele. E continuou:

— Não se esqueçam da missão que escolheram e, portanto, por livre vontade, optaram por ser sua profissão. Os pacientes esperam dos médicos compreensão para seus problemas, solução para seus males, conforto para suas vidas. Ter essa capacidade será uma bênção. Para ambos. Se ao dizermos um simples bom-dia esperamos, pelo menos, igual resposta, imaginem o que esperam aqueles que lhes contarão segredos recônditos, incrustados na alma desde a infância; os que retratarão fatos que marcaram suas vidas de forma boa ou ruim; os que lhes trarão problemas que os afligem e comprometem seu bem-estar. Como foi essa opção, essa escolha de vocês, devem desempenhar tal tarefa com o melhor que podem oferecer e que de vocês se espera. Estão estudando para serem médicos. Há uma faculdade para lhes ensinar isso. Não há uma faculdade para ensinar as pessoas a serem pacientes. Tenham sempre em mente esse pensamento – concluiu.

● ● ●

O tempo foi passando, e como o tempo durante o qual estamos fazendo coisas de que gostamos e que nos agradam passa rápido, esse tempo passou rápido.

Reinaldo, já no terceiro ano, começou as atividades clínicas, após dois anos de formação em matérias básicas necessárias para que pudessem, todos os alunos, estar preparados para o desejado e muito esperado contato com pacientes. Primeiro o entendimento das doenças, dos sentimentos deles. Depois, a aplicação dos princípios teóricos que eles aprenderam nos primeiros anos de faculdade.

Psicologia médica foi a primeira disciplina daquele ano, com o objetivo de preparar um bom relacionamento médico-paciente. O termo "psicologia médica" foi utilizado pela primeira vez no século XIX pelo psiquiatra Feuchtersleben, que percebeu a necessidade de qualificação de profissionais de saúde para a compreensão dos aspectos psicológicos no processo de adoecimento, no cuidado com os doentes e enfermos.

Além de aulas teóricas, seminários integrando alunos das faculdades de Medicina e Psicologia faziam parte do programa.

No primeiro desses seminários, seis estudantes, divididos em três de cada faculdade, deveriam discutir o tema: abordagem dos pacientes frente às suas necessidades emocionais.

Reinaldo preparou-se de forma aplicada. Leu livros sobre o assunto na biblioteca, consultou artigos específicos sobre o tema. Estava bem informado.

Coordenadas por um professor da faculdade de Psicologia, as discussões estavam animadas, produtivas.

Chamava a atenção de Reinaldo uma aluna, igualmente muito bem preparada com relação ao tema em discussão. Opinava pontualmente com segurança. Perguntava objetivamente, com inteligência e lógica sobre o que o professor, em alguns momentos, apresentava.

Ela era morena, alta, olhos e cabelos castanhos, aqueles mais claros que esses.

O corpo possuía formas e detalhes bem proporcionais, como se tivesse sido esculpido por artista com absoluta noção de equilíbrio nas formas para um resultado atraente e elegante. Belo.

Falava com suavidade. Firmeza. Voz agradável de ouvir, especialmente para Reinaldo, que a ouvia com interesse duplo: pelo tema discutido e por ser ela quem o apresentava.

Percebia que sutilmente os olhares dela também correspondiam aos dele. Fazia isso de forma tão delicada que o atingiam sem serem contundentes.

Terminada a reunião, muito elogiada pelo professor, Reinaldo, sob o pretexto de trocar informações, que já haviam ficado muito claras, mas que se justificavam por outras razões, procurou-a.

— Gostei muito de suas apresentações. Elas refletem que você está muito bem preparada para a carreira que seguirá. Será uma competente psicóloga — aproveitou ele para dizer. Realidade e galanteio a um só tempo.

— Meu nome é Reinaldo — disse, estendendo a mão que, ao encontrar a dela, resultou em suave, mas vigoroso e significativo aperto. As mãos eram sedosas, delicadas, com dedos finos e longos em perfeito equilíbrio. Exalavam um calor que lembrava aconchego. As mãos exerciam, mais uma vez, forte e positivo impacto sobre ele.

— Tive e continuo tendo muito prazer em estar com você — disse Reinaldo, firme e convicto de que aquilo teria, como de fato teve, forte impacto.

— Igualmente. Meu nome é Solange. Curso o terceiro ano da faculdade de Psicologia e achei muito oportuna essa integração com estudantes da Medicina. Afinal, os interesses pelo tema são comuns.

Reinaldo continuou aproveitando a ocasião para dar clara vazão ao seu interesse por ela, dizendo:

— Espero que esses interesses, em algum momento, ultrapassem a ciência e se passem ao campo pessoal.

Solange esboçou um leve sorriso, acompanhado de discreto rubor na face. Mas também parecendo muito interessada na continuidade daquele encontro, afirmou:

— Sim, também gostaria que pudéssemos nos encontrar em algum outro momento. Parece-me que poderemos ter uma boa conversa, produtiva e interessante.

— Então, vamos nos encontrar amanhã, ao final da tarde, na cantina do prédio central da faculdade de Medicina? Cinco seria uma boa hora? Um café com hora marcada e uma conversa sem hora para terminar — disse ele.

— Confirmado. Lá nos encontraremos. Você paga o café e eu retribuo falando mais! — disse Solange mais descontraída e sorridente.

Estava, no dia seguinte, iniciada, por aquele encontro, uma relação perene, a qual passou por todas as etapas que o padrão formal define para um relacionamento de duas pessoas.

Foram felizes namorados, noivaram, casaram-se.

Tiveram momentos de extrema felicidade e outros de agruras. Cada um, de sua forma, com seus significados, foi construindo a história de ambos.

O amor que se consolidava seria suporte para, mais tarde, buscarem soluções para os naturais problemas que surgiriam.

Assim é a vida: um conjunto de boas e difíceis situações vividas. De desafios a serem vencidos. Escola para ensinar. Tempo para aprender.

● • ●

O curso de Medicina estava no final. Solange, já formada, considerando que o curso de Psicologia tem um ano a menos de duração, fazia uma especialização em psicologia comportamental, esperando que aquela fosse uma forma de fazer muito bem às pessoas, sem saber que poderia, no futuro, fazer bem, e ser necessária, a ela mesma.

A formatura de Reinaldo seguiu os belos e tradicionais rituais de décadas de sua faculdade. Entretanto, as condições políticas do país, que vivia um regime de exceção das liberdades individuais e coletivas, não permitiram as falas de paraninfo, homenageados e formandos, uma oportunidade de se ouvirem e sentirem as mais profundas expressões no encerramento de uma fase importante e definitiva na vida de cada um e de todos. Essas oportunidades foram perversamente cassadas. Como cassadas foram outras importantes liberdades. Como cassados foram pessoas e direitos fundamentais. Lamentavelmente.

O processo de residência médica era o passo seguinte e natural. Enquanto ele fizesse esse treinamento, Solange continuaria com a pós-graduação e o enriquecimento dos conhecimentos na Psicologia.

Os sentimentos já tão arraigados entre eles justificaram a ideia, compartilhada por ambos: ficariam noivos.

O comunicado a ambas as famílias, que se conheceram e se identificaram em sentimentos e princípios ao longo desse tempo de namoro, foi recebido com alegria.

Um jantar na casa de Solange selou esse momento importante, que seguiu a tradição no momento em que Reinaldo comunicou oficialmente o que de fato já era do conhecimento de todos, que "pedia a mão de Solange" aos seus pais.

Sob a concordância e a alegria de todos, ficaram noivos. Estavam felizes!

● ● ●

Noivado tem um significado histórico e sagrado.

As palavras "noivo" e "noiva", encontradas muitas vezes nas Escrituras, referem-se aos casais "desposados", como que antecipando que estarem noivos representa um compromisso pré-estabelecido de casamento, na cultura e concepção judaicas (Is 62:5). Em Mateus (1:19), está escrito que o "desposado" era mais constringente, sendo reconhecido perante a lei.

Na literatura em geral, o tema noivado e casamento gera um conjunto quase infindo de histórias.

Na literatura infantil de Monteiro Lobato (José Bento Renato Monteiro Lobato, 1882-1948), da década de 1930, com a história "O noivado de Emília", narram-se as peripécias e espertezas da personagem quando Narizinho, achando que já era hora de Emília se casar, e para convencê-la a aceitar Rabicó como marido, inventou que era ele um príncipe enfeitiçado.

Como o grande desejo da boneca era se tornar princesa, ela engoliu a história sem vacilar. Mas, daí em diante, as coisas não foram tão fáceis como a menina planejava.

Esse é o ponto de partida de *O noivado de Emília*, que guarda muitas coincidências com o que ocorre com muitos noivados e casamentos na vida real: as expectativas não atendidas transformando-se em decepções.

Nelson Rodrigues (Nelson Falcão Rodrigues, 1912-1980) explorou o tema em dois clássicos de sua produção: *Vestido de noiva* e *O casamento*.

No primeiro, discute uma relação afetiva complexa tratada, em sua genialidade, em três diferentes planos que ele definiu como: imaginação, realidade e memória. O casamento, seu único romance, é outra narrativa de relações inusitadas e às vezes impróprias.

Pensadores de todas as vertentes, filósofos, sociólogos, físicos, matemáticos, médicos, advogados, humoristas, todos fizeram considerações sobre o casamento, suas maravilhas e seus problemas. Mas o que na vida é a atitude que não tem maravilhas e problemas?

A sabedoria está certamente em saber preservar os bens e evitar os problemas.

Cultivar os sentimentos positivos e afastar-se dos negativos.

Isso diferenciará as pessoas, fará suas vidas mais leves, seus sentimentos mais sólidos, especialmente naqueles que aprenderem o valor do bem e o peso do mal.

A mente e as atitudes são as características diferenciais para cada um, para si próprio, dentro do seu melhor para viver: a ética. Para aqueles com os quais cada um convive, a sociedade maior e a família em menor escala: a moral.

A vida construída em parcerias é mais desafiadora, mais complexa, mas ao mesmo tempo mais gratificante. Mais sólida, mais feliz.

Nietzsche disse que só existe uma pergunta a ser feita quando se pretende casar: "Continuarei a ter prazer em conversar com esta pessoa daqui a 30 anos?".

O que sustenta qualquer relação entre pessoas, seja em que plano for, é exatamente a capacidade do entendimento, a expressão por palavras faladas, e não diferentemente com as escritas. É exatamente essa característica que diferencia os homens dos demais seres vivos.

Gandhi expressa-se sobre a relação do homem com a mulher: "A mulher deve ser meiga, companheira do marido, tanto na alegria como na tristeza. O homem deve ser amigo da mulher e, no seu amor, deve respeitar sua alma e seu corpo como sagrados que são."

Assim sendo, assim será. Para sempre! Tomara.

• • •

Os programas de residência e treinamento em Medicina são a forma de complementação, especialmente prática, para o exercício da profissão.

Esse ensinamento precisa transcender a atividade de tratar as doenças, mas cuidar dos doentes. A doença é uma entidade fisiopatológica, enquanto o doente é a pessoa que sofre, angustia-se, padece. Tratar o doente é, pois, muito mais nobre e humano que cuidar das doenças. Assim expressou-se um dos mais brilhantes médicos da moderna era da Medicina, William Osler.

Uma prescrição de tratamentos, exames, condutas, indicação de cirurgias, fisioterapia deve ser feita de acordo com aquela pessoa, suas condições físicas, emocionais, financeiras, familiares.

O médico tem o poder de penetrar no íntimo de seus atendidos. Conhecer as necessidades deles. Fazer diagnósticos e propor condutas.

Assume, pois, na mesma proporção de grandeza, o dever de cuidar, compreender, acalentar quando preciso, corrigir com veemência, se necessário.

Conhecer a história de um paciente, de sua doença, de seus hábitos de vida, sua vida pregressa e familiar é uma atribuição que o médico deve realizar com encantamento e acurácia.

A primeira avaliação de uma pessoa que procura o médico é um desafio à sua criatividade, percepção e perspicácia.

Arthur Conan Doyle (1859-1903) foi um escritor e médico britânico. Em 1876, ingressou na Universidade de Edimburgo, concluindo o curso de Medicina em 1881. É o autor das histórias do imortal detetive Sherlock Holmes. A criação de seu personagem, conta-se, foi inspirada em Joseph Bell, extraordinário professor de Medicina que exercia essa capacidade de observação e de instigar os pacientes a contarem-lhe detalhes que, mais tarde, usaria para concluir dados importantes sobre suas doenças e os tratamentos.

Conta-se que o professor Bell, diante de alunos e médicos de seu hospital, em Edimburgo, Escócia, exerceu essa capacidade ímpar e necessária a todos os médicos em uma consulta, feita na presença dos seus orientandos.

Ele, nesse relato, recebeu para consulta uma senhora que se apresentou acompanhada de uma criança. Então, estabeleceu-se o seguinte diálogo:
– Bom dia – disse ele ao iniciar a consulta.
– Bom dia – respondeu-lhe educadamente.
– Como foi a sua viagem pela balsa de Burntisland?
– Muito boa – disse ela sem compreender o porquê da pergunta.
– Onde está a outra criança?
– Deixei-a com minha irmã em Leith – respondeu intrigada.
– Você pegou o atalho em Interdith Row para chegar até aqui?
– Sim! – respondeu já quase assustada por tantas coincidências.
– Você ainda trabalha na fábrica de linóleo?
– Sim.

Bell pediu licença à paciente e começou a explicar aos alunos:
– Vejam! Quando ela respondeu ao meu cumprimento, o seu "Bom dia", revelou o sotaque de quem vive em Fife. A balsa mais próxima de Fife é a de Burntisland. Então, posso concluir que ela só poderia ter usado esse meio de transporte.
– Vocês perceberam – continuou ele – que o casaco que ela traz nos braços é bem menor em relação ao garoto que a acompanha? Então, pode-se concluir que só poderia ser de outra criança, a que ela deixou aos cuidados da irmã, pelo caminho. A argila que tinha nos pés só pode ser encontrada no Jardim Botânico. Assim, ela só pode ter tomado o atalho pela Interdith Row. Ela tem, nos dedos da mão direita, um tipo de lesão dermatológica típica de quem trabalha na fábrica de linóleo – concluiu.

Quantas e úteis conclusões contidas em uma entrevista, chamada em Medicina de anamnese, bem-feita, bem conduzida, com perspicácia, inteligência.

Quanta possibilidade de obter informações úteis para diagnóstico e proposição de tratamento!

Imaginem, então, quanto mais se pode concluir com o exame físico, adicionalmente, sobre essa paciente. A observação das mucosas, a coloração da pele, a apalpação dos pulsos, sugerindo o estado da circulação. A ausculta do coração e dos pulmões, a apalpação do abdome.

Os melhores equipamentos para o exame completo e detalhado estão nos sentidos dos médicos. As mãos tocam o corpo, suas partes. Com o tato, podem-se ter percepções fantásticas. É possível avaliar a temperatura do corpo, identificar a febre, um dado que sugere o estado do paciente. Uma infecção? A visão busca a coloração da pele que, quando amarelada, sugere uma grave alteração hepática que se apresenta na forma de icterícia.

A observação dos movimentos sincrônicos e repetitivos das paredes do tórax indica os batimentos normais do coração, quando regulares, ou, se irregulares, sugere uma arritmia cardíaca e a dinâmica respiratória impulsionando as paredes a cada incursão respiratória.

Os odores exalados, como o hálito, lembrando o cheiro da acetona nos pacientes, revelam grave aumento do açúcar no sangue.

As partes do corpo como um todo e de algumas regiões em particular dão informações úteis em decorrência da observação atenta e detalhada. E do exame cuidadoso.

A arte e a beleza da Medicina são determinadas e inspiradas pelo raciocínio e pelas percepções do médico. Para o bem do paciente. Apenas com seus dons naturais e seus sentidos.

● ● ●

A história da Medicina está repleta de observações aguçadas e inteligentes, resultando em descobertas que mudaram a história da humanidade.

Essa característica define um bom cientista, capaz de observar um fato e explicá-lo, relacionando-o com algum mecanismo intrínseco a ele.

Em 1875, o professor John Tyndall, um famoso médico da Inglaterra, pretendendo saber se as bactérias estavam distribuídas igualmente na atmosfera ou se juntavam-se em "nuvens", colocou vários tubos de ensaio no meio ambiente. Pensava que, se as bactérias se distribuíssem homogeneamente, elas turvariam todos os tubos que estavam colocados à certa distância uns dos outros. Se fossem distribuídas em "nuvens", apenas alguns adquiririam a cor turva dada pela presença dos microrganismos.

Ao examinar os cem tubos instalados, observou que apenas alguns estavam "contaminados", enquanto outros mantinham-se transparentes. Em alguns deles, transparentes, ele pôde observar que havia crescido um fungo do já conhecido tipo *Penicillium*. No livro *As dez maiores descobertas da Medicina*, os autores Meyer Friedman e Gerald Friedland fazem um questionamento intrigante que mostra a diferença entre uma simples observação de um fato com a adequada e inteligente explicação.

> *Pode-se perguntar por que Tyndall, tendo observado que esse estranhamente belo mofo (que hoje se sabe tratar do* Penicillium notatum*) era capaz de destruir bactérias, contentou-se em apenas observar sua beleza física e sua capacidade bactericida sem estudar o segundo fenômeno.*

Esse comportamento distingue a observação científica e a análise minuciosa do que se observa. Define o verdadeiro e arguto investigador.

O escocês Alexander Fleming, quase meio século depois, em 1928, antes de sair de férias por um período de 15 dias, deixou placas de agar-agar com culturas de *estafilococos* em seu laboratório. Curiosamente, ele as teria colocado em um ambiente artificialmente controlado, com temperatura similar à do corpo humano, para que tivessem um crescimento uniforme e profuso. Mas, diante do fato de que sairia no dia seguinte em breve período de férias, deixou-as no meio ambiente.

No andar inferior havia, por incrível e boa coincidência, um colega que estava trabalhando com o *Penicillium notatum*. Outra boa coincidência foi estabelecida, pois Londres passava, naquele tempo, por uma incomum onda intensa de calor, com temperaturas inusuais para essa cidade. Fungos foram trazidos pelos ventos para o andar superior, e as colônias de *estafilococos* proliferaram-se abundantemente, permitindo que os fungos se depositassem nas placas.

Ao retornar, Fleming, astuto observador e com aguçado espírito científico, observou círculos bem definidos e esbranquiçados nas placas de *estafilococos* onde havia o *Penicillium notatum*. Concluiu que aquele "mofo" tinha propriedades antibacterianas, causando a morte das bactérias nas áreas sobre as quais ele se depositou nas culturas bacterianas.

Alguns atribuem essa descoberta à sorte que teve Fleming ao passar por essa conjunção de fatos que levaram ao resultado de suas observações. Melhor seria definir esses fatos com o nome de *serendipity*, uma palavra em inglês que significa uma feliz descoberta ao acaso, ou a sorte de encontrar algo precioso onde não estávamos procurando. O termo foi criado no século XVI pelo escritor inglês Horace Walpole. A palavra teria sido retirada de um conto chamado *The three princes of Serendip*, personagens que sempre faziam descobertas acidentais usando sua sagacidade. *Serendip* era o antigo nome do Ceilão, hoje Sri Lanka, uma ilha do Oceano Pacífico.

Portanto, *serendipity* é a propriedade de quem age como os príncipes de *Serendip*, ou seja, de quem encontra soluções criativas e inesperadas para problemas de forma sagaz.

Serendipity é, pois, quando, de repente e sem querer, alguém descobre algo que o faz mudar de vida, a solução para os seus problemas, a resposta para as suas perguntas.

Um bom e exato exemplo do que fez Alexander Fleming. E outros cientistas.

● ● ●

Passado esse tempo de aprendizado, Reinaldo, sob a orientação de professores competentes, aprendeu a raciocinar com os dados colhidos na anamnese bem-feita, sem pressa e com detalhamento. Ouvido atento, todos os sentidos empregados. Cortesia no trato com as pessoas. Consciência de exercer o seu papel de Homem e de Médico.

Ouvir é, na Medicina, assim como na vida, um dom a ser cultivado. As pessoas têm o que dizer, sobretudo as que sofrem. Ouvi-las, compreendê-las, acolher as suas angústias é um caminho para a cura. Um ato louvável.

Ouvir é curativo, falar é terapêutico.

A Psicoterapia, útil na solução de conflitos com a própria mente e com as pessoas com as quais se convive, está centrada, fundamentalmente, na narrativa livre e espontânea da pessoa e no ouvir atento e crítico do terapeuta.

Assim, na prática médica, é importante que se repita: ouvir é curativo, falar é terapêutico.

Reinaldo sentia-se seguro. Motivado para atender, trabalhar, exercer a sua precoce paixão pela Medicina.

Desejo de tantos anos. Ora uma realidade.

Na mesma intensidade e com as mesmas expectativas, discutia com Solange o casamento que haviam planejado para coroar essa fase tão significativa de suas vidas.

Ser um médico era seu desejo. Agora realizado. Casar-se com Solange, viver ao lado dela era preciso. Complemento necessário. Uma paixão a se concretizar pelo convívio diário em decorrência do matrimônio.

O casamento foi simples. Apenas familiares muito próximos e amigos que igualmente tinham essa característica afetiva.

Ela estava particularmente bela. A beleza, que possuía por natureza, estava realçada por um vestido branco, simples e delicado. Era uma beleza que não precisava de sofisticação. Havia uma maquilagem discreta. Cabelos bem penteados. E a maior de todas as belezas que pode enfeitar o ser humano: a felicidade estampada na face. E nos olhos que refletem os nossos sentimentos sem disfarces. Com precisão.

O casamento foi realizado em casa, sem pompas, porém com alegria e incontida emoção de todos. Especialmente de Reinaldo e Solange, os protagonistas desse especial momento.

O tempo à frente acenava-lhes bons momentos.

Assim eles desejavam que fosse. Assim deveria ser.

∙ ∙ ∙

A vida de casado era só encantamento. Motivos não faltavam; ao contrário, eram abundantes para essa concretização de sonhos havia muito acalentados.

Mantinham-se sempre juntos, dormiam e acordavam um ao lado do outro.

O café da manhã era um momento para dar ao novo dia alegrias e satisfações. Era cuidadosamente preparado por Solange, delicadamente oferecido a Reinaldo.

Recebido por ele como um presente.

Tinha um bom começo marcado pelo beijo de bom-dia e terminava com o mesmo significado quando o beijo de despedida, já antevendo o da chegada ao fim do dia, representava o início da jornada de trabalho de ambos.

Jantavam, e sempre era notável o desvelo de Solange na preparação do jantar. Uma combinação dos gostos de Reinaldo e do cuidado com o preparo. Não faltava nesses momentos uma taça de bom vinho, rigorosamente uma, como frisava Reinaldo.

As conversas eram agradáveis, uma sequência de fatos narrados por ele e para ela sobre o trabalho, seus sucessos e, às vezes, um decepcionante e indesejado fracasso.

Uma noite, Solange esperava por Reinaldo com sorriso ainda mais radiante e também com destacada alegria. Foi recebê-lo na entrada da casa vestida com insinuante vestido e maquilagem discreta, mas ressaltando sua constante e natural beleza.

Beijou-o como sempre fazia, nesse dia mais demorada e apaixonadamente. Enlaçou-se no pescoço do marido, recostando a cabeça suavemente no peito dele e, premeditadamente, colocou a mão direita de Reinaldo sobre o seu ventre.

De imediato, Reinaldo não conseguiu entender aquela sequência de fatos. Solange, então, lhe disse, emocionada e romanticamente:

— Meu querido, a nossa união é uma bênção. O nosso amor, inspiração. E a complementação de nossos desejos de uma vida plena e completa está a caminho. Estou grávida! Teremos o fruto mais digno e puro de nosso amor!

Uma emoção quase incontida tomou conta de Reinaldo, pela surpresa da declaração e pela grandeza do fato.

Comemoraram efusivamente. Um ainda mais especial jantar, acompanhado do vinho que estava reservado para uma situação especial, foi precedido por uma taça de champagne, consagrando aquele especial momento, Reinaldo cuidava para que não houvesse excesso agora que um motivo maior justificava esse cuidado.

As atenções com Solange foram redobradas. Ligava durante o dia para ver como estava. Ocupava-se de lhe trazer pequenos presentes enquanto programava atenta e delicadamente o enxoval do futuro filho ou filha. Ainda não sabiam.

Reinaldo escolheu, entre seus médicos amigos, o mais competente e renomado ginecologista/obstetra para os cuidados necessários, destinados a Solange. Não descuidava para que as consultas fossem rigorosamente feitas no tempo certo e com os exames necessários.

Quando o primeiro ultrassom foi solicitado com poucas semanas de gestação, certa preocupação passou a rondar o médico, Solange e Reinaldo.

Após o exame, o médico que dela cuidava convocou-os para uma explanação sobre o que ele observara.

— Reinaldo e Solange — disse-lhes ele em tom grave. — Identifiquei uma alteração no colo do útero que pode enfraquecer a sustentação do embrião, fato que em boa parte dos casos pode resultar em aborto espontâneo.

Essa informação teve o efeito de um jato de água gelada sobre uma chama que se acendera e ardia desde quando foi descoberta a gravidez.

— Mas — continuou o Dr. César — vamos nos empenhar com todos os cuidados para que esse indesejável fato não ocorra. Cuidaremos de uma boa e bem orientada alimentação, repouso o maior tempo possível durante a gestação. Devemos monitorar a gravidez de forma continuada com retornos e exames em tempo não superior a duas semanas.

– Entretanto – continuou ele –, as alterações anatômicas do útero não podem ser corrigidas, como algumas outras que podem ser tratadas para propiciar uma boa evolução da gestação. Reinaldo, você sabe sobre isso muito bem – concluiu ele sem ser dramático, mas realista.

As orientações dadas foram, desde então, rigorosamente obedecidas. Uma competente pessoa foi contratada para assistir Solange em todas as suas necessidades e assegurar a alimentação recomendada e o repouso necessário.

Reinaldo cuidou de mudar a rotina e vinha no horário do almoço, ainda que de forma breve, vê-la diariamente. Aos finais de semana, tinha especial zelo em oferecer-lhe não só os tratamentos, mas igualmente carinho, afeto e, sobretudo, uma visão otimista sobre a evolução de sua gestação. Fazia tudo a um custo emocional muito grande, pois tinha convicção da alta possibilidade de uma gravidez que não chegaria a termo.

Quando estava contando três meses da gestação, em uma manhã, pouco tempo após ter saído de casa, Reinaldo recebeu uma ligação de Solange:

– Querido – disse-lhe angustiada e chorosa –, acabo de ter um sangramento que foi precedido de fortes cólicas. Acho que você precisa comunicar esse fato, que parece preocupante, ao Dr. César.

Em um tempo quase impossível de se imaginar que ele poderia vencer a distância entre o hospital e sua casa, chegou a ela acompanhado do obstetra.

O exame clínico somado aos dados relatados por Solange fizeram-no, imediatamente, sugerir a internação hospitalar.

– Devemos ir diretamente à maternidade onde trabalho para exames detalhados, com a finalidade de definirmos o quadro clínico e, em sequência, a conduta a ser tomada – disse rapidamente.

Ao chegarem à maternidade, Solange foi diretamente levada ao centro obstétrico, onde os exames clínicos e complementares concluíram que havia se iniciado um processo irreversível de aborto espontâneo.

Então, Dr. César disse a Reinaldo, que se mantinha ao lado de Solange, e, consequentemente, disse a ela também, que havia necessidade de uma curetagem, pois, inevitavelmente, a gravidez deveria ser interrompida pelas razões que ele lhes dissera como possíveis, embora indesejáveis, quando do primeiro exame ultrassonográfico.

Nesse momento, um enorme abatimento tomou conta de ambos, mas estava definido o inevitável. Esse foi o desfecho daquele sonho tão acalentado. Acrescia-se a triste conclusão de que outras chances de gravidez estavam descartadas.

A espera de um filho é um momento especial para cada casal, uma esperança da consolidação material do amor que os une.

A perda dessa oportunidade singular precisa de compreensão, resiliência e fé no destino que é dado a cada um cumprir.

Platão disse: "Não deverão gerar filhos quem não quer dar-se ao trabalho de criá-los e educá-los". Um corolário dessa sábia conclusão pode ser: aqueles que querem dar-se ao sagrado trabalho de criar e educar os filhos que lhe forem dados, devem querer tê-los. E é merecido que os tenham.

O tempo e as longas e edificantes reflexões se encarregariam de fazer, como só o tempo é capaz de fazê-lo, com que a aceitação desse fato fosse conseguida. Mais ainda: da certeza de que não teriam filhos como fruto da união que tinham. Do amor que cultivavam.

4

O MEDO DE ADOECER E A ARTE DE CURAR

Como o conhecimento sobre as doenças pode influenciar a vida do médico e dos pacientes. Como curar é a um só tempo ciência e arte.

> *Médicos são formados para assistir e curar.*
> *Não se os ensina para o oposto: o fracasso, a pouca sorte.*
> *Embora o insucesso possa se dar*
> *Quando a fragilidade da vida curva-se à dureza da morte.*

Carlos Drummond de Andrade (1902-1987), em seu emblemático poema "Congresso internacional do medo", em pleno tempo da 2ª Grande Guerra Mundial, quando esse sentimento imperava em todos os povos, bem o define como parte da vida e do ideário de toda humanidade. Não é diferente o medo, o pavor, a insegurança, o temor das doenças que poderão, segundo suas características, roubar a paz, o bem-estar, a disposição e até a própria vida.

Diz Drummond...

> *Provisoriamente não cantaremos o amor,*
> *que se refugiou mais abaixo dos subterrâneos.*
> *Cantaremos o medo, que esteriliza os abraços,*
> *não cantaremos o ódio porque esse não existe,*
> *existe apenas o medo, nosso pai e nosso companheiro,*
> *o medo grande dos sertões, dos mares, dos desertos,*
> *o medo dos soldados, o medo das mães, o medo das igrejas,*
> *cantaremos o medo dos ditadores, o medo dos democratas,*
> *cantaremos o medo da morte e o medo de depois da morte,*
> *depois morreremos de medo*
> *e sobre nossos túmulos nascerão flores amarelas e medrosas.*

Em *A doença*, Rubem Alves (1933-2014), psicanalista, educador, teólogo, escritor e pastor presbiteriano brasileiro, muito bem retrata o que é tornar-se doente. Em trecho selecionado desse maravilhoso texto, o autor diz...

Meditando sobre uma dolorosa experiência de enfermidade por que passara, Nietzsche disse o seguinte:

> [...] é assim que, agora, aquele longo período de doença me aparece: sinto como se, nele, eu tivesse descoberto de novo a vida, descobrindo a mim mesmo, inclusive. Provei todas as coisas boas, mesmo as pequenas, de uma forma como os outros não as provam com facilidade. E transformei, então, minha vontade de saúde e de viver numa filosofia. A doença é a possibilidade da perda, uma emissária da morte. Sob o seu toque, tudo fica fluido, evanescente, efêmero. As pessoas amadas, os filhos – todos ganham a beleza iridescente das bolhas de sabão. Os sentidos, atingidos pela possibilidade da perda, acordam da sua letargia... A saúde emburrece os sentidos. A doença faz os sentidos ressuscitarem. Então, não brigue com a sua doença. Ela veio para ficar. Trate de aprender o que ela quer lhe ensinar. Ela quer que você fique sábio. Ela quer ressuscitar os sentidos adormecidos. Ela quer dar a você a sensibilidade dos artistas. Os artistas todos, sem exceção, são doentes... É preciso que você se transforme em artista. Você ficará mais bonito. Ficando mais bonito, será mais amado. E, sendo mais amado, ficará mais feliz...

A doença é uma constante ameaça à vida e em especial à saúde, antagonista no tempo da vida entre o nascimento e a morte. Doença é uma condição com a qual não se convive com tranquilidade. Nem sem medo e preocupação.

A valorização do bem-estar, da saúde plena, só ocorre quando se abate sobre o corpo, ou sobre a mente, o estado de desequilíbrio estabelecido pelas alterações que comprometem o organismo na percepção clara de órgãos cujas funções abatem-se no adoecimento. É definitivamente um exercício que precisa ser exercido com resignação, sabedoria e resiliência.

Susan Sontag, escritora, cineasta, filósofa, professora, crítica de arte e ativista dos Estados Unidos, graduou-se pela Universidade de Harvard. Escreveu, sobretudo, ensaios, um deles chamado *Diante da dor dos outros*.

A percepção da nossa própria dor é um ato instintivo, também observado nos animais frente a uma agressão de qualquer sorte; a percepção da dor do outro é hominal e característica de espíritos elevados.

Susan Sontag tem um conceito sobre doença que transcende muitos outros de vários autores que se ocuparam de sua conceituação. Diz ela:

> *A doença é a zona noturna da vida, uma cidadania mais onerosa. Todos que nascem têm dupla cidadania, no reino dos sãos e dos doentes. Apesar de todos preferirmos só usar o passaporte bom, mais cedo ou mais tarde nos vemos obrigados, pelo menos por um período, a nos identificarmos como cidadãos desse outro lugar.*

Precisamos saber viajar para esses dois diferentes e opostos destinos, e em cada um desses distintos locais, nos adaptarmos aos costumes e às situações determinadas em cada um deles.

O dito popular "a ignorância é a mãe da coragem", em muitos casos, aplica-se à Medicina. Para o bem e para o mal.

Dr. Reinaldo relata o caso de um paciente que foi ao seu consultório.

— Atendi um senhor que eu já havia visto outras vezes e que fazia consultas periódicas e sistemáticas para o seguimento de hipertensão arterial e alterações do colesterol. Tinha, na época dessa consulta, 58 anos. Afora as alterações da pressão arterial e o colesterol aumentado, que vinham bem controlados com os tratamentos que ele fazia com constância, a sua saúde era boa. Mantinha bons hábitos com boa dieta, atividades físicas regulares e apropriadas às suas condições. Nunca fumou e consumia bebidas alcoólicas com moderação.

— Nessa consulta – continua Dr. Reinaldo –, ele estava exultante com uma viagem muito esperada, e agora a ser concretizada, à Europa, que faria com a esposa e mais um casal de amigos. Sem qualquer preocupação, referiu que dois dias antes tinha evacuado fezes escuras que lembravam uma borra de café. Isso causou-me, de imediato, grande preocupação pelas possíveis causas e suas consequências – relatou Dr. Reinaldo.

Úlceras de estômago ou duodeno? Tumor de cólon? Várias outras hipóteses, mesmo que não tão graves, poderiam causar-lhe algum possível transtorno durante a viagem, pensou.

Mas o senhor considerava um fato sem importância, que seria avaliado quando retornasse da viagem.

A ignorância, como mãe descuidada da coragem, dava-lhe esse conforto, esse pensamento e, mesmo, segurança. Havia colocado na balança de seus sentimentos e conhecimentos o valor tão esperado da realização de um sonho a ser concretizado com a viagem à Europa, um fato real, e a possibilidade de uma doença que, se fosse verdadeira, poderia causar-lhe algum significativo mal. Era a avaliação entre um bem verdadeiro contra uma possibilidade de uma doença consumptiva. Como estabeleceu Susan Sontag, preferiu usar o passaporte bom. Deletou aquele com o qual viajaria para um local onde não desejava chegar. Escolheu o seu destino ao escolher o passaporte que usaria.

Então, vale pensar: qual das duas variáveis tem o maior peso? Estaria ele certo ou errado?

Valeria a pena ser o Ignácio de Loyola Brandão, que se consumiu intensa e profundamente antes de os fatos serem avaliados e as consequências serem medidas, objetivamente, quando descobriu ter um aneurisma cerebral, como descrito em seu livro *A veia bailarina*.

Mas aqueles pensamentos fizeram Reinaldo rememorar um fato com ele ocorrido, portanto real, que lhe veio à mente...

— Iria participar de um congresso médico no Rio de Janeiro, com início previsto para a noite de quinta-feira, com término no sábado à tarde.

— O voo que me levou ao Rio — contou ele —, chegou por volta de 15 horas da quinta, no aeroporto Santos Dumont, vários quilômetros distante do local do evento, na Barra da Tijuca. O trecho era ligado por espetaculares paisagens à beira-mar, cenários comuns à cidade que, não sem razão, é denominada de "maravilhosa".

Ao tomar um taxi, após definir o local para onde deveria ir, a tradicional pergunta de todo passageiro: "Quanto tempo devemos gastar até o nosso destino?" O cordial motorista, com forte sotaque carioca, o informou de que, naquele horário, não mais do que 40 minutos, se tanto, seriam necessários para deixá-lo no hotel.

Quinze minutos após iniciada a viagem, o rádio do carro anunciou um grave acidente na avenida Niemeyer, limitando a passagem no sentido da Barra da Tijuca.

– Chegando àquele local, após 20 minutos de viagem, ficamos parados por mais de 2 horas. Uma necessidade de urinar foi-se agravando e ao final tornou-se quase que incontrolável – contou Reinaldo. – Ao chegar ao hotel, tive uma micção com grande quantidade de sangue, acompanhada de intensa dor no abdome. Ao contrário do paciente, pela condição de médico e, portanto, conhecedor das possíveis causas para hematúria, fiquei extremamente nervoso e preocupado. Seria um tumor de próstata ou de bexiga que, estimulado pela grande pressão sobre a bexiga, teria sangrado? Imediatamente, a evolução de doença grave passou-me à mente. Uma cirurgia? Quimioterapia e suas quase intoleráveis consequências? Radioterapia e suas não menos suportáveis complicações? Metástases? Prognóstico ruim? Qual seria definitivamente o diagnóstico? Esperar até o retorno para iniciar a avaliação seria um longo tempo pela ansiedade naturalmente imposta frente a esse sangramento. E a esses conhecimentos. Os dias do congresso passaram entre essas preocupações que, com frequência, vinham perturbadoras à mente, e as discussões sobre novos diagnósticos e condutas sobre hipertensão arterial, o tema do evento.

– Fiz uma ligação imediata ao urologista, médico de confiança e amizade, e então foi marcada a desejada avaliação para a manhã da segunda-feira. A ansiedade não foi menor. Os pensamentos não foram arrefecidos apesar do conforto e da segurança de estar em casa.

A avaliação foi feita. O resultado de um exame de cistoscopia para avaliar a parede da bexiga demorou pouco tempo, mas esse período pareceu uma eternidade. Em seguida, o urologista deu o diagnóstico e a explicação para o sangramento.

— Uma grande distensão e uma rutura de um pequeno vaso da parede do órgão causaram o profuso sangramento. Vi esse vaso roto claramente durante o exame – disse-lhe o médico com segurança e causando a sensação de alívio e segurança ainda maiores que as dele.

— Passado todo esse tempo, houve a quase total resolução do sangramento, à custa de uma hidratação vigorosa feita nos dias que se seguiram ao retorno para casa. Não valeu a pena o conhecimento e as elocubrações nos dias que se passaram. Mas elas foram inevitáveis.

Em corolário ao usual dito popular "a ignorância é a mãe da coragem", pode-se pensar que "o conhecimento é o pai da preocupação".

Até quanto e quando um e outro estarão corretos?

● ● ●

A "Síndrome do Estudante de Medicina" estabelece que muitos dos estudantes da área médica, especialmente os que têm o perfil de serem hipocondríacos ou essa tendência, passam a ter sintomas das doenças à medida que passam a ter contato com elas nas primeiras aulas de patologia e clínica médica.

> *A maioria dos estudantes de medicina passa por um breve período em que desenvolvem todos os tipos de doenças imaginárias – eu tive leucemia por pelo menos quatro dias – até aprender, por uma questão de autopreservação, que as doenças acontecem aos pacientes, não aos médicos, afirma Henry Marsh.*

As pessoas que começam a somatizar sentimentos, começam, de certa forma, a adoecer. Muito mais na mente que no corpo. Mas essa evolução pode tornar-se real se não devidamente tratada.

Não são sem impacto sobre o organismo as alterações emocionais. Quando estão exacerbados, os sentimentos e os pensamentos negativos determinam alterações hormonais e funcionais que, se persistentes, podem levar a doenças definidas e reais.

Pessoas que são ansiosas, ou mantêm permanentemente esse estado, têm elevações da frequência cardíaca e da pressão arterial, resultando em um estado circulatório consumptivo que determinará alterações do sistema cardiovascular.

Frequência cardíaca elevada não raramente pode determinar uma doença do miocárdio (o músculo do coração) como consequência de um processo de exaustão em função dessa atividade constante, excessiva e inapropriada. Pode ser tão deletéria que levará o coração a um estado de força de contração reduzida, tendo como consequência a tão perniciosa e grave insuficiência cardíaca.

Os pensamentos podem ter efeitos indesejáveis sobre o corpo. O medo da doença pode ser tão lesivo quanto ela própria e os males que ela pode causar.

Nasrudin Coja (1208-1284), ou simplesmente Nasrudin, foi um satírico sufi. Acredita-se que viveu e morreu em Akshehir, perto de Cônia, capital do Sultanato de Rum, atual Turquia. Possuía um humor refinado e perspicácia apurada e a ele foram atribuídas muitas histórias, que o tornaram um personagem folclórico e lendário. Dentre as suas muitas narrativas, está um diálogo que teria tido ao encontrar-se com a Peste. Nele, relata-se que Nasrudin, encontrando-se com a Praga, indagou-lhe para onde ela estava indo. Ela, então, lhe respondeu: – Estou indo a Bagdá matar 10 mil pessoas.

Pouco tempo depois, o mulá reencontrou-a novamente e lhe afirmou: – Você mentiu. Disse que ia a Bagdá matar 10 mil e matou 100 mil pessoas!

Então ela lhe respondeu: – Não, eu só matei 10 mil, as outras morreram de medo!

Esse é um exemplo claro que configura quanto o temor pode ser maléfico ao corpo e à mente, podendo ser a causa do aparecimento de uma doença ou enfermidade. Mesmo da morte!

Fatores ambientais e estilo de vida definem os fatores de risco, condições que, quando presentes, concorrem para o aparecimento de doenças ou, se elas já existem, podem agravá-las. Por outro lado, os fatores ligados ao sexo e à hereditariedade também podem ser a causa de doenças.

Prevenir os fatores de risco é uma estratégia que se faz necessária, configura uma das ações mais edificantes da Medicina: a prevenção.

O ambiente é fundamental e os hábitos de vida são definitivos na manutenção da saúde e na prevenção das doenças.

O meio ambiente, expressão da natureza, se agredido pelo homem, modificado por ele, responderá conforme o que a ele foi feito. O homem pode modificar a natureza, mas sobre ele recairão os fatos, bons ou ruins, que fez.

Em uma região da França com alto consumo de cigarro e estilo de vida não aconselhável, era esperada uma significativa mortalidade por doenças do coração, como infarto, por exemplo. A não observação desse fato instigou cientistas a procurarem causas que estabelecessem essa proteção. Uma hipótese aventada, a qual justifica o fato para alguns e levanta dúvidas para outros, sugere que o consumo moderado e frequente de vinho, que contém substâncias "benéficas" à saúde cardiovascular, seja a explicação. A esse fato deu-se o nome de Paradoxo Francês. Apesar de ele ser realmente um paradoxo, parece ser verdade, pois as pessoas submetidas a fatores que determinariam maior mortalidade por causas cardíacas não as apresentam. Mas, se um hábito que pode ser deletério à saúde é a causa do benefício, isso não é consensual. História para se considerar. Conclusões sobre as quais devemos pensar!

Ainda sobre hábitos aparentemente determinantes de risco de doenças e morte que podem não corresponder ao risco esperado, há outro fato relatado na literatura médica. Apesar de se esperar que o consumo frequente e usual de pizzas na Itália fosse causa de maiores probabilidades de doenças, não houve essa confirmação. Ao contrário, observou-se menor chance de infarto do coração e de alguns tipos de câncer.

A Medicina é um constante, vasto e intrigante campo de pesquisas, e a busca por orientações que sejam benéficas é meta constantemente buscada.

É preciso, entretanto, uma distinção criteriosa entre observação de um fato e a sua comprovação a ponto de ser considerado real e aplicável.

Tanto o chamado Paradoxo Francês quanto o estudo sobre os "comedores de pizza" são bons exemplos entre observação e resultados. De novo, observações precisam de reais confirmações na vida.

As doenças fundamentalmente ligadas ao sexo são exemplos mais reais e bem documentados. Algumas, por óbvias razões, são típicas de um ou outro: doenças prostáticas e câncer de colo de útero são dois exemplos absolutos.

A proteção hormonal da mulher em relação ao aparecimento das doenças do coração, por exemplo, é característica dela, sem, naturalmente, comparação ao homem.

Esses são alguns aspectos que envolvem achados intrigantes que só a Medicina, com suas características tão peculiares, pode nos oferecer e cuja beleza está na preservação da saúde e na proteção contra as doenças.

Hereditariedade é um poderoso determinante para aparecimento de doenças, embora não o único. Sempre é oportuno lembrar de Winston Churchill e de Jim Fixx.

Churchill viveu sob intenso estresse, era obeso, grande fumante, glutão, hipertenso. Morreu aos 91 anos. Jim Fixx foi atleta, levava uma vida saudável e sem fatores clássicos de risco para doenças; era um grande velocista, campeão consagrado em várias competições de atletismo. Morreu aos 52 anos.

O que os diferenciava além desses fatos citados? Os pais de Churchill foram tão longevos quanto ele, enquanto o pai de Fixx morreu próximo dos 45 anos de infarto agudo e fatal do miocárdio.

Qual a lição que se tem da análise dessas duas pessoas de características tão opostas em termos de hábitos e estilo de vida?

A genética, diversa em cada um deles! Ela não é a única no determinismo das doenças, mas tem um papel decisivo.

O professor Martinez-Selles, de Madri, avaliou 118 centenários que, por meio de uma classificação adotada, tinham um estado de saúde considerado muito bom. Eram fisicamente ativos e assim foram durante toda a vida. Em uma comparação, eles apresentavam características similares às de pessoas com 65 anos de idade. Então, ele deu a receita para uma vida longeva e saudável, suportada em quatro pilares: coma certo, faça exercícios, sem tabaco e sem excesso de álcool.

Mostrou também que a quase totalidade desses muitos idosos vivia com a família e desempenhava atividades pessoais, ressaltando ser esse um hábito comum na Espanha, já que apenas um pequeno número vivia em abrigos. Termina dizendo que a combinação de bons hábitos por toda a vida será a responsável pela longevidade e pela boa qualidade de vida no presente e no futuro.

É preciso ressaltar também quanto o afeto, o carinho e o conforto da família são determinantes poderosos para a boa qualidade de vida e a longevidade.

É possível que, mesmo naqueles indivíduos nos quais um componente genético seja desfavorável, a adoção de muito bom estilo de vida os faça viver mais e melhor.

Jeanne Louise Calment morreu em 1997, aos 122 anos. O que ela tinha de especial? Uma boa e muito frequente combinação de todos os fatores que determinam o tempo de vida de cada um: uma "boa genética" e bons modos de vida.

A deusa Aurora (Eos) apaixonou-se por Titono, um mero mortal. Pediu, então, a Zeus, deus de todos os deuses, a imortalidade para o seu amado. Zeus concedeu-lhe essa graça. Titono envelheceu, mas ficou totalmente demenciado. Desse chamado "Mito de Titono" tira-se uma importante conclusão: imortalidade não é sinônimo de eterna juventude. A vida é uma estrada com começo e fim. Inicia-se com o nascimento e termina com a morte. Uma obviedade que não pode ser esquecida. Nem modificada.

Entretanto, o meio dela, entre o nascimento e a morte, fará do tempo vivido o melhor modo de viver.

● ● ●

José Saramago, escritor português, romancista, contista e o único escritor de língua portuguesa a receber o Prêmio Nobel de literatura, escreveu o, no mínimo intrigante, livro *As intermitências da morte*.

A primeira frase do livro – "no dia seguinte ninguém mais morreu" – estabelece o sentido que o autor dá ao seu impressionante relato, em que supõe que as pessoas, em determinado momento, ficassem isentas de morrer em um hipotético país.

Então, as complicações desse fato começam a ser relatadas, especialmente com as consequências decorrentes da mudança de um paradigma que está inserido na vida: a morte.

"Não há nada no mundo mais nu que um esqueleto", escreve José Saramago diante do fato de ele representar a morte. Só mesmo um grande romancista poderia retratar assim a terrível e temida figura. E a sua significância.

Quando o término da vida das pessoas desse imaginário país foi cessado, as consequências começaram a surgir.

A primeira constatação dos "malefícios" de as pessoas não mais morrerem foi da Igreja Católica.

– "Sem morte, não há ressurreição. Não há pecado a ser redimido para assegurar uma nova vida em outro plano plena de felicidade" – arquitetou o cardeal-mor do país onde o fato passou a ocorrer.

Os hospitais passaram a ficar lotados, pois não havia mortes. Entretanto, não deixaram de ocorrer as doenças. As companhias de seguro de vida não tinham mais razão de existir, assim como o seu serviço a ser prestado. Os asilos ficavam repletos de idosos, cada vez mais velhos e doentes, sem o desfecho natural e esperado para eles.

As funerárias foram gradativamente fechando em função da inutilidade natural dos serviços que elas sempre prestaram.

Assim, e por aí em diante, tudo que era relacionado ao inevitável e fatal desenlace, o fim da vida ou a morte, parte da cadeia natural iniciada com o nascimento, foi minguando e acabando.

A conclusão óbvia e esperada: o nascimento e todas as ocorrências que caracterizam o tempo de vida até a morte, desfecho necessário e esperado, constitui a história natural do homem. Dá-lhe o sentido do viver, as razões para isso e a expectativa de ser feliz!

● ● ●

A cura depende de haver uma doença ou enfermidade, e, para que haja doença, há um conjunto de variáveis em cena e um protagonista: o paciente.

Curar é mais do que fazer com que as pessoas não tenham doença. Elas precisam, para ter saúde, estar em pleno equilíbrio, com bem-estar físico, social, espiritual. Trata-se de uma condição que, no seu todo, é meta difícil de ser alcançada, mas um ideal a ser buscado. Sempre.

Curar implica saber o que precisa ser curado, o que aflige as pessoas, o mal que sentem e que, se aliviado, traz conforto, bem-estar completo. Para curar, segundo o provérbio chinês, é preciso conhecer primeiro a doença. Então, tratar o doente, identificar a enfermidade e tratar o enfermo.

Os médicos são pessoas escolhidas por Deus para cuidarem de um dom que só Ele pode dar e tirar: a vida.

Assim, eles detêm esse privilégio e assumem essa missão.

Abu Ali Huceine ibne Abdala ibne Sina, ou simplesmente Avicena, nascido na Pérsia, no ano 980, morreu aos 57 anos.

É considerado o pai da moderna Medicina e sua principal obra, *A cura*, teve um impacto decisivo sobre a escola médica europeia no século XI. O princípio filosófico de seu pensamento está expresso em muito decantada expressão: "A imaginação é a metade da doença; a tranquilidade é a metade do remédio; e a paciência é o começo da cura".

A imaginação não raramente é um poderoso ator fisiopatológico que dá asas à instalação das doenças e a alterações tanto das funções quanto da anatomia do organismo humano. Não sem razão Avicena estabeleceu que "A imaginação é a metade da doença".

Ela caminha na imensa velocidade do pensamento de forma a chegar aos mais diversos pontos e deles retornar em, literalmente, um piscar de olhos. O livre pensar, o modo de imaginar, podem nos levar a sentimentos positivos, desejáveis ou a ideias impróprias que representam sensações e percepções indesejáveis. Aqueles são edificantes e essas, destruidoras.

A imaginação é livre, solta, flui sem regras e sem avaliar consequências. Cria, assim, estados mentais dos mais diversos matizes. Cores que acalmam intuem aos melhores sentimentos. Por outro lado, podem estar carregadas de um peso somente sentido pelos resultados do pensar, do imaginar. De toda forma, a imaginação pode ser para o bem ou para o mal. Depende de quem imagina e do que se imaginou.

No belíssimo poema "Ismália", de Alphonsus de Guimaraens (1870-1921), o autor retrata os devaneios dela, pensamentos ou vagas imaginações, quando ela se pôs a, sem limites, sem senso ou razão, a pensar sobre a lua, o céu, o mar e a morte...

> *Quando Ismália enlouqueceu,*
> *Pôs-se na torre a sonhar...*
> *Viu uma lua no céu,*
> *Viu outra lua no mar.*
> *No sonho em que se perdeu,*
> *Banhou-se toda em luar...*
> *Queria subir ao céu,*
> *Queria descer ao mar...*
> *E, no devaneio seu,*
> *Na torre pôs-se a cantar...*
> *Estava perto do céu,*
> *Estava longe do mar...*
> *E como um anjo pendeu*
> *As asas para voar...*
> *Queria a lua do céu,*
> *Queria a lua do mar...*
> *As asas que Deus lhe deu*
> *Ruflaram de par em par...*
> *Sua alma subiu ao céu,*
> *Seu corpo desceu ao mar...*

Mais uma vez, pode-se citar a imaginação no romance de Ignácio de Loyola Brandão *A veia bailarina*, título poético que esconde uma quase tragédia vivida pelo escritor: um aneurisma cerebral que podia explodir a qualquer instante, no seu pensamento, na sua constante imaginação. Momentos de angústia, o temor da morte, a ansiedade, o balanço da vida, a cirurgia brutal e, por fim, após o êxito da operação, a redescoberta luminosa da vida. Ele descreve a sua real e tormentosa convivência com uma doença diagnosticada por acaso e que, pela imaginação, o fez passar por longo período de pânico, desconforto e pensamentos negativos sobre os potenciais riscos, consequências imaginárias e perigos de uma doença que, ao final, teve a solução esperada e prevista. Um consumo de energias e uma visão negativa e tormentos, além de desnecessária.

Imaginar é antecipar os fatos. Fazê-los presentes antes que se definam como ocorrerão à frente. Se é que ocorrerão, como estimativa e não realidade. Os bons e os maus acontecimentos em balanço nem sempre real.

"A tranquilidade é a metade do remédio", por que Avicena assim se pronunciou? Porque pensamentos positivos, otimismo, por exemplo, estão relacionados a uma menor chance de doenças e de redução das taxas de mortalidade. Otimismo é um sentimento que leva à tranquilidade. Da mesma forma, outros pensamentos e condições que resultam em bem-estar, menor ativação do sistema nervoso central e produção de hormônios, que resultam em estresse e intranquilidade, contribuem para o que se define como metade da cura. É o que se pode denominar como tratamento não medicamentoso, sem o emprego de remédios na sua clássica concepção.

Perdão, honestidade, autodisciplina, altruísmo, humildade e gratidão podem ser adicionados a condutas que criam expectativas de bom estado psíquico, social e espiritual, definido pela Organização Mundial da Saúde como o conceito atual de saúde.

William Osler escreveu: "Os bons médicos tratam as doenças e os ótimos médicos tratam os pacientes que têm as doenças". Esse é o conceito que se espera do médico e que nele se espera encontrar.

A tranquilidade é um conceito que, por definição, tem como sinônimos: serenidade, concórdia, paz, calma, sossego e quietude que, presentes, levam a um equilíbrio emocional e mental capaz de determinar e conduzir a um estado de bem-estar.

Sobre esses estados, sentimentos e pensamentos, vários filósofos ocuparam-se em seus estudos e considerações.

Aristóteles, Plantão e Epicuro pensavam que a melhor indicação da filosofia de um indivíduo não era o que ele diz, mas como se comporta, como ele se sente. Para viver uma vida respeitável, socialmente aceita e filosoficamente digna, era preciso entender as regras da ordem natural, uma vez que ensinavam que tudo estava enraizado na natureza.

Sêneca e Epiteto enfatizaram que "a virtude é suficiente para a felicidade". Assim, sentimentos como concórdia, paz, calma, sossego, quietude, todos sinônimos de tranquilidade, devem ser conseguidos para um indivíduo se manter em estado de equilíbrio para a vida, diante dos desafios que ela determina e estabelece.

Para Avicena, esse estado de espírito é uma das formas de promover a cura, de retornarem ao pleno bem-estar: o doente e o enfermo.

A vida nos oferece oportunidades, boas e más, que pelo livre-arbítrio podemos escolher.

Em conformidade com as nossas escolhas, assim será nossa vida.

● ● ●

As doenças e os doentes guardam características peculiares. Um fato sempre observado e que termina por trazer informações úteis à população é a morte de uma pessoa famosa. Quando ela morre, fica também famosa a sua doença, a causa pela qual faleceu. Essa situação criada traz elucidação de conceitos e afirma condutas que se esperam que as pessoas tenham para seu melhor viver.

Ao morrer por doses repetidas e abusivas de uma medicação utilizada pelos anestesistas chamada Propofol, Michael Jackson tornou popular essa droga até então de conhecimento restrito aos médicos especializados. Ficou a mensagem de que o emprego abusivo de medicações é deletério à saúde e precisa ser bem orientado e cuidadosamente empregado.

Ao morrer de infarto, o possivelmente "presidenciável" Luís Eduardo Magalhães, filho do polêmico político baiano Antônio Carlos Magalhães, trouxe à baila os fatores de risco determinantes de um infarto do miocárdio. Revistas de projeção e circulação nacionais divulgaram o fato e discutiram à exaustão por que um jovem aparentemente saudável, só aparentemente, tivera um ataque cardíaco fatal e não esperado.

Há uma preocupação pessoal com os fatos que determinaram a morte. Pena que as preocupações não duram muito e logo dissipam-se no turbilhão que move as vidas e constituem o modo de ser e viver de cada um.

Os tratamentos disponíveis em larga escala, se bem empregados, levam à vida mais saudável sem complicações e podem retardar a morte. Prevenção e cura.

Esse é um conhecimento que deve estar sempre na mente de todos. Não pode ser esquecido. Não deve ser negligenciado.

Como tratar, e o que tratar, é uma composição de conduta que reflete a evolução das ciências e da Medicina em particular.

Marco Bobbio, em seu livro *O doente imaginado*, discute com bases científicas e reflexões pessoais sobre as ações dos médicos calcadas no bom senso e na afeição que devem manter com os pacientes, o que representa **o melhor tratamento**.

Na introdução, diz:

> *Todo indivíduo tem direito ao melhor tratamento de saúde possível. Mas qual é o melhor tratamento? Aquele que prolonga a vida, por anos, meses ou dias? Aquele que o faz sentir-se melhor? O mais caro?*

> *Aquele que o paciente considera aceitável, lógico, suportável e que está em conformidade com os seus princípios? Aquele que é mais bem documentado do ponto de vista científico?*

Bobbio, nessa mesma publicação, ainda vai além, com perguntas inquietantes e respostas contundentes, quando diz, por exemplo: "Vivemos em tempos em que a medicina sabe o melhor tratamento para um grupo de pessoas estudadas, mas não conhece exatamente a melhor conduta para um paciente particular".

Um caso emblemático que resultou em extensa e intensa polêmica nos anos 2000 refere-se ao medicamento Vioxx®, produzido e comercializado pelo Laboratório Merck & Co. Ele foi anunciado, e essa característica foi muito bem difundida, como responsável por uma reduzida ocorrência de efeitos gastrointestinais, comuns aos demais anti-inflamatórios. Esses dados foram "confirmados" em vários estudos chamados multicêntricos, quando vários pesquisadores pertencentes a diversos centros médicos contribuem para a pesquisa com um número de pacientes predefinidos e obedecendo a um protocolo preestabelecido.

O Vioxx® foi lançado em 1999 e foi comercializado em mais de 80 países. O faturamento mundial do produto em 2003 foi de US$ 2,5 bilhões. No Brasil, a Merck registrou faturamento de US$ 30 milhões com o produto, que possuía 30% da fatia do mercado de anti-inflamatórios.

Entretanto, em 2001, Erick Topol, professor da Cleveland Clinic, observou que era preocupante um número maior de infartos do coração em quem fazia uso do medicamento.

O próprio Topol afirmou que não se poderia esperar que a Merck fosse conduzir um estudo para demonstrar um fato que não lhe interessava.

Em 2000, foi publicado que o número de eventos gastrointestinais era muito menor no grupo que usou o Rofecoxib (a droga ativa do Vioxx®) comparado aos que utilizaram Naproxeno (a droga de comparação). Essa foi a conclusão de interesse da indústria produtora do produto. Nesse mesmo artigo havia outra conclusão, essa não interessava ao produtor, definida de forma a minimizar o achado: "no grupo que usou Naproxeno houve menos ocorrência de infarto". Observem que não foi dito que no grupo Vioxx® houve mais infartos!

A revista inglesa *The Lancet* já havia anunciado o fato de maior ocorrência desse tipo grave de efeito adverso em 1999.

Esse relato demonstra como os interesses comerciais e econômicos podem determinar condutas facciosas para consubstanciar o emprego de determinado medicamento. Lamentável e inaceitável, porém real.

É de se destacar que os efeitos terapêuticos para os pacientes que necessitavam do uso de anti-inflamatórios eram muito bons, com alívio de sintomas e melhora expressiva na qualidade de vida.

Isso é, por si só, suficiente, sobretudo quando são desprezados efeitos adversos tão relevantes e graves?

Assim, pode-se perceber o papel da indústria farmacêutica nos tratamentos a que serão submetidas milhões de pessoas em todo o mundo.

É claro que nem sempre é dessa forma, felizmente.

Há, entretanto, uma diferença abissal entre as pesquisas realizadas por meio de protocolos de investigação, em pequenas populações sob estrito controle e por tempo limitado, para que sejam avaliados efeitos terapêuticos e reações adversas e a sua aplicação na população em geral com receituários amplos e generalizados.

Há outros exemplos que se assemelham. Omapatrilato (Vanlev®) era uma promessa para tratamento de pacientes com déficit de funcionamento cardíaco. Os estudos iniciais, controlados, multicêntricos, duplo-cego (nem o paciente, nem o médico tinham conhecimento se estavam sob tratamento ou fazendo uso de placebo) mostraram resultados entusiasmantes. Quando foi utilizado de forma generalizada, efeitos adversos potencialmente graves, como reações anafiláticas graves, foram observados e ele teve que, imediatamente, ser retirado do mercado farmacêutico. Outros exemplos de medicações que causaram diversas formas de reações indesejáveis mais tardiamente observadas são: o redutor de colesterol Cerivastatina (Lipobay®), cujo uso poderia resultar em formas graves e potencialmente fatais de doença renal aguda; Flecainida (Tambocord®), um agente antiarrítmico que aumentava a mortalidade em seus usuários, e Mibefradil (Posicor®), indicado inicialmente para tratamento da hipertensão arterial, que foi retirado do mercado por interações inaceitáveis com outros medicamentos.

Esses dados aplicam-se às conclusões de Sir Bradford Hill ao afirmar:

> *No máximo um estudo (amplamente conhecido em Medicina como trial) demonstra o que se pode obter com um medicamento administrado sob rigorosa supervisão médica. Mas os mesmos resultados poderão não ser observados de forma sistemática quando esse medicamento passa a ser de uso comum.*

Marco Bobbio aprofunda-se ainda mais ao recorrer a um artigo de EH Turner publicado na revista *The Lancet* em 2018 sobre análise de eficácia de antidepressivos: "Um grupo de psiquiatras de Oregon, comparando resultados de pesquisas com antidepressivos (publicadas ou não), percebeu que fármacos eram eficazes em 94% dos casos publicados e somente em 51% daqueles não publicados".

Esses casos valem menos pelos exemplos nominais, mas fundamentalmente para demonstrar que medicamentos precisam ser muito bem avaliados nos efeitos terapêuticos, na segurança e nas reações adversas, para que possam cumprir o seu papel principal: reduzir morbidade e mortalidade.

O oposto desses vários e preocupantes cenários: há evidências acumuladas por décadas dos benefícios obtidos com o tratamento da hipertensão arterial com a redução do colesterol LDL e o controle do *Diabetes Mellitus*.

A prescrição de ácido acetilsalicílico (AAS) em pessoas com doença arterial das coronárias, em doses apropriadas, poderá reduzir até 12 eventos cardiovasculares para cada mil pessoas tratadas. Espera-se, entretanto, que possam ocorrer hemorragias em decorrência de seu emprego em até dois indivíduos. Assim: evitam-se 12 eventos e pode haver até dois efeitos adversos.

Consideremos, entretanto, o emprego inadequado do AAS, por exemplo em pessoas que não têm essa indicação formal: a ocorrência de eventos adversos graves continuará a mesma e o benefício se restringirá a uma redução de 0,3 a 1,6 casos por mil!

Assim, a Medicina exige uma inversão do ditado ao afirmar que os meios devem justificar os fins!

Essa multiplicidade de pontos e conceitos que intervêm na melhor tomada de decisão conjunta, médico-paciente-família, precisa ser considerada na instituição da melhor forma de tratar.

Nem desprezar o peso das evidências científicas, nem as tomar como inquestionáveis e, como tal, adotá-las sem critérios estritos de avaliação.

• • •

Dr. Reinaldo conta em uma de suas narrativas sobre a extensa prática médica o seguinte fato ocorrido.

Ele tratou por muitos anos uma senhora, já nonagenária, porém de uma lucidez impressionante e igual condição física invejável.

Em um determinado dia, recebe a ligação de um de seus filhos.

– Dr. Reinaldo, minha mãe está internada faz uma semana. Ela vinha passando muito bem desde a última vez que esteve em consulta com o senhor faz três meses. Há poucos dias, acordou com fortes dores no abdome. Dois dias depois, começou a ter uma face pálida e amarelada. Foi então se consultar com um médico gastroenterologista. O ultrassom de abdome sugeriu um tumor no fígado, confirmado imediatamente após, por meio de uma ressonância. Ela gostaria que o senhor a visse o mais rápido que puder. O senhor sabe a confiança que lhe tem... – concluiu ele.

– Irei ainda hoje visitá-la, tão logo entre em contato com o médico que a está assistindo – disse-lhe Dr. Reinaldo.

A visita foi realizada naquele mesmo dia. Havia uma visível e marcada icterícia que lhe causava uma má impressão. As dores haviam se exacerbado e só cediam com o emprego constante de analgésicos muito potentes que, mesmo assim, tinham efeito fugaz. Havia uma cirurgia para desobstrução de canais biliares programada para o dia seguinte. Ela então objeta, dizendo-me:

– O senhor sabe da confiança que lhe depositei, fruto de mais de 20 anos de acompanhamento dos problemas que sempre tive, e o senhor os controlou com eficiência. Atribuo a isso esse tempo de bem-estar e boa saúde que tive até agora.

– Eu vivi por quase setenta anos em minha casa – continuou ela –, um reduto de muitas e boas lembranças. Com meu esposo, tive uma vida feliz. Lá, os meus filhos e netos me veem quase todos os dias, causando-me uma alegria da qual estou privada, internada nesse hospital. Sei da gravidade de minha atual doença e do mau prognóstico que ela tem, conferindo-me muito pouco tempo de vida. Quero passar esse último tempo no lugar onde fui feliz e construí a minha vida, junto à minha família. Peço que me faça ir para minha casa – concluiu ela.

Dr. Reinaldo, valendo-se de seus conceitos sobre condutas médicas paliativas, tinha também exatamente essa sensação que a paciente relatava.

Havia, porém, uma questão ética e profissional. Precisava falar com a equipe de médicos que a tratava. Com todas essas argumentações, foi até o médico que a operaria no dia seguinte. Encontrou resistências. Mas, com sua convicção de uma ação humanística e sensata, fez com que ela fosse viver o pouco tempo que lhe restava em sua casa, com os cuidados necessários para uma qualidade de vida minimamente desejável. Sem dores, com o conforto de seu ambiente familiar. Tudo com a anuência dos familiares.

Foi visitada por Dr. Reinaldo nos dois dias seguintes à sua alta hospitalar. Em um deles, a emoção lhe fez ficar com os olhos úmidos e o coração acelerado. Ela estava cercada por filhos e netos em seu quarto. Apesar de as dores incoercíveis a castigarem, e de seu estado geral muito comprometido, era possível sentir o seu prazer e, em alguns momentos, seu semblante sugeria um discreto sorriso nos lábios, apesar das furtivas lágrimas suavemente descendo pelas faces empalidecidas e amareladas.

Possivelmente sorria de alegria e chorava pela mesma razão.

No dia seguinte, Dr. Reinaldo, quando se preparava para uma nova visita, recebeu a ligação de uma das filhas comunicando-lhe o falecimento de sua paciente.

Ela, então, lhe disse: – Ela simplesmente fechou os olhos e teve a respiração interrompida. Acho que partiu feliz!

Dr. Reinaldo, refletindo sobre essa marcante experiência profissional, concluiu: – Nem sempre o que é preciso e possível é necessário. Também acho que deixou essa vida terrena feliz!

Então, continuou suas atividades confortado e seguro de que fizera o melhor entre o possível e o certo. Tinha exercido, mais uma vez, seu papel de Homem Médico.

● ● ●

A Medicina moderna se, por um lado, tornou-se muito mais "armada" com exames em abundância e contatos pessoais mais escassos, ganhou novos conceitos voltados à sua melhor prática. Mais humana, compreensível dos desejos e das necessidades de quem é tratado, em parceria com quem trata.

No nascimento, há uma alegria pela nova vida que surge e o respeito pelo nascituro, e a conjunção obstetra-pediatra-família entrelaça-se em júbilos. No término da vida, há de haver igual respeito e, por que não, uma consideração especial a quem encerra o seu ciclo de vida.

Os cuidados paliativos não significam que nada mais há a fazer pelo doente, mas que ele merece, nesse momento crucial da vida, quando se avizinha o seu fim, atenções que objetivam conforto, bem-estar, esperança.

Eles são uma modalidade de atenção voltada para proporcionar boa qualidade de vida a portadores de doenças ameaçadoras à vida, a suas famílias, com foco em tratamento de sintomas que tragam desconforto, seja este de natureza física, emocional, espiritual, seja social. As áreas de atuação nesse momento incluem, além do controle impecável de sintomas, a comunicação franca com o paciente, a conscientização do seu prognóstico, o preparo de plano avançado de cuidados individualizados e a organização de rede de suporte, de modo a permitir acesso fácil e rápido a atendimento em caso de descompensações e piora de sintomas.

Os cuidados paliativos trazem, já na origem do nome, do latim *pallium*, um manto utilizado por cavaleiros para se protegerem das intempéries, a ideia de proteção e redução de danos.

Assim, o respeito pelos desejos e pelas necessidades determinados por pacientes e familiares deve ser atendido com atitudes dedicadas, cuidadosas, amigáveis e compreensivas por parte do médico.

Assim foi feito com essa senhora atendida por Dr. Reinaldo. Era o que ela esperava e, felizmente, foi o que se fez.

Foram atendidos os desejos de quem necessitava da ajuda, já que o pensamento e a expectativa de cada um devem ser atendidos.

Uma história relatada pelo rabino Ilan Stiefelmann conta que, certa vez, três grandes sábios caminhavam pelas ruas de Jerusalém quando foram interpelados por um homem bastante abatido.

– Rabinos – disse o homem –, estou muito doente, preciso curar-me. – Os rabinos confabularam e logo prescreveram-lhe a ingestão de determinadas ervas. O homem, que esperava deles uma bênção espiritual como resposta, soltou uma gargalhada irônica.

– Essa é boa! Não estou entendendo! – disse ele. – Se foi Deus quem me deu essa doença, então vocês estão interferindo em Seu domínio ao receitarem remédios físicos. Com todo o respeito, parece-me um desafio ao Criador.

Essa fábula revela muito bem a percepção das pessoas sobre a sua saúde e suas doenças. Cada um pode esperar uma conduta em particular que atenda às suas expectativas. A cura é fruto de um conjunto de ações e percepções. As condutas do médico são as ações; as sensações e percepções são os sentimentos do paciente.

É preciso uma conjunção dessas duas atitudes para o benefício desejado.

Em *O código da cura*, Bruce Forciea afirma que: "o terapeuta pode ser um médico de renome ou um monge do Tibete, dependendo da doença ou enfermidade e das percepções de quem será tratado". Afirma, também, que:

> *Todas as modalidades de cura têm algo em comum: proporcionam trocas de informações que geram a remissão das doenças e das enfermidades, fortalecendo ou corrigindo os complexos processos que se desenvolvem no organismo.*

É certo, pois, que é preciso, para o médico e para o paciente, que essa interação respeitosa e eficiente se faça.

A aplicação abusiva de medicamentos pode ser tão deletéria quanto não tratar uma doença passível de tratamento. É a sabedoria aristotélica de que a razão está no equilíbrio, aplicada à Medicina.

A polifarmácia pode ser uma conduta que mais atende aos propósitos de quem prescreve os medicamentos que para os que vão fazer uso deles.

Um cordel de autor desconhecido trata com graça, humor e sabedoria o emprego abusivo, e não raramente pernicioso, dos medicamentos.

O autor assim expressa-se:

> *Aqui jaz nessa rica sepultura*
> *Um homem de pouca sorte.*
> *Teria escapado da morte,*
> *Se não tivesse morrido da cura!*

Morrer da cura, na percepção sábia desse inteligente cordelista, pode ser compreendida como uma morte evitável.

E evitar doenças e morte são nobres papéis dos médicos.

● ● ●

Para os médicos, uma experiência peculiar é quando se tornam pacientes. Experimentam, então, a condição de serem atendidos, quando precisam ser hospitalizados ou são submetidos a uma consulta médica.

Como expressam Fromme e Billings, "passam para o outro lado do estetoscópio", ou seja, passam a ter a experiência de fazerem parte do grupo que sempre mereceu seus cuidados. É a oportunidade única de avaliar como são importantes, necessárias e esperadas as melhores atenções, a palavra amiga e o carinho incondicional.

Podem conhecer os limites impostos pela condição de humanos que são os médicos e também de humanos que são os pacientes.

Certa vez, Reinaldo, tendo tido dores abdominais e alterações de seus hábitos intestinais, e conhecedor de eventuais diagnósticos que podiam ser os determinantes desses sintomas, foi submetido a uma colonoscopia.

– Tudo começou dois dias antes do exame – relatou ele – quando um preparo incômodo e desconfortável foi iniciado, objetivando ter um trato digestivo absolutamente preparado para a sua direta observação durante o exame. Nunca havia pensado quanto isso era desconfortável quando solicitava a um paciente que fizesse esse procedimento.

É preciso, pois, que a indicação seja pensada, consciente e objetiva.

– Ao chegar ao hospital, passando pela mesma recepção por onde todos os dias de trabalho entrava, apresentei-me como paciente – continuou ele.

– Surpresa e curiosidade se somaram, e as recepcionistas – confesso – ficaram sem exatamente saber como me tratar! Então, fui direcionado para trocar as minhas roupas pelo avental que os pacientes que serão submetidos ao exame devem vestir.

– Colocaram-me em uma cadeira de rodas, os pacientes não podem, por segurança, locomoverem-se andando – explicou Dr. Reinaldo –, e a cada instante era visto com curiosidade por colegas, enfermeiras e funcionários. Em todos eles, a mesma pergunta e o mesmo espanto: O que ocorreu? Como está? Algo grave? Espero que não! – eu respondia.

Continuou Dr. Reinaldo: – Essa experiência é didática para nós médicos: sentirmos como é frágil a condição de paciente, como é preocupante o resultado, muito mais que o exame.

Foi uma experiência sair da condição de médico que todos os dias frequentava aquele hospital para, com as vestes de um paciente igual a tantos outros, ser também um indivíduo comum.

A Dra. Poulson, reconhecida oncologista, por uma ironia do destino, foi acometida por um carcinoma muito agressivo e, então, escreveu como passou, como paciente, por todas as vicissitudes do tratamento oncológico nessa sua mudança para o outro lado do estetoscópio. Neste artigo, que ela intitulou de *Bitter pills to swallow* (*Pílulas amargas de engolir*), publicado no conceituado *New England Journal of Medicine* em 1998, descreve com detalhes e sentimentos o que passou como paciente oncológica.

Relata que não foi elegível para um protocolo de ensaio de um novo quimioterápico ou mesmo um transplante de órgão. Então, ela descreve a pungente situação: "estava desanimada, sentada solitária em uma salinha, esperando pelo meu médico, e o ouvi falar com um residente sobre um 'caso especialmente grave'. Então, tendo percebido que esse caso era o meu, comecei a chorar".

● ● ●

Em *A cidadela*, Archibald Joseph Cronin (1896-1981) conta a história do clínico geral (como Dr. Reinaldo) Andrew Manson que, vivendo inicialmente nas pequenas comunidades do Reino Unido, experimenta sucesso crescente e evolução profissional destacada.

O médico obtinha reconhecimentos quando havia sucesso no tratamento proposto, como se fosse uma obrigação e não mérito, e recebia o rancor, quase sempre indevido, quando as adversidades das doenças sobrepunham-se ao esforço feito para vencê-las.

Essa é uma realidade bem descrita nesse romance, mas igualmente própria da vida de médicos e da prática da Medicina.

Originário de família muito pobre, Dr. Manson, tendo estudado Medicina na Escócia com muitas dificuldades, sente-se, em determinado momento, enebriado com o sucesso e começa, lamentavelmente, a voltar-se para objetivos escusos do ganho fácil e menos digno. Essa é uma condição rechaçada nesse romance de Cronin, ele também um médico escocês, e que em momento algum deve fazer parte da digna prática da Medicina.

Gianni Bonadonna, médico oncologista de Milão, depois de ter sofrido um acidente vascular cerebral que lhe ceifou os movimentos, a fala e, sobretudo, a liberdade de ser por si só, retrata como é importante o cuidado afetivo, a compreensão, saber ouvir e ter a ideia exata do que falar.

Então, ele descreve como passou a avaliar a gravidade da insensibilidade, a distância mantida e a impossibilidade dos médicos de ouvi-lo, sem pressa, sem se preocuparem com o tempo deles, mas se ocupando do tempo de que ele necessitava.

A grande mensagem do romance de Cronin está centrada na vida árdua e estafante da prática médica se exercida dentro dos mais elevados princípios éticos e morais. Ela desgasta, mas isso não justifica que seja de outra forma.

Há um equilíbrio desejado e esperado entre essas duas possibilidades no exercício da Medicina: sucesso e fracasso é o que move o mundo em todas as formas de atividades.

José Ortega y Gasset, em sua obra *Ideias e crenças*, identifica como gratidão o sucesso alcançado quando reconhecido e identificado.

Dr. Reinaldo considerava gratidão como não se esquecer do bem que foi feito! E é por ela que pauta a sua vida: para ser grato e inspirar gratidão.

5
DE NOVO...
AS EMOÇÕES
DO AMOR

Como o primeiro amor consolidou-se na alma e refloresceu enquanto parecia em profundo sono, inerte e esquecido.

Amor é bem que sempre dura.
Não acaba.
Muda o foco, mas não apaga.

Reinaldo desempenhava destacado papel no hospital onde trabalhava, fruto de competência demonstrada em vários anos, desde sua chegada.

Tinha pacientes importantes, e o reconhecimento deles criou uma cadeia de influências. Eles recomendavam-no para outros, que ampliavam esse ciclo, resultando sempre em novos clientes.

Mantinha-se com elegância e desvelo tanto na sua aparência pessoal quanto no seu modo de trabalhar. Angariou respeito de funcionários e de todo o grupo de outras profissões com as quais contava como auxiliares em suas atividades. Psicólogos, enfermeiros, fisioterapeutas, fonoaudiólogos, técnicos de áreas de apoio ao diagnóstico, todos, indistintamente, tinham por ele consideração e respeito. Mantinham relacionamento informal, sem obstáculos ditados por ele e muito menos percebidos por seus companheiros de trabalho.

Relacionamento ideal. Nem tão formal que limita, nem tão desleixado que incomoda.

Diretores da instituição tinham-no, igualmente, em alta conta, não só por suas atividades profissionais bem-sucedidas como, também, pelo desvelo que tinha pelo hospital.

– É um dos médicos que mais colabora com o hospital, mantendo pacientes internados e auxiliando outras especialidades com sua expertise – dizia frequentemente o diretor-presidente.

Embora tendo atingido esse destaque, não tinha arrogância, era cortês com todos e desempenhava suas funções com simplicidade, de forma objetiva.

Frequentava, diariamente, após o desempenho de suas atividades, a sala de repouso dos médicos. Era um ambiente de descontração para recomposição das energias consumidas, desde as primeiras horas da manhã, com visitas a pacientes internados, conversas estimuladoras e explicações necessárias sobre o estado dos doentes em tratamento aos familiares.

Médicos de diferentes matizes podiam ser lá encontrados. Jovens que se iniciavam na carreira, ainda inexperientes, buscavam, junto a outros colegas, ajuda para casos complexos que estavam conduzindo.

Velhos médicos, não médicos velhos, na maioria das vezes em decorrência de menos pacientes sob suas atenções, ali ficavam por mais tempo, como que em parcial e justa aposentadoria precoce. Muito já haviam feito pelas pessoas, pela Medicina e por si próprios.

Também longas e boas conversas ali ocorriam.

Uma televisão de grande porte frequentemente sintonizava emissoras de notícias, permitindo que quem de pouco tempo dispunha para se atualizar sobre o que acontecia no país e no mundo ali tivesse essa oportunidade.

Confortáveis móveis, sobretudo cadeiras de descanso e sofás, decoravam o ambiente, que não se caracterizava pelo luxo, mas pelo conforto.

Em uma geladeira podiam ser encontrados refrigerantes (curiosamente os *diets* quase sempre sobravam, em aparente incoerência com o que pregavam os seus habituais consumidores da sala), frutas frescas, iogurtes e água.

Sobre uma mesa ao lado, sempre mantida com muito cuidado por dona Áurea, antiga e querida funcionária que cuidava havia anos da sala e dos médicos, como gostava de dizer, havia uma máquina de café e chá. Havia ainda algumas bolachas, pouco consumidas, e pães de queijo quentinhos, trazidos com frequência pela zelosa funcionária. Esses sim eram consumidos rapidamente, acompanhados por um cafezinho feito na hora. Alguns dos frequentadores saíam tão cedo de casa que nem tinham tempo de fazer o desjejum. Uniam o necessário ao agradável.

Dona Áurea mantinha-se sutilmente ao redor da sala, tendo sempre o cuidado de zelar pelo seu bom funcionamento, sem limitar a liberdade de seus frequentadores.

Reinaldo tinha especial apreço por alguns colegas, com os quais discutia assuntos diversos. Muitos deles não tinham relação com a Medicina, mas com temas outros de interesse cultural. Filosóficos. Literários. Musicais.

Nesse assunto da música, não perdia a ocasião de discutir com Dr. Paulo, carioca formado na antiga e tradicional "faculdade da Praia Vermelha", oficialmente Faculdade de Medicina da Universidade Federal do Rio de Janeiro, sobre músicas de tradicionais compositores brasileiros, muitos dos quais Dr. Paulo tinha conhecido, e com eles convivido, como dizia, "em tempos de boemia no Rio de Janeiro".

Do alto de seus 86 anos, contava histórias marcantes de alguns deles, como Sílvio Caldas e Francisco Alves, Chico Alves ou Chico Viola, o "Rei da Voz", que cantavam em praça pública, para multidões, acompanhados dos seus famosos "regionais", sem microfone e eram ouvidos a distância.

– Chico Alves – dizia –, conheci-o pessoalmente e o ouvi cantar em pequenas e privilegiadas rodas de seresta, no boêmio bairro da Lapa, no Rio. Morria de medo de avião. Evitava voar sempre que podia. Optava pelo carro que, segundo ele, estava no chão e não tinha onde cair.

Nesse sentido, lembrava também o genial e espirituoso Ariano Suassuna que, quando disse ser um temoroso passageiro de avião, ouviu de um amigo:

– Mas, Ariano, você viaja de carro, aparece um buraco, o carro cai nele, capota e você morre. Ao que ele com presteza e bom humor respondeu: – Pior o avião que, por onde anda, tem um buraco embaixo.

Caprichosamente, Chico Alves morreu em fatídico acidente de automóvel em 1952, em Pindamonhangaba.

Ironias do destino. Destino irônico, o dele.

Sobre Ciro Monteiro, famoso pelo apetite voraz e insaciável, contava.

– Certa vez, foi à casa de dona Zica (pseudônimo de Euzébia Silva do Nascimento, esposa do grande compositor Cartola) comer a feijoada, inigualável e famosíssima entre os artistas, que ela fazia. Já nos aperitivos começou a dar vazão à sua exagerada e voraz capacidade de comer bem. Beber melhor ainda. E muito!

– Tomou caipirinhas (sim, no plural, porque foram várias) com mandioca frita, acarajé e linguiça crocante, como só dona Zica sabia fazer. Ao ser servida a feijoada, foram três pratos de "sustança", como ele mesmo denominava. Passado algum tempo, dona Zica o encontrou no quintal da casa, pálido, suando muito e frio, com náuseas. Estado compreensível e não sem razão.

– Você precisa de um bom chá de boldo – disse ela. – Vou fazê-lo agora, Ciro.

Minutos depois, ela voltou com uma caneca de chá de boldo, com o acentuado amargor que tem, e as propriedades que dizem ter, de ser um bom digestivo.

Ciro, então, diz:

– Dona Zica, esse chá assim puro? Nenhuma bolachinha pra acompanhar?

Dizia ser verdade o ocorrido, presenciado por vários de sua turma e época. Havia testemunhas!

Sobre Lamartine Babo, cujo nome completo era Lamartine de Azevedo Babo, carioca que primava pelas grandes tiradas e refinado bom humor em qualquer momento da vida, contava que, quando estava no leito de morte em gravíssimo estado de saúde, foi visitado por um amigo e parceiro que o encontrou cantarolando na cama. Perguntou-lhe, então:

– Lamartine, você nesse estado e ainda compondo? Ele então respondeu, com bom humor e certa ironia, apesar das circunstâncias:

– Não! Agora não estou mais compondo. Estou decompondo.

Afirmava ser real o fato, embora, ao contrário do ocorrido com Ciro Monteiro, não se saiba se havia testemunhas.

E ainda contava sobre Noel Rosa, cujo nome completo era Noel de Medeiros Rosa, que tinha um talento excepcional, mas cuja beleza física não acompanhava o especial dom para a música. De profissão, era telegrafista dos correios. Essa era uma profissão importante que exigia o conhecimento do chamado código Morse, caracterizado por toques que definem letras e, assim, formam as palavras.

Em uma ocasião, Noel chegou a um bar no boêmio Rio de Janeiro. Por sua aparência pouco usual, chamou a atenção de dois frequentadores desconhecidos dele, que tomavam o cafezinho da manhã. Então, um deles, também telegrafista como Noel, pegou um lápis e, batendo com ele na mesa em código Morse, disse: – "Puxa vida, que homem feio".

Noel, calmamente, pediu o lápis e disse, em resposta: – "Feio e telegrafista".

Saiu sorrindo, sem tomar o café, mas feliz da vida!

Havia ainda, como comum em todas as rodas de conversas, os contadores de piadas. Chegavam todos os dias e em quaisquer momentos e logo despachavam:

– Já ouviram aquela do marido traído? Conhecem a do papagaio que tudo observava na casa?

Um, em particular, gostava de contar piadas de médicos, sobretudo aquelas que zombavam de uma ou outra especialidade. Principalmente quando o "especialista" da piada estava presente.

Um dia, contou a "anedota do dia", como costumava chamar a primeira. A história tinha graça, mas mexia com os anestesistas, sempre muito cooperativos com os cirurgiões, seus constantes parceiros. Uma parceria indispensável em que um não trabalha sem o outro e esse não tem trabalho sem aquele. Um deles não gostou muito do desfecho, embora tenha acabado rendendo-se às boas risadas da maioria e a elas também aderindo.

A anedota contada dizia que, em um avião que fazia o trajeto Nova Iorque – Rio de Janeiro, uma comissária, ao alto-falante, pergunta se há algum anestesista a bordo.

Na segunda vez que o pedido foi feito, levanta-se, já tarde da noite e o avião, como dizem os aeronautas, em velocidade de cruzeiro, um passageiro identificando-se como tal.

Ela, então, cortesmente lhe fala: – O doutor poderia me acompanhar até um assento da primeira classe, onde há um passageiro precisando de seus serviços?

– Pois não – responde ele educadamente.

Ao chegar ao local indicado, encontra-se com um passageiro que, tendo um livro à mão, pergunta-lhe: – O senhor é anestesista?

– Sim – responde ele.

– Estou precisando de sua ajuda para arrumar o foco, que está fora do meu campo de leitura!

Cirurgiões dependem, por quase todo tempo de cirurgia, desse procedimento. Tudo, enfim, terminou como sempre ocorria. Cada um para o seu lado e todos para o lado da simpatia, da amizade e consideração que reinavam por lá.

Essas conversas, acompanhadas por alguns cafezinhos, breve leitura dos principais jornais do dia, proporcionavam momentos reconfortantes para todos os frequentadores daquele agradável ambiente. Funcionava como um intervalo entre o período da manhã, quase sempre dedicado aos pacientes internados, e o da tarde, para atendimento nos consultórios que só terminava já posto o Sol. Noite adentro.

Só aí, então, terminava o dia de trabalho, de cansaço e, quase sempre, de muitas e boas realizações. Vida de Homem Médico!

Rotina também de Reinaldo.

● ● ●

Dali alguns meses, haveria a reunião para a escolha do novo diretor clínico, já que o mandato de dois anos do então ocupante do posto venceria nos próximos dias.

Reinaldo foi convidado a assumir o posto, acrescentando com isso ainda mais trabalho e responsabilidades à sua já muito atribulada vida profissional.

Chegando em casa, naquela noite, contou à Solange, sempre muito acolhedora na avaliação de suas necessidades, expondo-lhe as responsabilidades que o cargo lhe traria. Seria um guardião das atividades médicas, um fiscal da ética e da moralidade na prática médica e de tudo que naquele hospital se fazia.

Sabia de alguns deslizes aqui e ali. Teria que avaliá-los, à luz de sua nova função, se aceitasse o convite.

– O que acha, Solange, sobre aceitar esse cargo? – perguntou-lhe Reinaldo.

A resposta dela foi simples e sábia: – Reinaldo, tudo que fazemos tem um peso e um preço. Ele pode ser menor ou maior, até mesmo insuportável, se não fazemos porque queremos, se não se constitui nosso destino, nossa meta. Pode ser leve, quase imperceptível, quando é o objetivo principal.

– Para avaliar esse peso – continuou ela – só você tem a balança. Dos seus propósitos, seus sentimentos, seus desejos. Assim você deverá agir, dessa forma deverá fazer. Seja qual for a sua escolha, ela também será a minha, apoiando-lhe e, ao seu lado, dividindo-a. Seja ela qual for.

Beijou-lhe a fronte e, com isso, fez com que as dúvidas se convertessem em certezas. Sua resposta tinha tornado tudo claro. Cristalino.

No dia seguinte, ao chegar, foi direto à diretoria declarar sua intenção de assumir o cargo, mais pelo trabalho que ele esperava oferecer que pelo status que dele decorreria. Certamente, muito mais pelo trabalho que ele realizaria!

Para dali duas semanas, ficou marcada a posse.

Solange o acompanhou. Estava elegante, discreta e respeitosamente insinuante. Trajava vestido preto, com decote suave, comprimento adequado para discretamente deixar à mostra apenas os joelhos.

Usava brincos que faziam par com anel de brilhantes que ela havia recebido em momento especial: quando fizeram bodas de prata e ele comemorava 25 anos de formatura! Dupla comemoração! Duas bodas de prata que em verdade valiam ouro!

Foi rapidamente, em cerimônia simples e direta, conduzido ao cargo de diretor clínico. Fez um pronunciamento, assumindo o conhecimento de suas responsabilidades e pedindo a colaboração de todos para amainar o peso de suas tarefas.

Deu um toque de leveza ao começar a sua fala lembrando palavras de George Burns, ator, escritor e poeta americano com as quais tinha tido contato havia muito tempo. Disse:

— Um bom discurso deve ter um ótimo começo e um marcante fim. E será tanto melhor quanto mais próximos estiverem esses dois momentos.

Nessa singular oportunidade, assim se pronunciou, continuando sua fala:

— Meus caros colegas, amigos que fiz ao longo de tanto tempo aqui, militando como médico, e demais presentes, tão respeitados por tudo que aqui vivi. Começo por lembrar algumas palavras de Sir William Osler, considerado um dos pais da Medicina moderna: "A prática da Medicina é uma arte, não um comércio; um chamado, não um negócio; uma atividade em que seu coração será exercitado igualmente à sua mente".

— Nesse tempo que se passou, tantos anos desde que me graduei em Medicina, a profissão ensinou-me a ser essa pessoa que sou. Possibilitou-me ajudar pessoas com minha forma de trabalhar e ser ajudado por elas com suas formas de serem e se relacionarem.

— William Osler tem sido meu guia para evitar que me desvie do sagrado juramento de Hipócrates feito quando de minha graduação em Medicina.

— Quero, nesse tempo que me é dado, expressar também o pensamento que tenho da Medicina e dos médicos, de nossa profissão e de sua grandeza. Em momento de reflexão sobre minha profissão, escrevi:

> *Ser médico é consultar primeiro a razão*
> *Antes que outro seja consultado*
> *Para ter a melhor ação*
> *Que aquele anseia desesperado.*
> *Ser médico é pensar na fragilidade*
> *Imposta pela doença*
> *O pavor, o medo, a ansiedade*
> *Que nada ampara senão a fé e a crença.*
> *É ter um pouco de cada um*
> *Ser todos em um único sentimento*
> *É dar conforto incomum*
> *Divino, humano a um só tempo.*

— Essa tarefa, que a um só tempo é uma missão a ser desempenhada e uma profissão a ser exercida, é rica de grandeza do que fazemos ao exercê-la.

— Somos depositários de revelações, muitas delas segredos guardados por toda uma vida. Compete-nos, pois, a capacidade de ouvir, avaliar, interpretar e acolher sintomas, sinais e angústias que caracterizam as doenças e as enfermidades.

— A paciência é uma necessidade e o seu exercício uma virtude.

— Ouvir é uma necessidade, uma espera de quem nos procura para aliviar suas angústias, o temor da doença e ter a expectativa da cura. É nossa obrigação como médicos e o justo desejo dos pacientes.

— Estudo com médicos americanos mostrou que, ao iniciar uma narrativa, os pacientes são interrompidos pelos médicos onze segundos após iniciá-la!

— Falar em uma linguagem compreensiva, clara e, sobretudo, reconfortante está na mesma hierarquia de saber escutar as queixas e as revelações que nos são feitas.

— Nelson "Madiba" Mandela afirma com razão e sensibilidade: "Se você falar com um homem em uma linguagem que ele compreende, isso entra na cabeça dele. Se você falar com ele em sua própria linguagem, você atinge seu coração".

— Então, a mais nobre ação dos médicos está centrada em saber pacientemente ouvir e claramente saber falar.

— Almejo que, durante minha permanência nessa função que ora assumo, eu saiba assim exercer e espero o mesmo de todos que constituem a comunidade médica dessa instituição.

— Termino com mais uma reflexão pessoal que tomo como modo de agir no exercício do que, diariamente, faço: estudamos para ser médicos. Há uma faculdade que cursamos para isso. Não há uma escola para as pessoas aprenderem a ser pacientes. A obrigação é e será sempre nossa.

Foi aplaudido mesmo antes de agradecer a todos pela confiança e reiterar sua vontade de trabalhar com honra e dignidade em prol do hospital e de todos os colegas.

●●●

A partir daquele dia, Reinaldo chegava ainda mais cedo ao trabalho no hospital. Para isso, saía também mais cedo de casa.

Dava expediente na diretoria, avaliava processos, discutia condutas, atendia colegas em suas aspirações, demandas e queixas. Acomodava com equilíbrio algumas desavenças sem nunca apelar para o regimento que definia quase todas as condutas a serem tomadas. Era avesso a estabelecer punições, a quem quer que fosse, ainda que elas estivessem previstas e delas pudesse lançar mão.

— Se é possível resolver com habilidade e com a característica que só os humanos têm, o dom do raciocínio e da palavra, esse será o caminho que tomarei – dizia Reinaldo. – Sempre!

Tudo caminhava bem, dentro da normalidade, com resoluções de problemas comuns, de fácil encaminhamento e resolução.

Em determinado dia, ao chegar ao seu escritório, o esperava a supervisora de enfermagem, uma mulher severa nas suas atitudes, mas justa nas suas decisões. Tinha ela aproximadamente 50 anos, dos quais mais de 20 dedicados ao trabalho no hospital.

Acompanhava-a uma das enfermeiras que faziam parte do serviço e era responsável por uma das alas de internação do hospital.

Pediram-lhe uma audiência a portas fechadas pela gravidade do assunto a ser tratado.

Aquiescendo ao pedido, convidou-as para entrar e se sentarem. Ofereceu-lhes água e café, que elas não aceitaram, mas agradeceram educadamente.

Imediatamente, a supervisora de enfermagem disse-lhe em tom grave.

— Essa funcionária que me acompanha foi assediada fisicamente por um colega quando ambos dividiam um plantão que transcorria calmamente em uma noite passada.

A moça, uma bonita e atraente mulher que não deveria ter mais do que 30 anos, mantinha-se de cabeça baixa, rosto ruborizado, fisionomia contraída. Envergonhada!

— Apesar da delicadeza dos fatos, preciso de mais detalhes – disse Reinaldo, dirigindo-se a ambas.

— Você, que foi motivo da agressão referida, poderia informar-me como os fatos ocorreram? – continuou.

— Sim – disse ela.

— Eu tive um curto tempo de namoro com um colega de trabalho. Por não nos identificarmos em princípios e pensamentos, tomei a decisão de encerrar nosso relacionamento. Contrariamente à vontade dele.

— Há quanto tempo isso ocorreu? – arguiu-lhe Reinaldo.

— Faz aproximadamente um mês que terminamos o nosso namoro, que não chegou a durar seis meses – disse ela ainda visivelmente contrariada.

– Como foi o assédio que diz ter sofrido? Não quero constrangê-la – continuou ele –, muito menos obter detalhes íntimos que possam incomodá-la, mas é meu dever julgar os fatos e, pela minha função, tomar decisões justas e compatíveis com a gravidade do que me relata.

– O plantão estava calmo, diferentemente do que costuma ocorrer nessa ala do hospital. Os pacientes eram em pequeno número e todos estáveis. Dormiam, assim como seus acompanhantes. Eram duas horas da manhã. Restringimos a iluminação e procuramos, ainda que atentos a qualquer possível sinal de alerta, nos acomodar mais confortavelmente nas duas poltronas lá existentes. Tive um sono leve, aparentemente de poucos minutos, quando fui despertada por mãos que tocavam minhas coxas por discreta fenda deixada entre botões de meu avental. Assustada, deparei-me com meu colega, ex-namorado, procurando insistentemente me beijar e, com frases sussurradas, dizia que ainda me amava e não conseguira me esquecer, confidenciando-me que mantinha incontida atração por mim – continuou ela.

– Segundo ele – prosseguiu –, eu me tornara motivo de seus sonhos frequentes. Acrescentou, então, que o amor é bem que sempre dura. Não acaba. Muda o foco, mas não apaga, em clara alusão de que ainda sustentava sentimentos que ele não conseguia conter, que o deixavam atordoado quando em minha presença.

Reinaldo, ao ouvir aquelas palavras, experimentou um impacto emocional imenso. Tinham falado exatamente assim, muitos e muitos anos atrás, ele e Cláudia.

Em raros momentos, ainda se lembrava dela, um amor que não acabou, mas mudou de foco e pessoa.

Fora todo ele redirecionado a Solange, com quem vivia feliz e amorosamente havia anos. Não deixava de ter remorsos ao assim pensar. Entretanto, o pensamento não tem barreiras. Flui independente. Pode nascer e morrer quase no mesmo instante, tendo curta vida. Ou permanecer atordoando, ou confortando nossas mentes. Por tempo indefinido. Indeterminado.

– Pedi delicadamente às minhas interlocutoras que me permitissem algum tempo para, por questão de justiça, ouvir também a outra parte envolvida – concluiu Reinaldo.

Era uma questão de justiça que ambas as partes fossem ouvidas, cada uma relatando os fatos segundo a sua própria óptica.

● ● ●

– No dia seguinte, como minha primeira atividade, mesmo antes de ver meus pacientes que considerava como prioridade absoluta, pedi ao enfermeiro envolvido no caso que viesse à minha sala – disse Dr. Reinaldo.

– Ele era um rapaz alto, moreno, cabelos curtos, barba feita. Talvez com pouco mais de 30 anos. Educado nos seus modos. Vestia-se com discrição. Inspirava respeito. Cumprimentei-o cordialmente, tendo as mesmas atitudes de lhe oferecer água e café. Ele os aceitou com visível e intenso nervosismo.

Antes mesmo que lhe fosse feita qualquer pergunta, disse:

– Doutor, tive uma grande paixão, fomos felizes. Por pouco tempo, é certo. A beleza dela me confundiu. Tinha ciúmes incontroláveis, as discussões eram frequentes e ardentes. Hoje sou capaz de reconhecer que ela não tinha de suportar a minha insegurança e imaturidade. Deixou-me. Acho que não sentia por mim o mesmo que eu por ela. Isso me magoa ainda mais. O amor, é possível que saiba, faz-nos raciocinar sem a lógica devida. Inibe as condutas certas e nos encaminha para atitudes que, depois de feitas, são recrimináveis. Sei que errei, mas só percebi isso depois de ter feito, instintivamente, o que fiz. Há um arrependimento que me aflige muito, porém não me conforta e nem justifica o feito – concluiu ele cabisbaixo, com visível sentimento de culpa.

Reinaldo tinha um turbilhão de ideias e pensamentos. Confuso diante da situação que lhe competia julgar, teve, pela primeira vez, um lapso de arrependimento por ter aceitado o cargo que agora exigia-lhe uma atitude. Uma decisão.

O fato tinha se tornado público no ambiente de trabalho. Algumas pessoas, com justa razão, não admitiam qualquer forma de assédio. Fato inominável. Inaceitável. Fossem quais fossem as justificativas. Nenhuma delas reconhecidas como pertinentes.

Havia os que, em defesa do homem, diziam que ela "não era lá flor que se cheire". Suas colegas indignavam-se ainda mais com essas posições machistas e extemporâneas.

– Não há o que justifique – concluíam, com razão, todas elas.

Reinaldo pediu alguns dias para avaliar o caso e dar o seu veredito. Era preciso muita reflexão, uma análise justa e sem interferências. O juízo estava a seu cargo pessoal, pela função que exercia.

– Naquele dia – continuou Reinaldo –, mal consegui trabalhar por causa da confusão de sentimentos e apreensões. Cheguei mais cedo em casa, suspendendo, como nunca tinha feito sem forte justificativa, as últimas consultas. Solange, preocupada, recebeu-me com justificado espanto.

– Reinaldo! O que houve que o fez vir a essa hora para casa? Você está bem? Houve algo grave no trabalho?

– Nada de grave comigo, mas muito preocupante com relação ao meu trabalho.

Relatei os fatos e, como de costume frente a grandes problemas, aconselhei-me com ela.

Foi serena, como sempre, dizendo-me: – Vamos analisar os fatos à luz do melhor raciocínio e da justiça com que, como tudo o que ocorre, merece ser tratado.

– O que lhe parece necessário fazer?

Como ele já havia pensado em uma solução, embora não lhe agradasse pela severidade que continha, disse-lhe: – Só vejo um caminho.

Devo solicitar a demissão do envolvido com o caso, por sua gravidade, sem qualquer justificativa. Nem mesmo o amor revelado por ele. Esse sentimento que não é compartilhado por ela não deve ser assim, por definição e conceito. Amor entre um homem e uma mulher é sentimento somente válido a dois! É sentimento que a nada se equipara; deve fazer exatamente iguais: amado e amante. Não pode ser unilateral. Não deve existir sem correspondência e consentimento.

Ficou ainda bastante tempo pensativo. Refletiu também, em absoluto silêncio, sobre o conceito do amor que não acaba, só muda o foco, dito pelo enfermeiro na sua arguição.

– Como a vida é um grande círculo por onde é possível que passemos mais de uma vez! – disse, a si mesmo, Reinaldo.

No dia seguinte, resoluto, dirigiu-se ao hospital com o veredito formado. Seria o enfermeiro dispensado. Procurando amenizar a punição e dar algum conforto a quem tinha errado profundamente, porém reconhecido o erro e dele se arrependido profundamente, solicitou que a dispensa não fosse feita da forma mais grave. Não seriam colocadas as razões, que poderiam lhe marcar para sempre. Não fosse assim, não teria qualquer direito legal. Seria mais uma punição, provavelmente excessiva. Ainda que em nome de amor malconduzido e atitudes não pensadas, o seu gesto já estava recebendo forte castigo.

● ● ●

Passado algum tempo, a história tendo sido arrefecida na sua mente e no pensamento dos funcionários, alguns considerando a decisão de um carrasco, outros achando-a um ato absolutamente pertinente, a vida voltou à rotina no trabalho de todos.

O tempo é um poderoso remédio. Não é capaz de curar todos os males, mas os diminui na sua intensidade. Ele passa, e com ele mudam-se os pensamentos e sentimentos. É quem define o passado, o tempo que se foi. O presente, o tempo que se vive e o futuro, o tempo que virá.

Luís Vaz de Camões tem um magnífico soneto sobre as mudanças que o tempo determina.

> Mudam-se os tempos, mudam-se as vontades,
> Muda-se o ser, muda-se a confiança;
> Todo o mundo é composto de mudança,
> Tomando sempre novas qualidades.
>
> Continuamente vemos novidades,
> Diferentes em tudo da esperança;
> Do mal ficam as mágoas na lembrança,
> E do bem (se algum houve) as saudades.

● ● ●

Em uma reunião de diretores, Reinaldo também convocado para ela, houve o anúncio de que mudanças funcionais seriam instituídas em prol de uma estrutura que crescia e clamava por novas orientações administrativas no hospital.

Dentre elas, foi anunciada a contratação de um administrador geral, um CEO, provindo de uma grande empresa onde ele desenvolvera um trabalho relevante e assim deveria fazer na estrutura reinante no hospital.

Afinal, os bons resultados nas intervenções e nos tratamentos ali realizados colocaram luzes sobre a instituição.

Nova estrutura de hotelaria seria montada. Pessoas com larga experiência nessa área de trabalho seriam contratadas. A parte nutricional seria contemplada com novos investimentos e com a elaboração de cardápios destinados às diversas necessidades, como os grandes nosocômios modernos fazem. No Brasil e no exterior.

Também a gerência de um departamento de recursos humanos ficaria a cargo de uma administradora de empresas com especialização nesse setor. Haveria a seleção de pessoas com visões atuais para oferecer uma prestação de serviços absolutamente necessária e desejada pelos que se valiam dos serviços médicos da instituição.

Seria um grande passo para transformar o hospital que surgira no passado do esforço, da dedicação e dos parcos recursos de alguns poucos em uma grande empresa.

Investidores participariam do projeto, que envolvia também radicais mudanças estruturais: camas novas acionadas por controle remoto, aparelhos de telefone em todos os apartamentos, televisores, decoração e mobiliário novo, elegante e moderno.

Outro hospital! A mesma tradição. Desvelo nos cuidados como sempre!

Esse era o assunto dominante. Um contagiante otimismo grassava entre médicos, funcionários e demais profissionais que ali militavam.

Outro assunto também reinante era a reunião que aconteceria dali uma semana para apresentação dos novos projetos e seus também novos participantes.

Toda mudança gera expectativas. Boas e más. Implica novas visões, sentimentos igualmente novos.

Havia os que diziam que grandes modificações ocorreriam.

— Seremos dispensados para contratação de novos funcionários com formação e capacidade para atender às novas diretrizes? — dizia um antigo responsável por importante função na instituição.

— Não! Isso não seria possível. Eles não poderão iniciar nova fase de trabalho que, embora com outra administração, prescinda de nossa experiência de anos nesse hospital — afirmava outro antigo funcionário com visão mais otimista.

Mas, entre todas essas hipóteses, havia um só pensamento: teremos uma mudança fabulosa. Estaremos entre os mais modernos e bem aparelhados hospitais da cidade. Teremos a honra de pertencer a esse novo hospital!

As especulações e hipóteses persistiam, e os fatos reais ocorriam. Foi chegado o dia da tão esperada assembleia para apresentação de novos diretores e colaboradores especializados. Um novo projeto para um também novo hospital.

O salão de reuniões, ao final de longo corredor que passava por todo hospital, estava particularmente limpo. Sobre uma mesa longa, com várias cadeiras rigorosamente bem postas e alinhadas, havia uma toalha branca de linho no centro da qual havia, perfeitamente visível, a marca do hospital. Uma elevação discretamente acima do piso onde estavam as poltronas para receber o público que participaria da reunião dava destaque ao local. O salão estava cuidadosamente bem decorado com flores e clima agradável em função do cuidado de, bem antes, terem sido acionados os aparelhos de ar-condicionado. Um discreto perfume havia sido aspergido no ambiente, conferindo-lhe também agradável sensação de bem-estar.

A reunião estava marcada para oito horas da manhã, mas bem antes disso já se postavam, na entrada, participantes que ativamente conversavam, antevendo propostas que eles não conheciam. Alguns estavam com excessivo entusiasmo, enquanto outros davam ideias que, certamente, não fariam parte do que seria discutido. Tudo fazia parte do que sempre configuram as especulações, suposições que seguem as mentes e os pensamentos de cada um. Todos tinham a certeza de que suas ideias eram reais, porém quase sempre estavam fora de qualquer contexto.

Dona Áurea, por conta de sua experiência com a manutenção da sala dos médicos, foi encarregada de montar elegante mesa à entrada do salão, com café, chá, leite, sucos, diversos tipos de bolachas, salgadinhos e outros.

Tudo que ativa a visão aguça o paladar. E, em geral, faz mal à saúde. Mas é assim mesmo. Nossas avós sempre nos diziam: come! O que não mata, engorda! Mas, na verdade, o certo seria dizer: não come! O que engorda, mata!

Tudo justificava qualquer ingênuo pecado. Contra a saúde e os bons hábitos. A favor do agradável momento.

● ● ●

Reinaldo, poucos minutos antes do horário estabelecido para a reunião, tomou o longo corredor, entrecortado por várias entradas que ligavam outras áreas do hospital a ele. Caminhava pensativo e com alguma ansiedade por causa da importância das decisões que ali seriam tomadas, embora supondo que todas apontassem para o melhor.

Seu andar era altivo, com postura destacada, traje elegante, sem ser exuberante. Como de hábito.

Seriam mudanças todas voltadas para uma nova instituição, um novo hospital, mais moderno, adequado aos critérios de outros que já haviam dado esse passo, naquele momento também assumido por eles.

Pessoas entravam no longo corredor que daria na sala de reuniões, todas elas imbuídas dos mesmos pensamentos. Com as mesmas expectativas e ansiedades.

Em um momento, pareou-se a ele um colega muito respeitado, cardiologista de renome por sua formação e caráter. Cumprimentou-o cortês e rapidamente enquanto tomava mais apressadamente a sua frente. O mesmo destino. Objetivos iguais.

Aumentavam as pessoas na entrada da sala. Reinaldo as observava atento e com poucos metros a vencer para se unir a elas.

Continuando a andar pelo longo corredor, observou sair por uma das portas de acesso a ele, poucos metros à sua frente, uma mulher que, rapidamente, também dirigia-se ao mesmo local.

Seu andar, com postura ereta e firme, elegância e firmeza, chamou-lhe a atenção. Pareceu-lhe familiar. Mas não poderia sê-lo. Afinal, era aparentemente uma estranha.

Ela caminhava à sua frente, com cabelos que se moviam suavemente a cada passo, e aquela visão lhe trouxe uma inaceitável, porém clara, lembrança de alguém que muitas vezes ele vira assim caminhar. Cabelos castanhos claros, com mechas ainda mais claras, pendiam-lhe sobre os ombros. Um leve e suave balanço a cada passo posicionava-os harmonicamente para ambos os lados, alternadamente. Novamente, negava-se a aceitar a ideia. Não era possível, embora a cada instante ela se tornasse mais real. Não era plausível. Esse conjunto de coincidências não levava a outra conclusão, não dava outros rumos ao pensamento. Pedia para que suas percepções estivessem equivocadas. Então, fez um ruído chamativo que possibilitasse que ela se voltasse em direção a ele.

Imediatamente, uma sensação de espanto e descontrole se apossou dele. Ela se virou abruptamente e ele pôde, com clareza e sem dúvidas, observar brilhantes, lindos e familiares olhos verdes a fitarem-no. Em um lapso de segundos, pôde ver, decorrente da abrupta movimentação da cabeça, como em tempos passados, uma discreta mancha rósea avermelhada logo abaixo da orelha esquerda, como uma marca inata e genuína. Não havia mais dúvidas, era Cláudia!

Rápida e intuitivamente, escapou-lhe:

– Cláudia?!

Atônita e inicialmente também incrédula, no mesmo tom e quase simultaneamente, disse:

– Reinaldo?!

Nesse momento, chegaram à entrada da sala de reuniões, já povoada por grande número de pessoas que animadamente postavam-se frente à mesa da entrada. Imediatamente, receberam o convite para que a adentrassem para o início da muito esperada reunião. Eles, então, misturaram-se aos presentes e, com isso, separaram-se novamente. Não houve tempo para se falarem. De aplacarem a intensa emoção que os dominava. Um verdadeiro impacto para ambos. Mas em segundos veio-lhes às mentes, simultaneamente, o dia em que, pela primeira vez, deram-se as mãos, selando um amor pueril, puro e verdadeiro naquela festa da escola. O baile do qual participaram. O tempo que permaneceram com as mãos entrelaçadas. A dança de suave balada que os uniu, corpo a corpo, rostos colados, as faces se tocando.

O primeiro beijo com ambas as mãos dadas, os corações podiam ser sentidos nos seus compassos acelerados e, então, os lábios se tocando. De início, mais suavemente como que expressando um desejo reprimido por muito tempo, para depois entrelaçarem-se, como estavam as mãos, em longo e ardoroso beijo.

Esses sentimentos instalaram-se nas mentes, e o tempo e as mais diversas circunstâncias da vida não apagaram. Tudo passado e revivido em breve instante. Um amor que fora tão intenso para ser definitivamente esquecido.

As lembranças voltaram com detalhes num lapso de tempo. Ambos relembrando... Um tempo que já tinha passado havia muito, mas que ainda tinha um espaço reservado na mente de cada um. De ambos.

● ● ●

Reinaldo foi convidado a participar da constituição da mesa que dirigiria os trabalhos.

Ele não conseguia definir o que sentia como sendo emoção, surpresa, êxtase. Estava atônito. Estava num turbilhão de ideias, lembranças, momentos, vivências, sentimentos; tudo fazia sua mente estar confusa, acelerada, ardente.

Mas era absolutamente necessário, em função do cargo e da gravidade do momento, que se mantivesse frio, emocionalmente estável. Como se isso fosse possível diante de tantas e intensas lembranças e estímulos.

Durante toda a reunião, teve imensa dificuldade para estar atento aos assuntos discutidos e não voltar sistematicamente o seu olhar para

Cláudia, sentada à direita, na plateia, logo à sua frente. Nem uma nem outra coisa conseguia fazer, como era necessário e recomendado.

Eram certamente os de Cláudia os mesmos sentimentos. Atordoavam-lhe sensações e pensamentos. Um enorme contingente de situações que abruptamente retornaram como avalanche destruidora e perversa, arrasando o que pela frente encontra. Todas dubiamente: desejadas e inconvenientes.

Como avaliar essa nova armadilha que o destino lhes oferecia?

De que forma conviver com esses pensamentos? Com essa real situação?

As pessoas que se integrariam ao novo grupo de trabalho foram individualmente apresentadas.

– Quero lhes apresentar a nova diretora do setor de Recursos Humanos – disse o presidente que conduzia os trabalhos –, a administradora de empresas, com especialização nessa área de recrutamento e seleção de pessoas, Cláudia Alencar. Peço que se levante para que seja conhecida pelos presentes.

Dupla ironia parecia conter essa apresentação: o inusitado de ser ela, exatamente ela, que desempenharia essa função, anos, muitos anos depois de inesquecíveis momentos que viveram e... ser apresentada a ele.

Quando ela se levantou e acenou levemente a todos com a mão esquerda, Reinaldo voltou rapidamente seus olhos ao seu dedo anelar em busca de um anel de compromisso. Estaria casada? Comprometida com alguém? Com quem? Como com ele ocorria, dividia sua vida? Seus afetos? Seu doce e ainda presente sorriso? Aqueles olhos maravilhosamente verdes e brilhantes?

O nome era exatamente o de solteira, sugerindo que não havia acrescentado a ele um outro decorrente de casamento ou união de alguma forma.

Cláudia estava mais madura. Pequenas e discretas mudanças que o tempo impõe ao rosto o marcavam. A pele não era tão alva e brilhante, mas ainda suave e bela. Os lábios mantinham o tom avermelhado e brilhante que, como no passado, eram ressaltados por discreto batom, desnecessário para lhes dar mais beleza, que eles já tinham por natureza. O corpo estava mais bem formado; ao longo do tempo, ganhou contornos, formas, mantendo o atrativo que sempre teve e que alimentou a sua paixão e seu desejo por tempos passados e, em fortuitas lembranças, ao longo de toda a vida até aqui vivida. Como se o tempo o tivesse esculpido com cuidado e harmonia.

Guardava mais encantos e suscitava atração nas formas bem delimitadas, discretamente destacadas por um vestido verde escuro, dado ao musgo.

Os olhos verdes e brilhantes pareciam ainda mais destacados em contraste com a roupa, que sugeria uma deliberada escolha para causar esse efeito.

Foi inevitável rememorar a definição de amor que sempre dissera e ouvira de outros: amor é bem que sempre dura. Não acaba. Muda o foco, mas não apaga.

Cláudia manteve o olhar discretamente voltado para as anotações que fazia sobre as tarefas que lhe estavam sendo determinadas. Não o controlava absolutamente e, em momentos, voltava-o a Reinaldo.

Era como se seu olhar tivesse vontade e movimentos voluntários, próprios, incontroláveis. Também ele, com esforço enorme, procurava concentrar-se nas discussões, porém, em frequentes momentos, era traído por um desejo incontido que o fazia voltar os olhos para ela.

Aqueles sentimentos mútuos, como poderiam ser definidos?

Uma reminiscência sem consequências reais, mas com impacto em suas vidas?

Algo mais, e tanto forte, que poderia causar mudanças radicais em suas formas de viver?

Como em tempos passados, sempre comuns a ambos, uma vontade de estarem unidos dominava as mentes de cada um.

Que confusão de sentimentos! Quanto disso ainda era resquício de um amor que não tinha acabado, que tinha mudado de foco e voltado, naquele momento, ao mesmo do passado?

De toda forma, sentimentos tão intensos pareciam arraigados em Cláudia e também em Reinaldo. Ambos não tinham confiança, poder, nem discernimento para deles se desvencilharem. Ou ambos não queriam que isso acontecesse?

● ● ●

Shakespeare, sobre retomar um sentimento do passado no presente, escreveu: "Lamentar uma dor passada, no presente, é criar outra dor e sofrer novamente".

O cérebro assemelha-se a um potente e moderno computador, com memória expandida e um conjunto de arquivos que raramente são deletados, sobretudo quando guardam boas informações. A tendência é não guardar o que não teve relevância.

Machado de Assis, sobre esquecer uma vivência, escreveu: "Esquecer é uma necessidade. A vida é uma lousa em que o destino, para escrever um novo caso, precisa de apagar o caso escrito".

É lógico, mas é factível? É possível? Principalmente quando o acontecimento foi tão relevante na vida e ficou marcado na mente?

Todos os sentimentos do passado que ainda habitam o presente foram motivos de escritos, filmes, registros de todas as formas.

O esquecimento é uma forma de libertação do passado para uma vida liberta no presente. Entretanto, esquecer implica um exercício que não raramente foge do querer, e os fatos continuam rondando a mente e a vida.

> *O esquecimento é fonte de vida, pois, se de um lado, temos a paz e alegria do esquecimento, do outro, temos a dor e a tristeza da lembrança. O esquecimento é libertador, ele nos liberta do passado sofrido para podermos viver o presente, pois o que fui ontem não pode determinar meus gestos de hoje.*

Essa é a definição mais completa e sensata, exposta pelo filósofo espanhol Baltasar Gracián (1601-1685).

É certo que Reinaldo, assim como Cláudia, não esqueceram o passado por causa do peso que ele teve em suas vidas. Não foi um fato comum. Foi inusitado, raro, sincero, grandioso. Assim, invocar que seja esquecido exige muita determinação, uma grandeza que foge às forças de ambos.

Esse amor tão grande os uniu em momentos passados que lhes foram intensos: amor é bem que sempre dura. Não acaba. Muda o foco, mas não apaga.

Então, havia nos sentimentos de Reinaldo e Cláudia esse turbilhão de ideias a serem ordenadas, reorganizadas.

Estariam preparados?

Fernando Pessoa, sobre essa realidade ora vivida por eles, escreveu: "Viver é ser outro. Nem sentir é possível sentir-se como ontem se sentiu: sentir hoje o mesmo que ontem não é sentir – é lembrar hoje o que se sentiu ontem, ser hoje o cadáver vivo do que ontem foi a vida".

● ● ●

Terminada a reunião, rapidamente Cláudia procurou dirigir-se ao seu escritório de trabalho. Defesa ou temor? Não queria estar novamente com Reinaldo? Ou tinha por isso tanto e intenso desejo que poderiam ser incontroláveis suas reações?

Embora não fosse impossível reviver aqueles sentimentos entre ela e Reinaldo, a força que lhes faltava para esquecer era menor que o desejo de revivê-los.

Foi uma história de intenso sentimento sem a consecução e o final compatíveis com a sua intensidade. Agora certamente era um momento inadequado.

Romeu e Julieta, um clássico de William Shakespeare (1564-1616), é um exemplo de um amor impossível. Impedidos, aos 16 anos, de consumarem o seu amor, adotam a trágica e dramática decisão de se matarem. Foram enterrados, segundo o drama shakespeariano, juntos, consumando o amor que era para ser eterno. E assim o foi, embora não em vida.

Seriam Reinaldo e Cláudia um exemplo, vivo, de amor que se sustenta embora igualmente proibido?

Reinaldo tinha um confuso pensamento. Solange, companheira de longos anos, dedicada, amorosa, cúmplice. Mulher fiel. Cláudia, um amor intenso vivido em plena juventude, marcado por momentos que o tempo não apaga e que a mente não quer que seja esquecido.

Um martírio para o espírito. Uma dor para o corpo.

Sabia que precisava ser suficientemente forte para não se doar a uma história do passado, que como tal, já tinha sido vivida. Mas não lhe saía da mente a frase que sempre marcou sua existência, repetida e revivida em outras ocasiões: o amor é bem que sempre dura. Não acaba. Muda o foco, mas não apaga.

Com essa miríade de pensamentos sobrecarregando sua mente, mal pôde trabalhar naquele dia. Suas atividades, sempre muito focadas nos pacientes e nas melhores formas de atendê-los, confortá-los em suas angústias e ansiedades, valores que ele cultivava ao longo dos anos, estavam comprometidas.

Não conseguia, embora com todos os esforços, concentrar-se no trabalho. Isso trazia-lhe mais angústias e sofrimentos.

Consigo mesmo argumentava: *Por que esse encontro? Qual a sua finalidade? Um teste para suas afeições e seu real amor por Solange? Uma tentação para avaliar a sua real firmeza? Um conflito decorrente de um sentimento nobre, maravilhoso, que identifica e qualifica os melhores sentimentos: o amor?*

Augusto Cury, médico psiquiatra, escritor de sucesso, sobre o amor diz:

Jamais desista das pessoas que ama. Jamais desista de ser feliz. Lute sempre pelos seus sonhos. Seja profundamente apaixonado pela vida. Pois a vida é um espetáculo imperdível.

Não desistir de qual amor? Daquele que foi esculpido pelo tempo, criado sob a égide da compreensão mútua, do carinho necessário no momento oportuno, da vivência de dias após dias, do apoio irrestrito nos momentos de angústia e ansiedade, após anos? Ou daquele fortuito, porém intenso, primeiro que marcou a vida como uma ferida que cicatriza, mas deixa marcas, que se consolidou na mente e que o tempo, senhor de tudo que passa, não conseguiu apagar? – continuou ele pensando.

O amor... esse sentimento cantado em textos do Evangelho ao Alcorão, do Novo ao Velho Testamento e em escritos de poetas de todas as vertentes e estilos.

Romanos 8:38-39 estabelece:

Estou convencido de que nem morte nem vida, nem anjos nem demônios, nem o presente nem o futuro, nem quaisquer poderes, nem altura nem profundidade, nem qualquer outra coisa na criação será capaz de nos separar do amor.

O Alcorão estabelece: "Ao amá-lo, serei os ouvidos com os quais ouve, as vistas com as quais enxerga, as mãos com as quais opera e as pernas com as quais anda. Se Me pedir algo, dar-lhe-ei".

Amor é sentimento que confirma o bem, exclui o mal, incentiva os melhores gestos, refuta as más ações, eleva-nos e glorifica-nos, é paciente e tolerante, faz com que sejam iguais o amante e o amado.

Carlos Drummond de Andrade, em um de seus tantos e maravilhosos escritos, redigiu *O amor e seu tempo*. É como se tivesse escrito para Reinaldo e Cláudia, nesse tempo que era das maiores reflexões para eles.

Amor é privilégio de maduros
Estendidos na mais estreita cama,

Que se torna a mais larga e mais relvosa,
Roçando, em cada poro, o céu do corpo.

É isto, amor: o ganho não previsto,
O prêmio subterrâneo e coruscante,
Leitura de relâmpago cifrado,
Que, decifrado, nada mais existe.

Valendo a pena e o preço do terrestre,
Salvo o minuto de ouro no relógio
Minúsculo, vibrando no crepúsculo.

Amor é o que se aprende no limite,
Depois de se arquivar toda a ciência
Herdada, ouvida. Amor começa tarde.

É muito possível, até muito provavelmente certo, que inúmeros foram os que se depararam com condições semelhantes a essa ora vivida por Cláudia e Reinaldo, conflitos gerados pelos amores passados que se reacendem no presente.

Um amor que arde no peito coloca em conflito os mais nobres sentimentos. Gera dúvidas entre certezas. Faz sorrisos tornarem-se pranto, prantos explodirem-se em gargalhadas. Incertezas sentidas como comprovadas realidades. Tudo e nada acontecendo ao mesmo tempo. Senso e dissenso, lógica e irrealidade, silêncio e grito, amor e ódio, consideração e desprezo.

Dentre os inúmeros poetas que se ocuparam do tema, certamente Luís Vaz de Camões (1524-1580). um dos maiores escritores portugueses de todos os tempos, ao escrever *"Amor é fogo que arde sem se ver"*, destacou muito, e bem, esse sentimento que é capaz de mover a humanidade como um todo em direção ao bem e, em particular, as pessoas rumo à felicidade.

Amor é fogo que arde sem se ver,
é ferida que dói, e não se sente;
é um contentamento descontente,
é dor que desatina sem doer.

É um não querer mais que bem querer;
é um andar solitário entre a gente;
é nunca contentar-se de contente;
é um cuidar que ganha em se perder.

É querer estar preso por vontade;
é servir a quem vence, o vencedor;
é ter com quem nos mata, lealdade.

Mas como causar pode seu favor
nos corações humanos amizade,
se tão contrário a si é o mesmo Amor.

● • ●

O caminho entre o hospital, onde estava, e a casa, para onde foi, pareceu-lhe muito mais longo que o usual.

Estava tomado por grande emoção, entristecido e pensativo.

Veio mais lentamente, observando o céu de chuva, porém ainda sem ela, de cor cinza forte, dada ao negro. Havia raras estrelas. O trajeto permitia-lhe contar os postes de estilo antigo e suas luminárias a cada um dos lados da rua, piscantes pelo vento ora mais forte. Dava para observar, sem perda de detalhes, as árvores, cujas folhas balançavam freneticamente como que açoitadas pelo mesmo vento que criava o efeito de piscar das luzes. Raras e assustadas aves misturavam-se às folhas balançantes apoiadas em ramos frágeis e inquietos, emitindo ruídos quase que angustiantes como que acometidas do pavor que a noite usualmente lhes impõe.

Ruídos de animais notívagos destacavam-se mais do que usualmente se ouvia.

Pessoas absortas, sabe-se lá por quais pensamentos, circulavam com um andar apressado e intuitivo, como se estivessem antevendo a mudança de tempo que se delineava no horizonte que parecia bem perto. Cansadas? Mais do que isso, exaustas? Desesperançadas por uma lida diária muito mais cansativa que compensadora?

Outras circulavam com semblante descontraído, aparência feliz. Otimistas? Resilientes?

A rua e as pessoas que nela passam refletem um sumário do mundo, os matizes de comportamentos.

Reinaldo vinha por essas ruas, fazendo parte das pessoas que povoam o mundo e nossas imaginações. O pensamento estava fixo por onde ele passava, mas principalmente pelo que tinha passado naquele dia de trabalho intenso. Conturbado.

Embora o trajeto lhe fosse familiar pela frequência diária com que por ele transitava, parecia-lhe estranho em detalhes e no conjunto.

Dirigia com redobrada cautela, reconhecendo que os sentidos estavam comprometidos pelas emoções que experimentava. Parecia contido por forças que o impediam de imprimir mais velocidade ao carro. Assim, vinha mais lento e consumia mais tempo para percorrer aquele trajeto que, naquele momento, parecia-lhe infindo.

Uma sensação de *déjà vu* o atormentava e confundia os pensamentos.

Já havia passado, em outro momento, por semelhante angústia, por causa disso tudo que novamente o atormentava.

Pensava fortemente e perguntava-se: *Ao chegar em casa, já noite feita, os mesmos costumes e tradições? Solange estaria à sua espera, solícita e amorosa como sempre? Como olharia para ela? Com o carinho e atenção de sempre? Como conviver com essa imensa e tresloucada sensação de culpa? Seria indisfarçável o seu sentimento de tristeza, traição, não consumada, mas intensa e fortemente pensada? Vivida.*

Ele preferia que aquele dia não tivesse acontecido por essas razões, mas ele lhe foi marcante por outras.

Ao entrar, não a encontrou como sempre à sua espera. Já estava deitada, com dores de cabeça que a perseguiam desde a juventude, com episódios frequentes e usuais de enxaqueca que a limitavam. O ambiente estava à meia-luz para aliviar o impacto da luminosidade que agravava as dores. Tinha um semblante que deixava clara a contração da face, fruto do incômodo que as dores lhe causavam.

Reinaldo ficou entre o alívio de não ter que conversar, tratar desses desconfortantes assuntos, coisa que não queria, nem em imaginação, que ocorresse e o pesar por ver Solange com todo aquele sofrimento.

Cuidou de lhe dar medicamentos para aliviar rapidamente a dor, providenciou compressas frias colocadas sobre a fronte. Acomodou-a tendo o cuidado de cobrir o seu corpo com o lençol e dar-lhe travesseiros para mais conforto.

Sentia-se, assim, mais aliviado. Os cuidados com ela eram uma forma de expressar o seu carinho. Os pensamentos, ele lutava sem êxito, ocupavam sua mente, continuando a castigá-lo, inclementes.

Fez um forte chá (que, por conter cafeína, ajudava na remissão da enxaqueca) que serviu, no leito, a Solange.

Ele próprio, nesse dia, preparou sua alimentação. Sem fome, comeu pouco e mal.

Após o banho, deitou-se e teve dúvidas se pegava a mão de Solange em sinal de carinho e conforto. Mas, mesmo assim, fez isso. Parece que esse gesto trouxe-lhe algum conforto e deu a ela sensação semelhante.

Conciliar o sono foi difícil. A cama parece nos cobrar, em pensamentos, soluções para os problemas que nesse momento são realçados.

As sensações são ampliadas. Os problemas agigantam-se e precisamos ter a grandeza de lhes dar soluções com a mesma intensidade que eles nos apresentam. Procurava forças e elevação para desfazer os conflitos, dar-lhes encaminhamentos. Buscar caminhos que pudessem ser trilhados sem acidentes.

Pensou em orar; lembrou-se de que havia tempos não fazia isso. Esqueceu-se de que Deus não nos cobra. Dá-nos sempre, sem nada pedir em troca. Acolhe sempre, consola e conforta. Não escolhe, mas atende àqueles que o escolhem.

Pediu, então, constrito, luz para encontrar soluções, equilíbrio para lhe gerir os atos. Sentimentos que seriam capazes de dar tudo de que ele precisava. Que ele pedia.

Voltou sua mente a fatos passados, momentos vividos. Lembrou-se de que Solange, uma fã incondicional de Chaplin, com frequência dizia uma frase dele: "Nada é permanente nesse mundo cruel. Nem mesmo os nossos problemas".

Sentiu-se mais confortado, embora ainda atormentado pelo ocorrido naquele dia de emoções inesperadas, de provações e provocações inusitadas.

Conseguiu conciliar o sono, não sem antes assegurar-se de que Solange também dormia com semblante que sugeria alívio da dor que a tinha acometido. Mas a dor dele ainda persistia. Duradora e intensa. A pior de todas elas: a dor da alma!

Por várias vezes acordou sobressaltado durante a noite.

Sonhos vividos (sonhos lúcidos, simples e que, ao mesmo tempo, misteriosamente refletiam com clareza um fato ocorrido, como, embora sonhando, se ele estivesse acordado e vivendo aquele momento) o atormentaram. Acordava sobressaltado e com esforço voltava a dormir. Para voltar a sonhar.

Um castigo pela traição aos mais elevados princípios que ele cometera naquele dia?

● ● ●

No dia seguinte, muito mais cedo que o usual, dirigiu-se ao hospital. Antes, teve o cuidado de observar que Solange dormia profundamente, fruto dos medicamentos utilizados na noite anterior e necessários para aplacar as dores e oferecer-lhe conforto.

Teve o cuidado de lhe deixar um bilhete desejando um bom-dia. Sem dor.

Ao deixar essa mensagem, foi inevitável que pensasse que não teria as dores físicas, mas que poderia padecer de uma mais lancinante e impiedosa ao saber do seu encontro no dia anterior. Ele não se sentiria confortável e suficientemente sincero, como sempre fora com ela, se não lhe narrasse o acontecido. Fosse qual fosse o preço a ser pago.

Chegando ao hospital, muito cedo, ainda poucas pessoas, afora os que trabalham no atendimento aos pacientes, podiam ser vistas.

Após um breve café, foi ver o único paciente que estava sob os seus cuidados nesse dia. Uma excepcionalidade, pois sempre tinha vários para visitar, examinar, dar-lhes cuidados, tratá-los como eles esperam de um bom médico.

Terminada essa tarefa, foi até o escritório de Cláudia.

Era preciso, necessário, fundamental esse encontro. As palavras e o pensamento lógico, que são o que nos diferenciam dos demais seres, precisavam dar sentido a essa situação criada pelo destino, mas que tinha que ter solução dada por ele.

Um toque discreto na porta, levemente aberta, foi seguido por um:
– Pode entrar, por favor.

Extasiados, por um novo e agora premeditado encontro, ambos se olharam com expressão de emoções que, se descritas, serão imprecisas, muito aquém do real que se sente. Só sentir era real.

Reinaldo fechou com discrição a porta e, antes de qualquer palavra de Cláudia, disse-lhe:

– Você haverá de se lembrar, como também eu me lembro, de tudo que vivemos. De um pensamento que sempre alimentamos: o amor é bem que sempre dura. Não acaba. Muda o foco, mas não apaga.

— Cláudia, o tempo, muito tempo, passou e os pensamentos se arrefeceram, não se apagaram, apenas se aquietaram. Nova vida, novos objetivos, outras pessoas fizeram parte de nós, assim foi comigo. Deve ter sido também com você. Tenho uma vida estruturada, feliz, uma companheira amorosa, fiel e afável. Mas não consigo, ainda que queira, desvencilhar-me desse passado que, por ter sido tão marcante, não me oferece a chance de esquecer. É um conjunto de sentimentos antagônicos, conflitantes, que causam bem e mal ao mesmo tempo.

Cláudia, agora de pé em frente à sua mesa de trabalho, fitava-o fixamente. Olhos nos olhos, disse-lhe:

— Não foi diferente comigo. Tive menos sorte, uni-me a uma pessoa que, a princípio, parecia ter todos os méritos. Indicava amor em seus gestos. Carinho em seus modos. Fiz-me apaixonada. Casamos e não demorou muito para que uma nova, e desconhecida, pessoa se revelasse. Agressivo. Ciumento. Possessivo.

Nesse momento, os olhos verdes e sempre brilhantes encheram-se de lágrimas que furtivamente correram pelas faces. Suavemente limpou o rosto, com seus delicados dedos, e prosseguiu:

— Uma efêmera felicidade. Não durou mais de dois anos. Nunca consegui deixar de comparar os delicados e suaves momentos vividos em nosso inesquecível tempo com os que passei então a viver. O comportamento dele foi se tornando de tal modo intolerável que nos separamos. Isso já faz vários anos. Nunca mais tive coragem, nem desejo, para um novo relacionamento.

Nesse momento, ambos se aproximaram, instintivamente, como duas cargas de diferentes polaridades. Ambas as mãos foram unidas. Frente a frente, as faces se aproximando. Os olhares fixamente voltados um ao outro. O calor de ambos os corpos se intensificando com a aproximação.

As sensações eram crescentes e incontroláveis. Acima da vontade e da razão, foram se somando. Semelhantes às vividas em tempos passados. O mesmo sabor e a mesma intensidade.

Um beijo ardente, saudoso, quente, recôndito. As mãos entrelaçadas como no passado. Agora no presente.

Ambos rapidamente se afastaram.

Consideraram que as emoções superestimaram a razão. Mas havia sido inevitável.

Sem mais palavras, ela retornou ao trabalho e ele saiu do escritório com a dúbia sensação de que dera mais um passo em direção ao abismo que os separava. Ela também tinha a insólita certeza de que também fora fortemente conduzida pelas emoções. O que foi excesso nos sentimentos, faltou em racionalidade.

Olavo Bilac, o príncipe dos poetas, assim escreveu em um de seus poemas:

Foste o beijo melhor da minha vida,
ou talvez o pior...Glória e tormento,
contigo à luz subi do firmamento,
contigo fui pela infernal descida!

Morreste, e o meu desejo não te olvida:
queimas-me o sangue, enches-me o pensamento,
e do teu gosto amargo me alimento,
e rolo-te na boca malferida.

Beijo extremo, meu prêmio e meu castigo,
batismo e extrema-unção, naquele instante
por que, feliz, eu não morri contigo?

Sinto-me o ardor, e o crepitar te escuto,
beijo divino! e anseio delirante,
na perpétua saudade de um minuto...

Nele estrofes que definiram os fatos ocorridos.

"Foste o beijo melhor da minha vida, ou talvez o pior...Glória e tormento, contigo à luz subi do firmamento, contigo fui pela infernal descida!"

O retrato da dramática cena por eles vivida.

Havia em Reinaldo e Cláudia uma sensação de culpa e prazer. Culpa pela inconsequência do beijo. Prazer pelo simples e inigualável sentimento que dele adveio. Foi uma forte volta a um passado que ainda se fazia presente na vida de ambos.

A subida ao firmamento e a descida ao inferno!

Reinaldo amargurava-se por ter tido essa inadequada conduta no local de trabalho. Dele e dela.

Como administraria, era possível um natural convívio doravante? Como conviveria no mesmo ambiente?

O doce e o amargor do beijo!

Nesse dia, trabalhou com essa sensação de prazer e culpa. Ambos os sentimentos pela mesma razão.

Como escreveu Mário Raul de Moraes Andrade (1893-1945) sobre o amor primeiro de Macunaíma por Ci:

> *De vez em quando Macunaíma pensando na marvada...Que desejo batia nele! Parava tempo. Chorava muito tempo. As lágrimas escorregando pelas faces infantis do herói iam lhe batizar a peitaria cabeluda. Então ele suspirava sacudindo a cabecinha: – Qual manos! Amor primeiro não tem companheiro...*

Essa era a razão. A explicação ou a dúvida? O primeiro amor não os deixava viver sem as lembranças inapagadas nas mentes. Torturavam-se por atos inconsequentes, movidos pelo poder incontrolável do desejo incontido?

Que força tinha esse passado que não deixava que tivessem um presente livre dele? Quanto ainda poderia interferir no futuro?

Voltando para casa, Reinaldo não tinha dúvidas de que, para conviver com Solange, era preciso narrar-lhe os fatos. Isso lhe custaria a perda de anos de convívio? Relacionamentos que lhe foram importantes na construção de sua vida de Homem e Médico?

Era, entretanto, preciso narrar-lhe os fatos para continuar sua vida com Solange e oferecer-lhe um bem que qualifica as pessoas como boas, críveis, honestas, que é ter a confiança delas, particularmente das que se ama e às quais nada omite.

Nada omite. Seja qual for o significado. Sejam quais forem as consequências. Seria melhor contar a sua história, por completo, em detalhes. Relatar os fatos e o seu arrependimento. A sua fraqueza em não saber conduzir-se de forma a não causar mágoas, sofrimentos, desapegos. A ele próprio e à pessoa com quem viveu por longos e felizes anos, até então. Não havia outro caminho. Só poderia ser trilhado aquele que lhe trouxesse a paz do espírito em um momento de tantas incertezas.

Lembrou-se de Oscar Wilde que, sobre a sinceridade, disse: "A falta da sinceridade é muito perigosa, mas o seu emprego pode ser fatal".

Nada mais lhe importava que atender ao seu desejo de fidelidade absoluta à verdade. Era uma forma de expressar amor e bons sentimentos, ainda que por ela tivesse que pagar alto preço, podendo, reafirmando Wilde, ser fatal.

Ao voltar para casa, não tinha outros pensamentos senão de como falaria com Solange. Só tinha como certo que para manter, ou não, a sua vida com ela isso era absolutamente preciso, necessário.

Ao entrar em casa, uma visão o puniu indiscriminadamente pelo que representava.

Sala impecavelmente arrumada. Duas taças de vinho ornavam a mesa cuidadosamente bem preparada, como sempre ocorria havia anos. Um sinal inquestionável de amor e dos cuidados de todos os dias. A melhor e mais tradicional toalha impecavelmente alva cobria a mesa. Pratos e talheres que só eram usados em ocasiões especiais (embora essa fosse uma delas, não era um bom motivo). O jantar havia sido preparado com esmero.

— Para compensar a minha ausência de ontem, atormentada por aquela terrível enxaqueca – disse ela com falar doce ao saudá-lo com o beijo costumeiro e reconfortante.

Isso causou-lhe ainda mais dificuldade para falar, contar-lhe os fatos. Atitude de sinceridade. De dor. Pesar. Remorsos.

Não sabia em qual momento e como começar a sua narrativa.

Logo após servida a primeira taça de vinho, quando a natural saudação foi proposta por Solange, ele tomou uma coragem que não tinha, mas buscou o que restava no mais profundo da alma e contou-lhe toda a história.

Longa história iniciada na infância e adolescência. Até então sem compreender exatamente as razões, Solange não podia, nem queria, imaginar o desfecho dessa longa narrativa.

Ao terminar, o rosto de ambos estava pálido; as mãos, frias; o coração, acelerado. Emoções à flor da pele. Tristeza e decepção no rosto de Solange estampadas.

Sem uma só palavra dita, que foi muito pior do que uma avalanche delas por pior que fossem, ela se levantou. Lágrimas pela face corriam em profusão e os soluços tinham o significado de punhaladas no peito para Reinaldo.

Com a elegância e a sobriedade que a caracterizavam, foi para o seu quarto. Deitada, deu, então, vazão às suas mais fortes e intensas emoções. Chorava copiosamente. Soluços de dor. Para ela e para ele.

A Reinaldo, também com suas emoções dilaceradas, só restou postar-se ao seu lado, dizendo-lhe palavras que vinham de um local da mente que lhe parecia nunca ter utilizado para se expressar.

– Solange, preferi ser sincero. Em nome de um amor construído, dia após dia, ao longo de anos. Na balança da ética e da moral. Para mim, a sinceridade tem peso especial. A partir da certeza dela, todas as palavras assumem valor. Clareza das verdades. Significados que não confundem. Explicam, justificam.

– A nossa vida está acima de um sentimento inconsequente, infeliz, marcas de um passado que não se apagou da mente e sobre o qual os fatos de agora podem significar a compreensão que devo ter dele. Um instante, um lapso não podem valer mais que uma vida. Havia uma só explicação: fraqueza e um amor mal resolvido. Instantes que foram separados por reticências e não um ponto final.

– Penso ter conseguido terminar essa fase, colocando nela o ponto que faltava – concluiu ele. É preciso que eu tenha o seu perdão. Sua compreensão. Em nome do sentimento forte que nos uniu e nos une. Não pela fraqueza das minhas condutas. A justificativa para ele é o amor que nos sustenta. Que tenho por você.

Solange, nesse momento, ergueu-se, sentou-se na cama, travesseiro úmido de lágrimas, rosto desfeito. Uma pintura retratando a decepção. Desgosto. Tristeza.

Sentimentos negativos que fazem mal à vida. Ao espírito e ao corpo. A um só tempo.

– Não me faça falar o que não quero dizer. Nem para o bem nem para o mal. Preciso de tempo, de reflexões. Análises de minha e de nossas vidas.

– O que eu falar agora poderá ser motivo de arrependimento por toda uma vida ou o que não disser, igualmente, pode me deixar também arrependida para sempre.

A noite foi longa, não parecia findar. Sentado em uma poltrona na sala de estar, ele podia ouvir, causando-lhe um mal imenso e intenso, intermitentemente, um suave soluçar. Era uma penalização que por si já lhe era suficiente. Suficiente para uma punição que ele sabia merecer.

Nos primeiros raios da manhã, Reinaldo foi em busca de sua rotina.

Estava aliviado por ter tido a dignidade da confissão e amargurado pelo mal que causara. Inquieto e cheio de dúvidas sobre o futuro que se delinearia.

Saiu. Porém, antes, preparou um café da manhã, em substituição ao que Solange sempre, ao longo de todo o tempo juntos, lhe fazia.

Ela agora dormia, pois passara toda a noite desperta.

Deixou sobre a mesa, ao lado de sua xícara preferida de café, uma anotação: Bom dia. Que você encontre motivos para que ele seja assim.

Dou-lhe um que me parece suficiente: **amo você**.
Seu perdão é minha esperança.
Reinaldo

● ● ●

No hospital, foi direto à sua sala de trabalho. Lá havia um bilhete sobre a sua mesa. A letra chamou-o ao passado. Refutando essa sensação, pôde ler:

> *Reinaldo,*
> *Termina aqui a nossa história que ficou inacabada.*
> *Deixo o trabalho nesse mesmo dia.*
> *Aleguei razões de ordem pessoal (absolutamente verdadeiras!).*
> *Que a vida lhe seja boa, como bom você é.*
> *Como bom foi para mim e para nós.*
> *Vou em busca de outro destino.*
> *Lembre-se de que, em minha última carta, terminei dizendo:*
>
> *Conhecidos quando ainda crianças*
> *O destino agora nos separa*
> *Em busca de nossas alianças*
> *Quem sabe um dia nos ampare.*
>
> *Ele tentou nos amparar novamente.*
> *Em momento inadequado, impróprio e inoportuno.*
> *O amor nunca acaba, ele só muda o foco.*
> *Os nossos focos serão outros.*
> *Só apontam para outro ponto ou outra pessoa (que seja a mesma para você).*
> *Apontará para novo rumo, novo ponto.*
>
> *Cláudia.*

O dia passou lento e penoso. Torturante. Novamente dupla sensação. Havia colocado o ponto final que faltava em antiga história escrita sem conclusão. Que havia terminado em reticências, relembrou novamente. Atormentava-o o pensamento de que um ponto final poderia também ser colocado na sua relação com Solange.

Ao sair, passou por uma floricultura e enviou para Solange rosas vermelhas, que simbolizam a paixão.

No cartão, limitou-se a reescrever a sua mensagem da manhã, acrescida de um pensamento sobre o amor de Fernando Pessoa:

> *Bom dia. Que você encontre motivos para que ele seja assim.*
> *Dou-lhe um que me parece ser suficiente: amo você.*
> *Seu perdão é minha esperança.*
> *Tomo de Fernando Pessoa e entrego a você:*
> *"Que queres que te diga, além de que te amo?*
> *Se é exatamente que te amo que quero te dizer".*
>
> *Reinaldo*

● ● ●

Nunca mais viu Cláudia. Sobre ela, muito raramente pensava. Naquele momento, porém, por outro motivo, outra razão: o mal que sua impetuosidade ao encontrá-la, comportamento pueril e insensato, tinha causado.

Solange foi aquiescendo à ideia de permanecer ao lado de Reinaldo. A sua sinceridade e a expressão de seu amor por ela ganharam méritos. Exerciam excepcional força.

A decepção é sentimento de difícil compreensão. O perdão, entretanto, é o mais digno dos sentimentos. O mais nobre dos atos.

Se gratidão é não esquecer o bem, o perdão é não se lembrar mais do mal.

Assim, ela fez. Assim era preciso. Para ambos.

6
A VIDA COMO ELA FOI: PARA REINALDO E SOLANGE

Como Reinaldo e Solange construíram suas vidas, seus bens, seus amores. A casa feita aos poucos com esperança e aconchego. Carinho e desvelo.

As coisas em contrapontos:
O que elas custam e o que valem.
Há aquelas que custam muito,
Mas valem pouco.
Descarte essas.
Há aquelas que custam pouco,
Mas não valem nada.
Essas também não servem.
Bom mesmo são as
Que custam pouco e valem muito.
De todo modo valor e custo
São coisas diferentes.

Josivaldo chegou em casa, cansado da lida, Sol escaldante queimando o quengo ao longo de todo o dia. A roupa estava marcada pela terra vermelho-arenosa da caatinga, úmida e cheirando a suor, visto que os 40 graus de temperatura da terra árida faziam perder a água do corpo. A mesma água que a terra não tinha.

Perto das quatro da tarde, Sol ainda a pino, parecia que o dia tinha durado uma eternidade, pois às quatro da madrugada já estava ele na lida, aproveitando um pouco do frescor da manhã para sofrer menos com as intempéries que no sertão castigam, sem merecerem, os que lá vivem.

A alimentação era limitada e pouco variada, raramente mais do que feijão, farinha, jerimum e às vezes uma macaxeira cozida em água e sal. Charque, só quando algum raro extra surgia em decorrência de um cachaço vendido, algumas partes apenas, na feira. Mas a engorda do porco dependia, também como a sobrevivência, da comida, que era pouca, e dos restos, menos ainda.

A casa era de chão batido, coberta de sapé e com paredes de varas de bambu cuidadosa e habilmente trançadas, permitindo que pouco ou quase nada de vento passasse entre elas. Era bom por um lado, pois não deixavam passar também a chuva que, embora rara, quando vinha, era acompanhada de ventos fortes que, como se procurassem abrigo dentro da casa pelas paredes vazadas, entravam, mesmo não sendo bem-vindos.

A noite muito cedo se apresentava, não sendo mais possível ver o horizonte distante nem as árvores próximas depois de cinco e meia da tarde.

O silêncio reinante era interrompido por ruídos de pássaros notívagos que se denunciavam por barulhos próprios de cada um. Piados e cantos misturavam-se em sons cadentes que ora arrudiavam os ouvidos, ora pareciam se distanciar em busca de outras paragens. Eles também experimentavam a hostilidade do clima, a falta de água e a sobra de calor.

A água obtida e usada com parcimônia, pela raridade que representava, era obtida de uma cisterna que de tempos em tempos precisava ser aprofundada para atingir o veio, que parecia se esconder naquele nível de profundidade. Não menos de um quilômetro cursava um riacho, denominado, em linguajar típico, de "corguinho", em cujo leito só fluía água em raros tempos em que a chuva, enviada por Deus e comemorada por todos, isso permitia. No resto do tempo, quase todo o ano, não era mais que um fio de água serpenteando por seu caminho ressequido.

O céu, muito limpo, compensava as hostilidades do lugar, pois exibia todos os planetas e as constelações conhecidos e os inominados. As três Marias pareciam, naquele firmamento, vestirem-se de branco cintilante de tanto que brilhavam. A Lua, quando completamente cheia, era um facho de luz que iluminava a terra ressecada e sobressaía-se pelo brilho e pela beleza, em contraste flagrante com a rudeza do lugar. Sobre o sapé que cobria a choupana, criava imagens que eram, não raramente, confundidas com figuras conhecidas, mais fruto da imaginação dos que as observavam do que na realidade eram.

As árvores que cercavam a casa, e que tinham sido plantadas para amenizar o clima, possuíam as folhas e os ramos estáticos pela falta do vento para balançá-las. Era como se, em conspiração, o sopro mais fresco da aragem noturna se ocultasse, embora desejado e esperado.

Ao entrar no casebre, final da tarde, Josivaldo deu falta dos meninos que em geral faziam fortes ruídos, muito mais pelo número deles, sete, do que propriamente pela alegria que era contida com mais rigor por Cícera, a mãe, chamada, em síntese do nome, simplesmente Ciça.

Mulher corajosa e trabalhadeira, forte e abençoada, diziam todos, pois o pai, "seu" Cícero, tinha dado a ela o nome em homenagem ao Santo Padrinho Padre "Ciço" Romão Batista, milagreiro e referência do bem, como também havia ocorrido com ele quando batizado.

Cuidava de tudo e trabalhava por duas, como diziam dela os vizinhos, ainda que distantes sem convívio frequente, restrito a algumas raras ocasiões.

Era dedicada aos seus deveres como se aquilo fosse, como de verdade era, a sua única missão nessa terra de Deus.

Mantinha a casa simples na forma com esmero e cuidados que davam gosto. No chão batido não era possível encontrar uma só folha ou ramagem, uma migalha de cereal, nem um cisco sequer. A pequena cozinha era ornada por fogão de lenha de longa cauda, encimado por panelas dependuradas que brilhavam como o sol dos dias mais quentes, à custa do sabão feito em casa com a "barrigada" dos porcos e das buchas colhidas no mato, curtidas no calor do tempo.

A fuligem da queima da lenha para aquecer a chapa, e sobre ela as panelas, deixava espessa camada de cor negra sobre a cobertura da cozinha.

Josivaldo foi tomado de curiosidade, causada pelo não usual silêncio dos filhos e pela ausência de Ciça, que estava sempre na lida, varrendo o derredor da casa àquelas horas.

Achegando-se, tirou dos pés cansados e doídos o par de botinas, a do pé esquerdo com um buraco feito a canivete precisamente onde um maldito calo o incomodava por causa do roçar do couro do calçado sobre a pele.

Afrouxou a cinta, arregaçou as mangas da camisa e limpou com o dorso da mão direita o suor da fronte.

Pigarreou para chamar a atenção dos esperados presentes, porém sem sucesso pois, ainda que procurando fazer barulhos mais chamativos, não conseguiu o seu intento de obter respostas deles.

Intrigado, entrou porta adentro com rapidez que contrastava com seu modo manso e silencioso de caminhar. Fazia-se quase que imperceptível ainda que andando.

Nada no interior da sala-cozinha. O fogão, que àquela hora já estava em chamas e brasas para o preparo da janta, estava absolutamente apagado. Frio e silencioso como a própria casa também estava.

Havia dois quartos; em um deles, acomodavam-se cinco dos filhos mais velhos, o maior deles já contando 13 anos, um homenzinho. Os outros dois mais miúdos, duas meninas, com 4 e 5 anos respectivamente, dormiam um ao lado do pai e outro do lado da mãe, em esteiras cuidadosamente ali colocadas. Durante o dia, as esteiras-camas eram escondidas embaixo do estrado da cama do casal.

Nada também ali. Nem Ciça nem os meninos. Assim chamados, por força de hábito, embora as duas menores fossem meninas.

O que era curiosidade no início, convertera-se em preocupação.

O que teria havido com a família? – perguntou-se assustado e angustiado.

Era um fato que nunca havia acontecido. O pensamento fluiu rápido. As suposições passaram por todas as percepções.

Teriam todos sido atacados por algum animal perigoso? Mas como, se nunca em tantos anos ali vividos havia uma única que fosse história de uma onça brava, uma matilha de lobos do mato, cachorros selvagens?

De repente, um leve ruído de folhas que se mexiam como que por algum corpo pressionando-as pôde ser ouvido não muito distante.

Em rápidos passos, guiado pelos sons produzidos, Josivaldo foi diretamente ao local.

Lá estava, sentada sobre as próprias pernas, de cócoras, cobrindo o rosto com as mãos, Cícera.

Tinha um olhar entristecido, os olhos vermelhos típicos de quem havia chorado. E muito, para ter causado essa doída aparência.

Correndo diretamente a ela, então pergunta-lhe o que havia ocorrido de tão grave.

– Você sabe como sou carinhosa e cuidadosa com nossos filhos. Em todos esses anos de vida, nunca levantei a voz contra sequer um deles, mesmo na hora da correção precisada. Pois hoje – continuou ela –, o Genivaldo, julgando-se homem feito, pois, como ele diz, já tem 13 anos, foi com os irmãos "a tiracolo", entre eles as duas pititinhas, nadar no "corguinho" lá embaixo e distante daqui de casa.

– Dando falta deles, comecei a campear por esse mundo afora, gritando no que os meus pulmões mais podiam gritar alto – continuou ela ainda chorosa e desalentada.

– Por Deus, nosso Senhor Jesus Cristo e meu santo padrinho Padre Ciço, fui dar nas margens do riacho. As duas menorzinhas brincando com a água quase na altura dos pescocinhos – concluiu ela com as mãos trêmulas.

Nesse tempo, houve alguma chuva e havia mais água que o normal no corregozinho.

– Não consegui me segurar – continuou ela. – Tirei todos de lá e dei com vontade umas boas palmadas em Genivaldo, que arranjou toda essa confusão.

Ainda angustiada, continuou dizendo: – Não devia ter feito isso. Nós não devemos bater nos vivos, em animais, e muito menos em gente. Ainda mais quando essa gente é filho nosso. Isso não é certo.

– Agora estão todos de castigo embaixo daquela goiabeira. – disse, apontando para um pequeno pomar nos fundos da casa. – Fiquei tão assustada com eles e triste comigo – continuou dizendo –, que, se não fosse por você e por eles, tinha chupado uma manga e tomado um copão de leite.

Dizendo isso, fez um sinal da cruz e pediu perdão a Deus, totalmente convencida de que havia pensado em se punir com o suicídio...

● ● ●

A vida passava no agreste nordestino com a mesma velocidade das horas, dias, meses e anos do planeta.

Porém, o tempo moroso, como lá é, parecia que tinha horas de muito mais do que os sessenta minutos que as completam.

Uma mulher que tinha leitura, como diziam todos nos arredores, resolvera ensinar os que não sabiam ler e muito menos escrever.

Na família, Josivaldo aprendera a desenhar o seu nome, sem qualquer outra intimidade e domínio das letras. Ciça, quando ainda adolescente, morando na periferia da cidade, tinha tido aulas por pouco tempo e obtivera a felicidade de ler e escrever com pouca desenvoltura, mas o suficiente.

Foram mobilizadas pessoas de todas as idades ou, como costumavam dizer para indicar essa diversidade, "de mamando a caducando". De crianças a idosos!

Foram todos "matriculados", as crianças já mais eradas, como dizia Josivaldo, na sala improvisada, simples, apenas com cobertura e sem paredes, a quase dois quilômetros da casa. Algumas tábuas improvisaram uma lousa, pintada de negro. Em analogia, podia-se chamar de "quadro negro" como nas escolas de verdade.

Dona Cida iniciou o processo de alfabetização com sucesso, atribuído tanto à sua capacidade e ao seu desejo de ensinar, quanto à vontade dos alunos, há muito contida, de aprender.

Não muito tempo depois, ainda que vagarosamente e com dificuldades, todos eram capazes de ler pequenos trechos e escrever textos simples. Josivaldo inclusive.

Isso trouxe alento e ânimo aos que se sentiam, com esse aprendizado, capazes de conviver com um mundo até então desconhecido para eles. O universo das letras, da escrita e da leitura.

Dona Cida cuidava de obter revistas e jornais em algum armazém que os utilizaria como papel para embrulhos e os levava para que seus alunos exercessem a fascinante arte da leitura. Encantamento para ambos: a ela, professora, o prazer do bem fazer a eles; aos alunos, a satisfação de terem adquirido o ensinamento que ela lhes trouxera.

As crianças tornaram-se adolescentes, os jovens do passado tornaram-se homens feitos. Todos agora compunham uma força de tarefas para se sustentarem e manterem viáveis à família e à vida.

Quando a chuva bendita presenteava o solo, como que lhe beijando a face, tudo mudava para melhor. Os roçados viçosos, os riachos repletos de água sagrada e límpida, os poucos animais vicejando.

Como em *Vidas secas*, do alagoano Graciliano Ramos, as rudezas do sertão nordestino e as dificuldades da vida nessas adversas condições foram vividas pela família de Josivaldo e Cícera.

Naquela época, a mais nova, Josicí, nome em homenagem a Josivaldo e Cícera, contendo as primeiras letras de cada um, contava 14 anos.

Josivaldo, um sexagenário com aparência de muito mais pela vida sofrida e as agruras que o acompanharam, o trabalho estafante e pesado, o sol causticante de todas as jornadas, não tinha a mesma disposição para o trabalho. Sentia-se fraco, e na lida muitas vezes interrompia a tarefa que fazia com a sensação de que o ar lhe era insuficiente. A boca seca, o peito arfando e o coração pareciam que lhe queriam deixar para uma busca de sossego e descanso em outro local que não o seu próprio corpo.

Simples e cordato, não reclamava. Não contava, nem mesmo à Cícera, os seus padecimentos. Achava-os normais, na sua percepção resiliente da vida. Em alguns momentos, ao contrário, agradecia ao Criador por tudo que conseguira. Por ter mantido a casa, criado os filhos e lhes dado de comer. Até aprenderam a ler, dizia para si mesmo, reconfortado e feliz.

Tinha conseguido uma pequena área de terra devoluta onde, havia muitos anos, construíra a casa, a família e a vida – pensava agradecido.

Só tinha motivos para agradecer: o que poderia parecer pouco para muitos era muito para poucos.

Certa manhã, quando, logo nas primeiras horas, o sol aquece castigando os corpos, Josivaldo trabalhava em um roçado de milho que lhe parecia ser a salvação daquela safra pela beleza que tinha e a sorte de ter recebido chuva abençoada na hora exata do granar das espigas. Prenúncio de boa colheita. Melhora da vida sempre contida pelos parcos recursos, embora suficientes para uma vida modesta, digna e honesta.

Era um exemplo a ser seguido e não observado por quem tem muito e acha pouco e vive com a ganância, que domina os instintos, e a sofreguidão, que alimenta espíritos menos evoluídos como meta de vida.

Nos primeiros movimentos da enxada tocando o solo à procura de ervas que poderiam competir com a alimentação do milharal, uma forte dor no peito inicialmente limitou o trabalho, a perceptível lentidão foi percebida pelo filho, ao lado. Em seguida, sentiu uma fraqueza intensa e perdeu totalmente as forças nas pernas, que já não eram capazes de sustentar o corpo forte sobre elas.

O coração, que havia experimentado tantas e tão fortes emoções, sofrimentos e satisfações, clamava por descanso, incapaz de continuar exercendo o seu contínuo trabalho, como tinha sido também contínuo o trabalho de seu dono durante toda a vida.

Ele foi, então, lentamente arrefecendo os seus batimentos, diminuindo a sua função até que alcançou o seu repouso, levando também Josivaldo para o merecido descanso.

A suave queda ao solo foi observada por Genivaldo que, ao chegar ao corpo do pai, já o encontrara sem vida. Uma discreta palidez iniciava-se no corpo tão acostumado ao calor causticante, corpo que, naquele momento, assumia um frio nunca antes observado. Os olhos foram espontaneamente cerrados, e o corpo inerte buscou o repouso físico e do espírito. Ambos muito merecidos.

O espírito, sem o peso da matéria, deslocava-se no etéreo em busca do local de onde veio e para onde sempre de novo voltará.

● ● ●

A morte de Josivaldo, mentor da família, símbolo de segurança e estabilidade para todos, foi, como toda falta, cercada de pensamentos de como seria a vida sem ele.

Os filhos, já moços criados, precisavam de novas experiências, de outras oportunidades, pensou Cícera. A mais nova contava 15 anos.

Entre o pensamento e os atos, pouco tempo.

Decidiram vender o pedaço de terra com a casa simples, os poucos animais domésticos, algumas galinhas e o velho galo Celestino (assim denominado por cantar quase o dia todo), duas vaquinhas magras e castigadas pelo capim escasso, um casal de leitõezinhos, cuja mãe já tinha salvado da fome a família. Juntados os recursos, foram para a cidade grande em busca de uma também grande e nova vida.

Todos foram em busca de trabalho para fazerem face às despesas impostas pela vida urbana, totalmente diferentes daquelas com as quais haviam convivido até então, e o tempo, esse senhor de tudo, encarregava-se de olhar com desvelo para aqueles que, movidos pelos bons motivos de vida, foram, com ele, alcançando seus destinos.

À Josicí, nos seus 17 anos, a vida reservara algo muito especial.

Encantada com os estudos e movida pela ávida vontade que o conhecimento dá e que move um ciclo determinando que quanto mais se aprende mais se quer saber, continuou os estudos em boa escola pública e gratuita, no período noturno.

Ainda assim, sabia que precisava trabalhar, engrandecer a sua vida com o ganho de seu sustento, bom para ela e necessário à família.

● ● ●

Em um momento da vida, Reinaldo, já estabilizado profissionalmente, o sucesso na Medicina que ele exercia com competência e zelo trazendo bons rendimentos, pensou em investir na construção de uma casa. Um lugar para desfrutarem os bons momentos e aqueles que ocorrem fora dos nossos desejos, mas como parte da vida.

Buscaram, juntos, Reinaldo e Solange, um local que lhes agradasse.

Moravam em um bairro que havia sido planejado para ser estritamente residencial. O local tinha simpatia e tranquilidade. Mantinha essa característica.

Duas grandes avenidas chegavam a uma praça central, dividindo o bairro em quatro partes. Ruas perpendiculares ou paralelas à praça iam ou vinham dependendo do local onde estava quem as observava. Nelas, havia muitas construções. Casas de todos os tipos.

Uma escola simples, uma capela ecumênica, uma farmácia de reduzidas dimensões e um pequeno supermercado capaz de suprir as necessidades mais fundamentais circundavam essa praça, onde árvores e malcuidados bancos podiam ser vistos.

Um bar de características rústicas, agradável e aconchegante, em meio a grandes árvores, com algum solitário cantor que fazia as suas performances acústicas, animava noites mais quentes de sexta ou sábado, às vezes sem muito ânimo.

O seu proprietário, o "turco" Salim, bom comerciante, fazendo jus à fama de sua origem, simpático e afável, atendia com presteza e competência a todos, na quase totalidade de moradores do bairro. Dizia-se, com ou sem razão, que cobrava mais do que valia cada coisa que vendia, mas sabia fazer isso tão bem que os compradores que pagavam esse suposto preço maior sentiam-se como se estivessem fazendo um grande negócio. Coisa que duplamente agradava o turco Salim: porque ganhava e por fazer bons negócios.

A casa em que Reinaldo e Solange moravam era bem-feita, porém reduzida em suas dimensões em relação às necessidades de conforto que almejavam.

Não havia um escritório onde ele pudesse guardar seus livros, uma confortável poltrona para leitura e uma mesa para estudar e escrever suas anotações, pensar sobre casos complexos que atendia e estudá-los em ambiente propício e, igualmente, ler bons livros, como sempre foi de seu gosto. Não havia, ainda, um lugar com condições para ele ouvir, em recolhimento, boas músicas, coisa que também tinha como predileção.

Além disso, era sonho de ambos ter um ambiente onde pudessem assistir a filmes pela televisão, hábito admirado e cultivado pelos dois.

Cômodos maiores, mais bem ventilados e agradáveis eram objetivos que pretendiam, com razão e merecimento, ter na nova casa.

Uma varanda ampla e repleta de vasos com flores alegraria o ambiente e daria a ele a simpatia e as características de local para reflexões e bons momentos. Ela era parte desse sonho maior, sonho que alimentava o desejo de uma nova vida, sem luxo, mas como conforto, como sempre desejaram.

Esse desejo motivava-os e os fazia ter uma nova expectativa centrada na evolução de seus projetos, seus recônditos sonhos.

Todas as noites, então, tinham motivo para longas e agradáveis conversas, repletas de pensamentos e sonhos prestes a serem realizados, e para discussões sobre como deveria ser a nova casa.

Solange buscava em revistas especializadas modelos de construções.

Mantinham contatos com amigos e visitavam suas casas para buscar inspiração para a construção daquela dos sonhos.

Pesquisavam com ânimo e entusiasmo cada vez que Reinaldo chegava em casa. Acomodavam-se na sala de estar e viam projetos prontos e sugestões de construções, cada uma delas com partes que agradavam e outras que não eram o que imaginavam.

Por vezes, receberam, a convite de Solange, arquitetos com propostas de uma nova residência que tinham na mente, porém ainda não organizada de forma a tornar-se realidade.

Após longas e produtivas discussões, chegou-se ao projeto final desejado: uma casa com jardim na frente, uma garagem com caramanchão coberto por trepadeira com flores, proporcionando, ao mesmo tempo, proteção para os carros e harmonia à fachada.

Logo à esquerda da entrada, um amplo e confortável escritório abrigaria estantes para livros e uma escrivaninha capaz de dar oportunidade para Reinaldo trabalhar e estudar com conforto. Abrigaria, ainda, uma poltrona de alto espaldar, estofada com um tecido de suave maciez, ao lado da qual penderia uma luminária para clarear as leituras e dar-lhes a necessária nitidez. Tudo daria para um jardim de inverno que, com plantas e flores, harmonizaria mais ainda o ambiente.

Na sequência, haveria uma grande sala que, para ser acessada, seria preciso subir dois degraus, os quais a distinguiriam do restante do plano da casa. Esse jardim estabeleceria uma continuidade entre os cômodos, já que as portas e janelas seriam de vidro, oferecendo a transparência necessária para essa agradável sensação. A extensão do jardim se faria por alguns metros capazes de abrigar árvores frutíferas que floresceriam antes da produção de saborosos frutos, dando encanto e atraindo pássaros canoros, que igualmente enfeitariam e dariam vida agradável ao conjunto. Tudo isso seria posto em um gramado delicado que deveria ser muito bem cultivado. Logo após essa ampla sala, uma varanda com vasos, plantas e flores constituiria um ambiente propício e acolhedor para estarem juntos e receber pessoas. Um especial sonho de Solange.

Copa e cozinha contíguas seriam abertas para a mesma área ajardinada, que fazia frente à sala de estar onde mesas e bancos podiam servir de acomodação para dias claros de tempo estável. Era possível ali fazer refeições e tomar um agradável café da manhã, ao ar livre.

Longo corredor levaria aos três quartos da casa, postos em sequência. Antes deles, haveria uma confortável sala com aparelhos de som e televisão, permitindo boa música, som e imagens de filmes que eram de gosto de ambos: Reinaldo e Solange.

– Parece que antevejo com clareza esse projeto já transformado em construção – dizia Solange.

– Sim, essa é também a minha sensação, acrescida de um enorme desejo de o mais breve vivermos esse momento – confirmava Reinaldo.

No tempo previsto, à custa de constante acompanhamento e enorme dedicação de Solange, a construção estava pronta!

A etapa que se seguiu foi igualmente encantadora, representada por novos móveis para se juntarem aos já existentes. A decoração do escritório e a escolha do seu mobiliário foram um prazer para ambos. Reinaldo fez tudo que sonhara há tempos. Acabara de criar com isso uma satisfação merecida por seu trabalho e desejada para suas atividades. Ela concretizava, igualmente, um desejo de muito tempo.

Realizar o sonho é antecipado por sonhar. Dois sentimentos que encantam a alma e transformam-se em incontida alegria.

Sonhar e ter metas a serem conquistadas é um estímulo às realizações de nossos desejos. Quando se sonha com os desejos possíveis e lógicos, estamos criando expectativas que, ao serem concretizadas, levam-nos às satisfações das conquistas: sonhos tornados realidade.

Sigmund Freud disse sobre a concretização dos sonhos: "O sonho é a satisfação de que o desejo se realize". Enquanto Victor Hugo, sobre concretizar um sonho, disse: "Não há nada como o sonho para criar o futuro. Utopia hoje, carne e osso amanhã".

Finalmente ocorreu a instalação dos móveis na nova casa. Eles eram novos e adequados a cada ambiente e suas finalidades. Foram adquiridos sem se levar em conta o luxo, mas o conforto.

Ao final do dia, era nítido o encantamento das conversas que, por escolha do casal, passavam-se em diferentes ambientes: ora no escritório de Reinaldo, ora na sala de estar, ou mesmo no ambiente destinado à boa música e aos bons programas de televisão. A ampla varanda florida e aberta ao jardim contíguo era, entretanto, o lugar preferido de ambos. Ali passavam grande parte de todo o tempo.

Reinaldo e Solange tinham a sensação de que esses momentos geravam grandes prazeres.

Reinaldo contava as horas para mais cedo deixar o trabalho e estar em casa vivendo todos os bons momentos e lugares oferecidos pelo novo lar.

Solange ocupou-se com intensidade durante os dias que se seguiram à instalação em arrumar caprichosa e cuidadosamente todos os móveis, objetos de decoração e utilidade.

• • •

Em um bairro simples, embora não muito distante do centro da cidade, uma pequena e simples casa abrigava igualmente simples e numerosa família.

Seu Bendito, conhecido como "seu Dito", recebera o terreno de pequenas dimensões de um patrão generoso e reconhecido pelos trabalhos realizados por sua esposa, por décadas, à família como funcionária doméstica.

Construiu a casa à custa de muito tempo e poucos recursos angariados com seu trabalho de jardineiro dedicado, com especial carinho pela vida das plantas, como ele mesmo se qualificava.

Era composta por uma pequena sala que se abria diretamente à rua, considerando a tradição do bairro e a necessidade de aproveitar ao máximo a diminuta área onde a casa fora construída.

O asfalto era de tão má qualidade que por pouco não se conseguia distinguir a rua do que se chama de "calçada" ou "passeio", espaço entre o término da rua e o início da casa.

Ali, de forma primorosa, seu Dito plantou uma quaresmeira para que ela enfeitasse, com suas flores arroxeadas, a frente da casa, cuidadosamente pintada de branco com os beirais da porta de entrada, com única janela, em azul. Essa árvore, quando florida, destacava o imóvel, reconhecido como de grande beleza e conhecido como "a casa do seu Dito e de dona Cida".

Ela era beneficiada por um poste com luminária que, por coincidência, foi colocado bem em frente à porta de entrada: iluminava a fachada e dava, pela claridade oferecida, maior segurança aos moradores.

A família era composta por quatro filhos pequenos, o mais velho contando apenas 14 anos. Seu Dito era casado com Aparecida, que, igualmente, era conhecida por Cida, usual corruptela do nome da santa que inspirou a mãe a homenageá-la com devotado fervor e respeitosa crença.

Viviam na periferia em casa modesta, mas bem cuidada e criteriosamente conservada, como já sabido e dito. Foi ofertada pelos patrões de Cida, com quem ela tinha trabalhado desde os 18 anos, portanto fazia mais de 40 anos, já que agora estava com 58.

Dos filhos, cujas idades variavam dos 14 anos do mais velho, Juscelino, aos 9 anos da mais nova, Edivanda, tinham, ambos, muito orgulho, já que todos frequentavam a escola pública do bairro. Foram alfabetizados ainda bastante jovens; todos tinham esse privilégio conseguido por Dito e Cida quando já eram bem mais velhos e, ainda assim, seus conhecimentos eram precários.

Ela, recém-aposentada, recebia sua pequena renda da previdência, mas suficiente para algumas necessidades. Dito levava consigo Juscelino, nas horas de folga das aulas, para o trabalho exercido com dedicação. O filho parecia ter herdado do pai os mesmos hábitos. Tinha grande satisfação com o trabalho amador que exercia e lhe dava prazer ver as pequenas sementes que ele plantava tornarem-se, depois de algum tempo, plantas em crescimento, esperança em futuro que logo viria, árvores, flores e frutos.

O milagre da natureza revela a vida latente das sementes, que se desenvolvem em vida que se modifica a cada instante.

O trabalho remunerado, especialmente pela forma como era feito, permitiu, com o tempo, a compra de um carro usado e bem conservado que servia para levá-los às mais diversas casas e transportar o material necessário à prática da jardinagem: útil aos seus clientes e reconfortante para quem o fazia.

Juscelino crescia com esses valores indispensáveis à formação dos mais jovens e dignificantes para os mais velhos: o trabalho e a certeza de fazê-lo com respeito e amor.

Ao atingir a maioridade, Juscelino era um rapaz querido pelo competente trabalho e pela simpatia. Adquirira, por méritos e competência, condição de exercer com a mesma competência a profissão do pai.

Era alegre e bem-humorado. Tinha uma perspicácia que lhe permitia observar cada coisa e fato que o cercava e, não raramente, deles tirar uma lição ou sobre eles ter um comentário inteligente e sagaz.

Com o natural e necessário afastamento progressivo do pai de suas atividades, passou a servir aos antigos e numerosos clientes que seu Dito havia amealhado em longos anos de atividades.

Tinha deles uma consideração grande, respeito e admiração. Por eles tinha iguais sentimentos. Era querido e por isso era sempre bem recebido nas casas onde prestava serviços. Em muitas delas, era mesmo esperado para que cuidasse de jardins, hortas e plantas, com os quais mantinha uma relação afetiva e harmoniosa.

● ● ●

Essa nova vida trouxe novas necessidades. Era preciso alguém que pudesse ajudar Solange nos afazeres diários da casa, agora muito maiores. Os cuidados com as plantas e o jardim, embora não fossem necessariamente tão frequentes, também exigiam, pelo menos duas vezes na semana, o trabalho de um cuidadoso jardineiro. A busca desses dois colaboradores ficou como uma missão para Solange.

Em contato com uma amiga, vizinha da nova casa, soube de uma moça de muito boa índole e bom caráter, vinda, não fazia muito tempo, da zona rural de longínqua região no nordeste do país.

Marcado um encontro, foi-lhe apresentada, e Solange teve por ela grande empatia. Era bem cuidada na aparência, trajava-se com simplicidade, mas com bom gosto e tinha nítido cuidado com o zelo pessoal. Falava com delicioso sotaque nordestino, sorrindo com naturalidade e frequência.

Ao ser apresentada, disse:

— Dona Solange, venho de uma região muito sofrida e fiquei órfã de um pai exemplar que cedo nos deixou, mas dedicou toda a sua vida a nos criar com princípios e cuidados especiais. Agora, na cidade grande, tenho dois objetivos: trabalhar e continuar meus estudos.

— Meu nome é Josicí, tenho agora 18 anos. Orgulho-me de meu diferente nome, resultado da junção de Josivaldo, meu pai, e Cícera, minha mãe. Soube da sua necessidade de uma funcionária para auxiliá-la nos seus trabalhos domésticos — continuou —, e se eu puder atender aos seus objetivos, posso iniciar muito breve meu trabalho. Amanhã mesmo, se preciso for.

Solange, muito bem impressionada com Josicí, rapidamente concluiu:

— Você me causa muito boa impressão. Acho, mesmo, que vamos nos dar muito bem. Eu preciso do seu trabalho e você precisa dos benefícios decorrentes dele. Então, como sugeriu, vamos começar amanhã? — arguiu-lhe.

Assim combinado, assim feito.

No dia seguinte, no horário determinado, lá estava Josicí iniciando a jornada de trabalho, que seria saudável e gratificante. Para ambas.

Nesse mesmo dia, Reinaldo chegou mais tarde que o habitual e não pôde encontrar-se com a nova funcionária. Teve, entretanto, as melhores informações pela esposa, que se mostrava feliz com ela: – Uma boa companheira, de fala mansa, vida pregressa de muitas histórias, que me contou com orgulho e satisfação – disse-lhe.

No dia seguinte, chegando ainda em tempo de encontrar-se com Josicí, também teve a mesma e boa impressão. Conversou demoradamente com ela, ouvindo com atenção e gosto sua história e seus objetivos.

Encantado, fez-lhe saber:

– Você tem uma vida que, embora de muito curta duração, nos seus apenas 18 anos, mostra-nos fatos hoje, infelizmente, raros: uma valorização do trabalho, um desejo de progresso pessoal e de ampliar seus conhecimentos pelo estudo em busca de uma profissão. Eu também – continuou ele – tive uma vida na região rural de uma pequena cidade, estudei em escola pública e, com interesse e dedicação, tornei-me médico. Vejo para você um futuro que lhe gratificará pelo trabalho e pelo desejo de progredir. Fico orgulhoso em tê-la conosco.

Ela não pôde conter os olhos rasos d'água, a face enrubescida e o coração com uma esperança confortadora. Era como que um precoce reconhecimento por sua vida construída com tanto zelo e bons exemplos.

Josicí trabalhava com competência, reponsabilidade e desempenhava de forma impecável as funções que tinham sido combinadas com Solange. Por isso e por seu bom caráter, desenvolvia a cada dia que passava uma relação maior que a de funcionária, mas de uma amiga. Confessava-lhe fatos que a preocupavam, buscando em Solange conselhos e orientações. Discutia projetos de vida que, na sua simplicidade, pareciam-lhe grandiosos e, na verdade eram, pois representavam o seu destino. A sua vida futura.

Tinha igualmente essa consideração e esses cuidados para com Reinaldo, que a admirava, merecidamente, por seu modo sincero e obstinado de ser. Sempre em busca de uma meta de vida digna.

Ela continuava trabalhando com alegria. Chegava pela manhã com um sorriso que não se desfazia e mantinha-se durante o dia com um ânimo que não acabava.

Saía à tarde já preparada para ir à escola. Solange cuidava para que tivesse todo o conforto, não se descuidando para que fosse embora bem alimentada. Por vezes, a presenteava com roupas e não lhe deixava faltar o essencial. Em algumas ocasiões, fazia questão de lhe proporcionar algumas poucas futilidades, que Josicí agradecia constrangida, pela doação e por faltar-lhe o hábito dessas veleidades.

Havia uma intrínseca razão para todo esse afeto com Josi, como era também, e mais frequentemente, chamada. A gravidez que Solange tivera havia anos e que não tinha sido possível completar-se teria resultado, se outro destino lhe fosse dado, em um filho ou uma filha que teria, naquele período, a mesma idade dela. Pensava então Solange: *Será que isso não representa uma forma de completar o meu sonho de sempre, agora com a vinda dessa garota para comigo trabalhar e ser minha companhia e herdeira?* Por isso, mais se fortaleciam os vínculos entre ambas. Uma relação expressa por sentimentos mútuos de valor e beleza.

● ● ●

Para os cuidados das plantas, uma grande paixão de Solange, surgiu, igualmente por indicação de pessoas que se valiam de seus competentes e dedicados serviços, Juscelino.

Ele era um rapaz negro, pequeno na compleição, e o que podia lhe faltar no tamanho sobrava-lhe no caráter. Tinha força incomum para seu porte físico pequeno. Era capaz de realizar tarefas que ocupariam mais de uma pessoa. Era educado, simples e afetivo, como ocorria nas outras casas onde cuidava dos jardins, tornando-se querido. Não foi diferente com Solange.

Era um observador atento da vida. Gostava das pessoas e de com elas aprender, dizia sempre. Admirava os que tiveram o privilégio de adquirir mais conhecimento e atentava para deles obter o que não tivera oportunidade de aprender.

Adorava plantas e dizia, sem falsa modéstia, com sua simples e correta filosofia pragmática:

– Sou feliz porque faço o que gosto e, gostando do que faço, faço bem. Ver uma pequena semente que não tem nada de parecido com a planta que ela se tornará é uma obra que admiro e me faz crer em Deus.

Ao dizer isso, sempre persignava-se com fervor, tendo o cuidado de tirar, respeitosamente, o boné, seu companheiro inseparável.

Ao pensar assim, com essa simplicidade e sabedoria intrínseca, ele estava sendo portador de conceitos de filosofia e sociologia que trazia no espírito por sua grandeza de alma, sem que o soubesse. Expressava o pensamento de José Ortega y Gasset, que afirmou: "Antes de entender um homem, é preciso saber quais são as suas crenças".

Quem não tem em que acreditar não acredita também no maravilhoso espetáculo da vida.

Gasset ainda continua a expressar sobre o valor do que cremos e como somos dizendo: "Pode-se dizer que não são ideias que temos, são ideias que somos e que nas crenças estamos".

Juscelino era intuitivamente assim.

O espetáculo da transformação da semente em plantas e com essas a vinda das flores com suas belezas e odores, a metamorfose da flor em fruto era o que sensivelmente observava Juscelino.

– Imagine! – dizia ele para exemplificar o seu encantamento com a natureza das plantas e seus ciclos de vida. – Uma semente de melancia não pesa mais do que poucos gramas, uma coisica de nada. Plantada, dessa semente, em menos de 4 meses, surge um fruto que pesa 10 quilos! Não é uma obra especial da natureza? Não é alguma coisa divina?

Esse nome, dado por seu pai, seu Dito, era decorrência da legítima admiração que ele tinha por Juscelino Kubitschek de Oliveira, também conhecido como JK, em cujo mandato deu-se o nascimento de Juscelino.

JK ficou conhecido como um grande presidente. Visionário, foi responsável por um projeto de industrialização acelerada do país e idealizou a construção de Brasília, inaugurando-a em 1960. Ele tinha a característica de ser um edificador de projetos. Seu xará, jardineiro de Solange e Reinaldo, parecia guardar essa mesma característica. Sonhava com um jardim e dedicava-se à sua formação com afinco até que o sonho se transformasse em plantas, flores, beleza.

Era também um edificador de projetos.

Dizia: – Deus me deu mãos boas para plantar. Assim, tudo que planto se transforma naquilo que esperamos do que foi plantado.

Passavam, ele e Solange, horas a fio nesses projetos que agradavam a ambos. Quando era terça ou quinta-feira, dia em que ele trabalhava na casa, Solange tinha particular expectativa.

Juscelino era amável, educado e bem-criado. Apesar de sua "pouca leitura e estudo", como dizia, comportava-se com classe e muito mais elegantemente que muitos dos que ele chamava de "doutores", independentemente de seus reais títulos.

É que, na realidade, o que vivemos não é nada mais nem nada menos do que aquilo que somos, do nosso espírito. O espírito que Hegel chamava de vida!

Em uma sociedade estritamente materialista, onde o valor extrínseco das coisas e das pessoas tem mais significado do que guardam em si, pela facilidade de um julgamento mais palpável, porém, não raramente frívolo, comete-se amiúde um desacerto. Por outro lado, seu componente intrínseco, que realmente define o caráter e os méritos de cada um, fica em um plano inferior.

O poeta uruguaio Eduardo Galeano, sobre o que são as aparências em detrimento ao que realmente devem ser as coisas, disse: "Vivemos em plena cultura das aparências: o contrato do casamento importa mais do que o amor; o funeral mais que o morto; as roupas mais do que o corpo e a missa mais do que Deus".

• • •

Então, nessa nova casa de Solange e Reinaldo, a conjunção dos fatos reuniu pessoas que valorizavam o convívio e davam bom significado a ele.

Juscelino tinha também um bom humor que caracteriza pessoas que vivem bem e estão de bem com a vida que levam.

Em um de seus dias de trabalho, mantendo o recato e respeito que tinha por Solange, não sem perder o carinho por ela, disse-lhe logo ao chegar ao trabalho: — Dona Solange, sou um observador das coisas da vida. Olho e vejo como estão acontecendo. Meu pai me dizia sempre que enxergar é diferente de ver. Que ver quase todos veem, exceto os que têm o desfortúnio de terem ficado cegos. Mas as pessoas podem ver uma coisa, ou presenciarem um fato, e não perceberem o que está acontecendo. Viram, mas não enxergaram!

— Pois não é que ontem à tarde — continuou ele —, ao sair do meu trabalho em outra casa, observei um caminhãozinho onde havia uma placa "vendo cofres". Desses de guardar dinheiro. Então fiquei observando as pessoas que por ele passavam, até que um senhor, bem mais velho que eu, chegou e fez a seguinte pergunta: "Quanto custa esse cofre?", apontando para um de pequeno tamanho. Então o vendedor lhe respondeu: "Esse cofre menor custa 550 reais". O senhor voltou a perguntar: "Eu posso pagar em três vezes?". Aí, então, fiquei pensando, e acho que estou certo: se o homem não tem dinheiro para comprar o cofre, o que ele quer fazer com ele? Não é para guardar dinheiro?

Depois de um sorriso maroto e uma boa gargalhada de Solange, continuou: — Então, dona Solange, vamos trabalhar? Que tem planta para ser plantada, planta já plantada para ser aguada...?

Juscelino era um observador e, como ele mesmo dizia: "Sou um engenheiro das plantas e dos jardins". Queria com isso dizer que fazia um planejamento em que aquele espaço vazio poderia transformar-se com as plantas que lá pensava em colocar. Um trocadilho simpático e oportuno: fazia a planta para as plantas.

Em um de seus dias de trabalho, logo ao chegar, disse:

— Dona Solange, vejo um bom pedaço de terra na frente da sua varanda. Boa parte dele já está plantado, como é de seu gosto, com flores, especialmente aquelas que perduram durante todo o ano e algumas árvores frutíferas de pequeno porte. Eu queria sugerir à senhora, com todo respeito, que fizéssemos, no fundo do seu jardim, quase encostada no muro, uma pequena horta.

Solange, que adorava verduras e legumes, acatou de imediato a sugestão, dizendo-lhe:

— Juscelino, que ótima ideia! Nunca havia pensado em uma horta, mas acho isso maravilhoso. Vamos começar o planejamento com a compra das mudas, sementes e tudo mais que for necessário.

— Farei uma lista para a senhora providenciar e vamos iniciar no meu próximo dia de trabalho aqui — disse ele.

Já na semana seguinte os canteiros foram feitos, as mudas plantadas e semeadas as sementes. A observação do crescimento das plantas era um espetáculo diário. Podia-se ver a maravilha da transformação que a natureza, com sabedoria, imprime ao que foi colocado na terra, e essa retribuindo sem paga. Esse prazer só era superado pelas primeiras colheitas colocadas à mesa, nas refeições. Para Solange e Reinaldo, verduras e legumes frescos, colhidos na própria horta, era uma realização impensada. Tudo orgânico e da melhor qualidade, como dizia Juscelino.

Então ele, valendo-se da sua sabedoria prática, disse: — Veja, Dona Solange, como é possível conseguir alimento saudável com poucas necessidades e alguns palmos de terra.

Ambos entreolharam-se, ficando claro que o trabalho que gratifica é o mesmo que produz.

As visitas para os cuidados necessários eram regulares, como também eram constantes as observações do trabalho realizado e os literal e subjetivamente "frutos colhidos".

Em um desses dias de trabalho, Juscelino, ao chegar, fez, como era seu hábito em sinal de respeito e consideração, sua reverência, que consistia em tirar suavemente o boné com leve e elegante maneio da cabeça e dizer o sonoro bom-dia.

Viram as plantas, inspecionaram a horta e programaram novas atividades para os tempos que viriam logo à frente.

Em uma de suas usuais e sábias observações, disse:

— Dona Solange, a senhora tem medo de morrer?

Ela, então, parafraseando um célebre artista que, ao ser arguido dessa mesma forma, respondeu: — Não tenho medo. Tenho pena!

Juscelino entendeu muito bem e, em seguida, argumentou:

— Dona Solange, creio que somos mais do que essa massa que nos forma. Não seria justo — continuou — se só fôssemos diferentes uns dos outros pela beleza do físico, pelo tamanho de cada um, a cor da pele, pelas caras diferentes, umas sempre alegres enquanto outras sempre fechadas e tristes. Acho que temos, por dentro, no nosso espírito o que realmente é diferente!

Então, Solange resolveu transferir a ele a pergunta que lhe foi feita: — E você, Juscelino, tem medo de morrer?

Com aquele olhar perspicaz e maroto que o caracterizava e é próprio dos que são espertos nos pensamentos e rápidos nas respostas, disse-lhe:

— Não, dona Solange. Não tenho medo de morrer, tenho curiosidade para saber como é depois da morte. Mas — concluiu com um jeito matreiro — não tenho pressa!

Em seguida, sob o olhar reflexivo e admirado de Solange, disse, mudando o foco da conversa: – Vamos trabalhar, dona Solange? Não é para isso que a senhora me paga, não é isso que tenho a fazer?

● ● ●

A vida na nova casa era muito prazerosa. O tempo passava célere.

Já fazia quase três anos que Josi lá trabalhava e cursava, naquele momento, o terceiro, e último, ano do colegial. Preocupava-se com a desejada continuidade de seus estudos, objetivando estudar em uma faculdade de Direito. Tinha o sonho de ser advogada sustentado desde muito tempo. Pretendia, após sua formatura, fazer um concurso para ser juíza de direito. Acreditava, com esse pensamento, que poderia proporcionar justiça e corrigir injustiças que ela vinha observando em profusão durante a sua ainda curta vida. Esse sentimento que ela guardava na mente muito a estimulava para a vida futura. Entretanto, não via como estudar, ainda que em uma escola pública, sem custos diretos para sua formação. Precisaria parar com o trabalho para que o seu curso fosse o ideal e sua formação, completa.

Em determinado dia, esperou que Dr. Reinaldo chegasse, o que ocorria quase sempre quando ela já tinha completado o seu turno de trabalho e ido embora.

Tensa e ansiosa, pediu a ele e Solange que a ouvissem em uma conversa importante que ela precisava ter com eles. Surpresos, dispuseram-se a essa reunião naquele mesmo instante.

Relatadas as suas preocupações, Dr. Reinaldo disse-lhe:

– Josi, tenho uma ideia que não é desse momento, mas que já me ocorreu anteriormente. Ainda não falei com minha esposa sobre ela, mas farei isso ainda hoje e peço-lhe que me aguarde amanhã novamente para voltarmos a conversar quando eu chegar do trabalho.

Josi, mais aliviada por ter falado sobre as suas preocupações com o futuro dos estudos e a manutenção de sua vida nos próximos anos, foi-se embora, aguardando, também não sem ansiedade, a conversa programada para o dia seguinte.

Naquela mesma noite, Reinaldo contou a Solange o seu plano com relação a Josi.

– Podíamos ter hoje uma filha na idade dela – lembrou com evidente tristeza – se não a tivéssemos perdido em decorrência do espontâneo aborto e da descoberta da impossibilidade de novas gravidezes. Então – continuou –, é como se essa garota tivesse sido colocada em nossa vida para que ocupasse esse vazio que ficou, embora sem mágoas e muita compreensão. Tinha pensado em mantê-la como nossa funcionária com relação ao ordenado que lhe pagamos, mas permitindo que ela dedique seu tempo integralmente aos estudos, sua grande meta, seu enorme desejo – concluiu.

Ao terminar, ele tinha olhos vermelhos de emoção e viu igualmente o mesmo semblante em Solange, que deixou duas lágrimas correrem pela face. Um misto da emoção decorrente da proposta do esposo e da grandeza de seu gesto, com as quais ela concordava absolutamente. Já havia também pensado dessa forma.

Eles poderiam oferecer-lhe essa possibilidade. Tinham galgado uma vida que lhes permitiria, com essa ação, oferecer uma formação a Josi, um conforto e uma condição com a qual mais ganhariam do que doariam.

No dia seguinte, estavam exultantes quando se encontraram com Josi. Ela mantinha-se ansiosa, pois o resultado daquela conversa definiria o seu destino. Sua meta de vida.

Então coube a Reinaldo relatar-lhe o que haviam decidido.

À medida que a conversa fluía, Josi foi empalidecendo, com o coração palpitando, o olhar perdendo-se no infinito para reencontrar-se naquele momento mágico, especial, inusitado com os olhares de Reinaldo e Solange!

Não conteve um choro convulsivo que foi expressão de seu mais profundo agradecimento.

Ela, que sempre foi muito recatada em todo o tempo que com eles conviveu, mantendo-se respeitosamente distante fisicamente, embora muito perto espiritualmente, atirou-se nos braços de ambos.

Um abraço demorado e terno envolveu os três. Lágrimas quentes de sua face sobre o peito de ambos, Reinaldo e Solange. Esses também não tiveram outra forma de fazer senão expressar as mais belas reações provindas do coração: emoção e gratidão.

O choro da alegria é tão gratificante e sincero que qualquer outra emoção que se expresse.

Não há um arquétipo para cada uma de nossas manifestações de emoção. Elas podem ser diversas e representar os mesmos sentimentos. Os mesmos pensamentos. Podem ser as mesmas representando diferentes emoções.

O que vale mesmo é o que sentimos. Se o sentimento é sincero e puro, a forma como ele se expressa também será.

O contato físico pode ser a forma da expressão do modo de sentir. A distância, entretanto, não minimiza o seu valor.

Pessoas podem estar ao lado de outras e não perceberem a presença delas, mas podem estar a milhas de distância e sentirem o calor, o afeto e o amor delas.

As lágrimas que expressam a incontida satisfação podem ser tão valorosas quanto a explosão do riso frente a uma imensa alegria.

"A vida é uma peça de teatro que não permite ensaios. Por isso cante, chore, dance, ria e viva intensamente; antes que a cortina se feche e a peça acabe sem aplausos", disse, do alto de sua imensa sensibilidade, Charles Chaplin.

7
ESPIRITUALIDADE NA MEDICINA

Espiritualidade, diferentemente de religiosidade e religião, é o que move os homens para o bem e para a humildade ao melhor e mais desejado destino.

Gratidão é não esquecer o bem.
Perdão é não se lembrar mais do mal.

O s bons sentimentos e pensamentos fazem o espírito viver em harmonia inter e intrapessoal. É como caminhar pela manhã com o respingado da relva pelo orvalho da noite ainda acariciando as plantas, a brisa suave afagando o rosto, o perfume das flores na natureza a nos impregnar as narinas e o tato tocando o nada para sentir o tudo. Todos os sentidos em perfeita harmonia. Em constante bem-estar. Uma manhã de primavera povoando os sentidos.

Os sentimentos e pensamentos negativos são como caminhar pela noite escura a visão limitada; são como ensurdecedores trovões importunando os ouvidos. Céu escuro, sem claras nuvens, sem estrelas, sem beleza. O vento rude como que açoitando a pele e, quando tateado, não refrigera, mas fere.

São como um tempo típico de temporais, que assim se manifestam.

Pelo livre-arbítrio dos homens, e dos médicos, fica a escolha de como ser, da forma como agir.

Dois sentimentos positivos podem resumir tudo que se espera de bom na vida, para que ela seja doce e alegre, leve e produtiva: gratidão e perdão.

Gratidão é não esquecer o bem e perdão é não se lembrar mais do mal.

São Lucas (cujo nome encerra o significado de "portador de luz"), o Evangelista, é o autor do Evangelho que tem o seu nome e dos *Atos dos Apóstolos*, o terceiro e quinto livros do Novo Testamento. É o santo padroeiro dos pintores, médicos e artistas, segundo a Igreja Católica. Consta que tenha estudado Medicina em Antioquia, costa do Mediterrâneo, hoje oeste da Turquia. Pelos seus escritos e suas falas, parece ter sido um homem culto e possivelmente de família tradicional e abastada. A sua atuação como médico é sugerida em um trecho das epístolas de São Paulo onde refere-se a ele como "o médico amado".

Ele teria sido enforcado em local não exatamente definido como mártir por suas pregações e atuações. A sua morte provavelmente ocorreu no ano 84 d.C.

Em um dos trechos de seu Evangelho (capítulo VII), ele escreveu:

> *A árvore que produz maus frutos não é boa e a árvore que produz bons frutos não é má; porque cada árvore se conhece pelos seus próprios frutos. Não se colhem figos dos espinheiros e não se cortam cachos de uvas sobre sarças. O homem de bem tira boas coisas do bom tesouro do seu coração, e o mau tira as más do mau tesouro do seu coração, porque fala do que está cheio o coração.*

Essa mensagem bem define uma conduta esperada das pessoas em geral e dos médicos em particular.

O modo como elas se conduzem refletirá no que sentem, nas emoções, nas considerações sobre o modo como se relacionam com as pessoas que lhes são confiadas a cuidar.

● ● ●

Ao entrar em seu consultório, Dr. Reinaldo observou uma senhora à sua espera.

– Boa tarde – disse-lhe cortesmente.

A resposta foi quase imperceptível. Um simples menear da cabeça. Olhar absorto, voltado ao infinito, observando o nada.

Depois de poucos minutos, ela adentrou a sala dele, conduzida, como era hábito, pela secretária.

Houve outra saudação mais efusiva, cuja resposta foi, como anteriormente, discreta.

Era uma mulher com a aparência de 45 ou mais anos, não condizente com a anotada em sua ficha de atendimento, onde estava registrado:

idade – 36 anos. Tinha um aspecto de maus cuidados. Os cabelos estavam desalinhados, com aparência de estarem limpos, porém sem os cuidados que as mulheres destinam normalmente a eles, tornando-as ainda mais atraentes e belas. Não usava qualquer maquilagem e as unhas, limpas, não eram revestidas por qualquer esmalte.

A roupa era discreta e não parecia ter sido escolhida com o objetivo de a tornar elegante. Ao contrário, deixava a impressão de que fora pega no armário sem qualquer preocupação nesse sentido.

Ao olhar rapidamente para outros dados pessoais constantes em seu prontuário, observou que o endereço era de um conhecido e elegante bairro residencial.

Estatura e peso apontavam para discreto sobrepeso e o estado civil indicava ser divorciada.

Mais do que esses dados, registrados e observados, chamava a atenção uma fisionomia entristecida. Mantinha o olhar como se fitasse algo não existente, que estivesse no chão. A face contraída sugeria desconforto. Sofrimento visível.

Como usualmente se faz, Reinaldo iniciou sua observação clínica com a seguinte pergunta, antecedida pelo agradecimento por ter vindo à sua procura:

– Agradeço por me procurar para atendê-la. Qual o motivo que a fez chegar até mim?

– Doutor – disse com voz embargada – , tenho amigos que são seus pacientes. Eles me disseram que eu encontraria no senhor o médico de que preciso. Na realidade, tive dúvidas se a sua especialidade era a que poderia atender às minhas necessidades. Mas as informações que me foram dadas a seu respeito faziam referências mais ao homem Reinaldo que ao médico Dr. Reinaldo. Por isso aqui estou.

Reinaldo, agradecendo novamente, iniciou a anamnese, repetindo a pergunta que daria início ao atendimento e sequência à consulta.

— O que a fez vir para essa consulta? Qual a sua queixa principal? O que a incomoda? — insistiu ele usando mais de uma maneira para ressaltar a mesma questão.

— Doutor, eu tenho uma profunda tristeza! Ela é alimentada constantemente por um rancor, verdadeira raiva, que me atormenta, mas da qual não consigo me desvencilhar — concluiu.

Na sequência, continuou:

— Casei-me muito cedo, aos 20 anos, com meu primeiro e único namorado, por quem estive muito apaixonada desde os 17 anos, ainda uma adolescente. Ele era 5 anos mais velho, muito bonito e alvo de cobiça das mulheres de nosso convívio, incluindo minhas amigas que, veladamente, nutriam admiração por ele, mas respeitavam nossa relação afetiva. Muito educado e de família tradicional, já tinha terminado o curso de Direito quando nos casamos. A advocacia era tradição da família com os pais, ambos advogados. Um irmão, pouco mais velho, também tinha optado por essa profissão e, já formado, preparava-se para uma almejada carreira de magistrado. Era um verdadeiro cavalheiro. Tratava-me como se fosse uma princesa. Presentes mesmo nas datas menos significativas, como o dia 5 de todos os meses, dia em que nos conhecemos em uma reunião quando era comemorado o aniversário de um amigo em comum — concluiu.

Nesse momento, interrompeu a narrativa desculpando-se por trazer, por sua avaliação, tantos e desnecessários detalhes pessoais, segundo sua percepção. Tinha os olhos vermelhos e povoados por lágrimas que relutavam em escorrer pela face.

Aquilo fez com que Reinaldo lhe afirmasse taxativamente:

— Se esses são fatos que a incomodam, que lhe fazem mal, quero saber sobre eles. Faz parte da minha função de médico ouvi-la. Ouvir em estado de atenção e compreensão é um necessário dever de nós, médicos. Temos todo o tempo necessário para isso. Prossiga, por favor.

— Agradecida, doutor — respondeu ela nesse instante com voz mais firme e aparentemente mais segura que no início de sua narração.

Então, continuou:

— Nosso casamento foi um acontecimento social revestido de pompas. Desejo de nossos pais, porém não nosso. Tivemos uma lua de mel na Europa, onde passamos três semanas de extrema felicidade, convívio maravilhoso e intenso amor. Ao retornarmos, meu esposo foi trabalhar no escritório da família. Com o apoio dos pais, a sua carreira foi de rápida ascensão, seguida de sucesso meteórico.

— Morávamos em um belo apartamento e tínhamos recursos para uma vida que nos permitia algumas pequenas extravagâncias. Viajávamos, frequentávamos bons restaurantes, tínhamos roupas da moda, bons carros — continuou o relato.

Reinaldo, muito atento, pois, por sua boa formação médica, sabia que esses dados contados com tanta riqueza de detalhes deveriam ter grande significado para a paciente que, a esse ponto, já lhe parecia mais segura em suas narrativas. Estava confiante na sua capacidade de ouvi-la, compreendê-la e possivelmente ajudá-la na remissão do sofrimento.

Então, ela continuou:

— Achamos que deveríamos ter um filho. Isso foi programado e hoje ele é um menino de 7 anos, que vive também muito aborrecido, tanto quanto eu, pela falta do pai.

Havia uma informação contida nessas palavras "pela falta do pai". Rapidamente, Reinaldo pôde supor: *teria ele inesperada e fatalmente falecido? Abandonara a família?* Porém, revendo os dados de sua ficha clínica, observou: "Estado Civil: Divorciada".

Nesse momento, Ana voltou a ter um olhar completamente diferente, entristecido, exprimindo um visível sentimento de desgosto.

Os olhos são capazes de expressar os sentimentos. Quando adquirimos a sensibilidade de observá-los, passamos a ter o conhecimento do estado mental de quem nos olha.

Machado de Assis, por exemplo, tinha particular fascínio pelos olhos e olhares de suas personagens femininas, como Rita e Helena.

É comum que saibamos os desejos e as reações das pessoas pelo seu modo de olhar. Ele pode sugerir paixão, vulgaridade, raiva, caridade, cuidado, amor, repreensão.

Leonardo da Vinci disse: "Os olhos são as janelas da alma e o espelho do mundo. As mais lindas palavras de amor podem ser ditas pelo silêncio do olhar".

Então, o olhar de Ana expressava o que ela sentia, com clareza, significativo sentimento pelos fatos que ela continuaria a narrar em seguida:

— Eu era uma mulher atraente, considerada bonita pelos que me cercavam. Eu também pensava assim. Éramos um casal considerado feliz. Modelo almejado por todos! Meu esposo parecia dividir comigo esses sentimentos. Nada havia que pudesse nos afligir. Entretanto, não nos é dado o conhecimento da mente humana. Se não conseguimos conhecer plenamente nossos próprios sentimentos, quanto mais de outros — concluiu Ana.

Naquele instante seu olhar, esse mesmo que é capaz de refletir com precisão os sentimentos, por mais recônditos que sejam, novamente transformou-se. Era um olhar que expressava profunda mágoa. Sentimento de rancor. Raiva.

— Meu esposo envolveu-se com uma secretária do escritório da família, onde também trabalhava, como já lhe disse. Uma moça de 23 anos, de beleza chamativa e cujo corpo fazia par à sua aparência física. Olhos incrivelmente azuis, cabelos loiros. Todos a reconheciam como uma mulher encantadora. Atraente. Guardava em seus gestos uma insinuante presença, modos que não a deixavam passar sem ser percebida, admirada por muitos. Desejada por todos.

— Confesso que eu mesma reconhecia nela todos esses exuberantes atributos — afirmou. — Por essas razões, ela recebia, constantemente, elogios e presentes de clientes, com escusas intenções. Sabedora de sua condição de mulher desejada e atraente, os agradecia e, não sem deixar claro, mostrava-se acima desses galanteios. Indiferente a todos eles. Mantinha-se ainda mais desejada e criava uma aura de ser inacessível, o que dava motivo de comentários e desafiadoras conversas entre os frequentadores regulares, ou não, do escritório.

Continuou Ana: – Pois ela encantou o meu ex-esposo, deixando-o cego para o que havia construído, sua família, seu filho. Levou-o, enfeitiçado, em busca de encantamento e prazeres fugazes. Uma aventura cujo preço meu marido não conseguia avaliar. Ele ficou encantado por ela e pelo desafio de vencer a barreira intransponível para tantos, e nos deixou para viver um relacionamento fortuito, inconsistente, mas que lhe atraía fortemente. Enfeitiçou-o. Trocou um amor construído e solidificado pelo tempo por uma paixão momentânea, induzida e sustentada pelo físico em detrimento da alma e dos mais verdadeiros sentimentos.

Nesse momento, lágrimas incontidas rolaram pelo rosto dela, provindas de olhos vermelhos. Exprimiam flagrante sofrimento. Mágoa. Um sentimento destrutivo e dilacerante para o corpo e para o espírito: era claro que não o perdoara pela inconsequência de seus atos.

Nesse momento, Reinaldo já tinha um diagnóstico formado. Já sabia que essa pessoa, à sua frente, portadora dessa extrema angústia, padecia de enfermidade capaz de causar outras doenças, de destruir vidas. Ela tinha uma enfermidade moral, comportando as seguintes situações.

Causa: a raiva. Consequência: o sofrimento. Tratamento: o perdão.

Na continuidade da investigação sobre fatos importantes à saúde, ela o informou:

– Tenho comprometidas algumas de minhas principais funções: ora como compulsivamente, de forma descontrolada, irracional, ora fico alguns dias sem praticamente me alimentar. Durmo mal nos últimos tempos. Demoro para conciliar o sono, com a mente povoada por pensamentos de tristeza e almejando punição e vingança pelo ignóbil ato praticado por meu ex-esposo e fortemente absorvido por mim. Ao dormir – continuou ela –, tenho sonhos vividos com personagens de diferentes fisionomias, mas que são os mesmos que me atormentam na vida real, embora quase sempre desfigurados.

Então ela continuou a amarga narrativa: – Fumei quase que por um ato social inconsequente na adolescência e, depois, não mantive, felizmente, esse vício. Agora, comecei a fumar novamente, cada vez mais aumentando o consumo de cigarros – disse transtornada.

– Parece que me relaxam, embora saiba claramente dos males que me trazem esses malditos – disse ela, que desabafou: – Confesso que o hábito social de uma taça de vinho ocasional adquiriu frequência e quantidades crescentes e preocupantes. Tenho abusado de soníferos, antidepressivos e ansiolíticos que me causam um aparente e passageiro bem-estar para, após algum tempo, me fazerem sentir pior do que antes por tê-los usado.

Enfim, estava cercada por hábitos de vida indesejáveis, inconsequentes, maléficos. Sentimentos negativos.

Ao examiná-la, Dr. Reinaldo observou que a frequência dos batimentos cardíacos estava aumentada, quase atingindo, e em alguns momentos até ultrapassando, os 100 batimentos. Limite da normalidade. A pressão arterial estava igualmente próxima do anormal, o que era, da mesma forma, causa de preocupação. Tudo era consequência de uma vida consumptiva, de alterações humorais decorrentes dos sentimentos que a cercavam e persistiam.

Olheiras destacavam-se, atribuindo-lhe uma fisionomia triste que, ao lado de outros sinais de vida penosa e conturbada, caracterizavam uma face de dor. Sofrimento.

● ● ●

Sentimentos e pensamentos negativos, como: raiva, ódio, pessimismo, vaidade, ingratidão, ressentimento, ruminação, desejo de vingança, indisposição ao perdão e intolerância determinam profundas alterações hormonais e de funcionamento do organismo. Elas estão relacionadas a uma maior frequência de batimentos cardíacos, ao aumento de secreção de hormônios estimulantes, como a adrenalina, que determina constrição dos vasos sanguíneos e o aumento da pressão arterial; depressão, ansiedade e abuso de substâncias indesejáveis lícitas do tipo do cigarro e álcool e ilícitas como maconha, cocaína. Há um estímulo indesejável e aumentado das atividades do sistema nervoso central. Todas são manifestações com más consequências.

Por outro lado, os sentimentos e pensamentos positivos, como: perdão, honestidade, autodisciplina, altruísmo, humildade, gratidão, otimismo, solidariedade, empatia, tolerância, paciência levam a reações e respostas opostas. Há liberação de hormônios do bem, como serotonina e endorfinas, que levam ao bem-estar físico e psíquico, com conforto e ações benéficas, por conseguinte, ao organismo. Pessoas positivas têm a tendência de experimentarem sentimentos de fé, esperança e amor. Todas são manifestações desejáveis e benéficas.

Em *A grande Obra*, o psiquiatra e escritor Luiz Alberto Hetem faz as seguintes observações sobre a raiva:

> *É elementar e poderosa como o fogo. Arde, queima, pode provocar dor e não é realista imaginar-se que seja possível eliminá-la inteiramente de nossas vidas. Sua natureza explosiva – seus níveis aumentam rapidamente, dificultando o controle – faz a pessoa agir impulsivamente em reação a alguma ocorrência de vida, algo ou alguém, que interfira com o que pretendemos fazer. A frustração, mesmo que provocada por um objeto inanimado, alguns com consequências irreversíveis, dos quais depois venhamos nos arrepender. Quando a raiva cresce é perigosa e destrutiva... A raiva internalizada, composta de orgulho ferido, revolta com a própria situação e desapontamento com o menosprezo de outro, queima incessantemente dentro da pessoa e distorce sua percepção da realidade, ferindo gravemente quem a cultiva.*

A abordagem desses aspectos é obrigatória ao médico que, baseado nas melhores evidências de práticas clínicas, tem que se valer do conceito de espiritualidade no contexto da prevenção das doenças e no tratamento delas.

Espiritualidade, segundo o Departamento de Espiritualidade em Medicina Cardiovascular da Sociedade Brasileira de Cardiologia – DEMCA, definida como um conjunto de valores morais, mentais e emocionais que norteiam pensamentos, comportamentos e atitudes nas circunstâncias da vida de relacionamentos intra e interpessoais e com o aspecto de ser motivado pela vontade e passível de observação e de mensuração.

Espiritualidade não é sinônimo de religião. Ser espiritualizado é atender a esse conceito não necessariamente por pessoas com religião. Segundo o DEMCA, religião é definida como um sistema organizado de crenças, práticas e símbolos destinados a facilitar a proximidade com o transcendente ou o Divino.

Indivíduos, ateus ou agnósticos, embora não acreditando, ou sendo incertos sobre a existência de Deus, ainda assim possuem uma forma de espiritualidade baseada na filosofia existencial, encontrando significado, propósito e realização na própria vida.

Com base nesses conhecimentos, disse Dr. Reinaldo:

– É mais valoroso um ateu ou agnóstico que desempenha o sentido da espiritualidade como um conjunto de valores morais, mentais e emocionais que norteiam pensamentos, comportamentos e atitudes nas circunstâncias da vida de relacionamentos intra e interpessoais que um indivíduo com forte religiosidade que está distante de uma vida centrada nessas melhores virtudes.

E então ele continuou: – Está bem determinado na ciência atual que indivíduos que pautam suas vidas com elevada espiritualidade têm: menores valores de pressão arterial, melhor função cardiovascular, menos doenças das coronárias, como infarto do coração. Têm menor (ou nenhum) consumo de tabaco, fazem mais atividades físicas, consomem menos bebidas alcoólicas, têm menos depressão e estresse psicossocial, interagem melhor consigo e com o meio. Mas o mais relevante e significativo: têm maior longevidade! Exatamente o contrário pode ser concluído com relação aos que estão distantes dessas características, constituindo os indivíduos não espiritualizados – concluiu.

– É importante – voltou a argumentar – que saiba que, para o músculo do coração exercer a sua nobre função de manter a circulação para todo o organismo, ele deve receber um aporte de oxigênio pelas artérias coronárias. A redução desse volume de sangue gera uma condição de mau funcionamento tecnicamente chamada de isquemia – continuou com essas informações que, mais à frente, serviriam para proposição de condutas.

– A raiva determina redução da oxigenação do coração, levando à isquemia. A ação do perdão é um efetivo meio para que esse defeito perverso ao órgão seja amenizado ou abolido – disse, alertando-a para a importância das mudanças de pensamentos e formas de viver. – Perdoar faz bem ao espírito e ao corpo. É um ato de nobreza. Quem perdoa sem limitações, e o faz de forma plena e definitiva, eleva-se acima do ofensor, acima de si mesmo, ficando mais próximo do divino. Perdoar deve ser um ato a ser feito com a borracha que tudo apaga. Sem deixar marcas. Quem perdoa de forma condicional não perdoou de maneira definitiva e benéfica, deixando marcados a mente, o espírito e a vida – concluiu.

O maior filósofo brasileiro, que viveu no século XVIII, Matias Aires Ramos da Silva de Eça (1705-1763), afirma em um de seus textos: "Quem deseja vingar-se ainda ama, e quem se mostra ofendido ainda quer".

Francisco, S.J., nascido Jorge Mario Bergoglio, o 266.º Papa da Igreja Católica, assim disse sobre a necessidade do perdão em uma de suas homilias:

> *O perdão é a assepsia da alma, a faxina da mente e a alforria do coração. Quem não perdoa não tem paz na alma nem comunhão com*

> *Deus. A mágoa é um veneno que intoxica e mata. Guardar mágoa no coração é um gesto autodestrutivo. É autofagia. Quem não perdoa adoece física, emocional e espiritualmente. É por isso que a família precisa ser lugar de vida e não de morte; território de cura e não de adoecimento; palco de perdão e não de culpa. O perdão traz alegria onde a mágoa produziu tristeza; cura, onde a mágoa causou doença.*

A prática de atividades religiosas como uma expressão da espiritualidade e a elevação do espírito foi estudada em um dos maiores projetos de pesquisa para o assunto, tendo sido observados vários desfechos em mais de 74 mil enfermeiras seguidas e avaliadas por um período de 20 anos, nos Estados Unidos. O atendimento frequente a serviços religiosos e alta espiritualidade determinaram menores chances de mortalidade por todas as causas, por razões cardiovasculares e por câncer. E também menores taxas de depressão e suicídio.

Sobre o papel importante do perdão pleno, há uma passagem emblemática descrita na vida de Nelson "Madiba" Mandela.

Após longos e duros anos de prisão decorrentes da defesa intransigente de princípios elevados em relação ao seu povo, foi libertado e eleito presidente de seu país. Algum tempo depois, entrou em um restaurante com seus companheiros de governo. Em uma mesa a poucos metros de onde se sentaram, estava um homem solitário iniciando a sua refeição. Ao avistar a comitiva presidencial, conteve-se em fixar o olhar imóvel em seu prato de comida, sem desviá-lo para nada. Ainda assim, em alguns momentos, arriscava um furtivo olhar na direção de Mandela.

O presidente requisitou um membro de sua comitiva, pedindo-lhe que fosse convidar o solitário homem para juntar-se a eles.

Isso feito, sentou-se na mesa da comitiva presidencial mantendo constantemente a cabeça baixa, pálido e suando profusamente. Mal conseguia comer. As mãos estavam trêmulas. Terminada a refeição, Mandela fez questão de pessoalmente pagar pelo almoço do convidado. Ao saírem, um membro de sua equipe perguntou-lhe:

— Presidente, aquele homem não estava bem. Passava mal, padecia de alguma doença. O senhor não viu a sua constante angústia durante todo o almoço?

Mandela, então, reuniu todos os seus companheiros e disse-lhes: — Quando eu estava preso, esse senhor me torturava constantemente em nome de um sentimento que lhe impuseram e que, provavelmente, ele nem sentia. Se eu lhe pedisse água por estar sedento, me trazia urina para tomar. Se com fome, lhe pedia comida, trazia-me fezes para comer — continuou com tranquilidade.

Um de seus seguranças então lhe disse estupefato: — E o senhor ainda o convida para sentar-se à sua mesa?!

Com leveza e sem mágoas, Nelson Mandela respondeu-lhe: — Ao sair da prisão, era preciso deixar lá todas as mágoas e me tornar real e plenamente um homem livre. Não fosse assim — concluiu —, eu estaria aqui, mas minha alma ainda continuaria encarcerada. Era preciso me tornar um novo homem, livre dos sentimentos lá vividos.

O perdão significa que o perdoado está enobrecendo quem perdoa.

●●●

Fora as observações das alterações mediadas e explicadas por esse conjunto de sentimentos negativos, Ana não apresentava nenhuma modificação física significativa.

Exames laboratoriais normais. Exame físico sem quaisquer achados relevantes, exceto os determinados pelas razões comportamentais.

O diagnóstico estava feito: uma importante alteração comportamental em decorrência de uma ofensa inesperada e intensa. Uma decepção, que a levou a ser odiosa!

A gênese de um sentimento negativo de raiva sustentava as suas queixas. Seu sofrimento. Sua péssima qualidade de vida.

Era preciso abordar, sob esses aspectos, as propostas de seu tratamento.

Os tratamentos devem ser considerados como fonte de geração de bem-estar físico, mental (entendendo-se também espiritual), social. Formam um conjunto complexo de objetivos necessários, sendo meta a ser perseguida e obtida.

Infeliz do médico que, tendo corrigido os dados encontrados em exames alterados, normalizado a pressão arterial, os níveis do colesterol e do açúcar no sangue, e outras alterações encontradas em exames, não dê a atenção necessária ao bem-estar emocional. Espiritual. Valorizará apenas o lado orgânico, físico, comprovado por meios de exames e imagens, sem atentar para aspectos relevantes para a saúde plena.

Mais infeliz ainda o enfermo que não tenha atendidas as suas necessidades plenas.

Na consulta que se seguiu...

— Ana, a você tenho boas notícias — disse Reinaldo com expressão de conforto e confiança.

Não podia ser diferente a recepção por parte dela, já mais confortada, com semblante de mais segurança e esperançosa, tendo tido suas expectativas iniciais atendidas. Apenas o fato de ter sido ouvida, ter expressado seus sentimentos, ter ouvido as considerações sobre tantos e significantes pontos de sua vida emocional, angústias, tristezas já lhe haviam trazido mais conforto e bem-estar.

Falar sobre os próprios sentimentos é terapêutico e ter quem ouça é o maior adjuvante para a cura.

Procurara um médico que pudesse ajudá-la a superar o sofrimento que sobre ela se abatia. Havia encontrado! Sentia-se bem!

— Obrigada, doutor. Mas quais são as notícias? Embora tenha me dito que são boas, fico curiosa por sabê-las.

— O seu exame clínico e os laboratoriais, que chamamos de complementares, pois complementam a nossa avaliação inicial, estão todos absolutamente normais. Isso, entretanto, não me autoriza a dizer que você não tem uma enfermidade. Os seus sentimentos de desconforto, indisposição, falta de amor pela vida são motivos para serem cuidados.

— Então — continuou —, precisamos trabalhar com todos os sentimentos negativos que foram gerados pelos fatos que se abateram sobre você, pelas atitudes não esperadas e não dignas da pessoa em quem você tanto confiou, em quem você depositou seus melhores propósitos, sua vida no mais tenro momento dela.

Ele foi claro e objetivo ao esclarecer, novamente, todos os males que os sentimentos dela, tão arraigados na mente, traziam-lhe, eram manifestações físicas determinadas por problemas de ordem emocional. Um forte sentimento negativo de raiva precisava ser vencido. Tratado e curado. Assim, e por esse caminho, seria também ela própria curada.

Então, Dr. Reinaldo, que sempre se preocupou com essa face indispensável da Medicina, estudando esses temas e dedicando-se a eles, iniciou as suas considerações:

— Mais do que exames, medicamentos, formas, tratamentos adjuvantes de outros especialistas, devo considerar quanto a sua enfermidade lhe causa mal, como compromete o seu âmago.

Ele então materializou a ela o que já passara na mente dele quando ouvia as narrativas dela.

— Você tem problemas existenciais que precisa resolver com base em três importantes pilares: a causa ou etiologia, as consequências (sintomas e sinais) e o tratamento.

— Ódio, rancor, raiva são pensamentos e sentimentos negativos que, como tais, levam a consequências físicas e mentais — comentou Dr. Reinaldo. — Você está experimentando esses efeitos com batimentos cardíacos e pressão arterial aumentados. Essas manifestações no médio prazo poderão causar alterações cardiovasculares irreversíveis.

Ele continuou: — Veja como o sofrimento pelo desgosto e a decepção dele advinda podem ser revertidas pela resiliência e pelo determinismo. Gosto muito de usar fatos e relatos reais que nos ajudam a compreender e a admitir situações também verdadeiras. Vou lhe contar o ocorrido com um dos maiores gênios da história recente, Charles Spencer Chaplin.

— Aos sete anos, ele foi retirado do convívio da mãe, que tinha um distúrbio mental grave e foi internada em um hospital psiquiátrico. Que dor deve ter sentido ele! Além dessa grande agressão emocional, foi levado para um orfanato. Mas veja o que ele próprio deixou escrito: "Minha infância foi triste, mas superei a dor e o sofrimento, não tive raiva, apenas me lembro com nostalgia, como se tivesse sido um sonho". Ele fez do sofrimento da infância, da dor, um motivo para ser um adulto fantástico. Um homem que em tudo o que fez foi brilhante, sensível e perene.

Ele prosseguiu: — O estado mental, criado por raiva, desgosto, ódio, favorece a liberação de "hormônios do mal", que aceleram os batimentos cardíacos, aumentam a pressão, levam a estados estressores e depressivos.

— A dor — disse — é frequente e não pode ser escolhida de forma binária, entre tê-la ou não. Faz parte da vida, das relações com os outros e conosco. Entretanto, o sofrimento em decorrência dela é opcional. Esse sim podemos escolher entre vivenciá-lo ou não. Dependerá de quanto somos capazes de superá-lo. Colocá-la em um pedestal, e passar a cultuá-la, é dar força ao mal, não se ocupar da procura desejável e salutar do bem. De novo, Ana, recorro a um grande pensador e escritor espiritualista, Leon Denis (1846-1927). Em um de seus emblemáticos textos, contido em *O problema do ser do destino e da dor*, disse:

> *O gênio não é somente o resultado de trabalhos seculares; é também a apoteose, a coroação do sofrimento. De Homero a Dante, Camões, Tasso e Milton, todos os grandes homens, como eles, sofreram. A dor, entretanto, fez-lhes vibrar a alma, inspirou-lhes a nobreza de sentimentos, a intensidade da emoção que souberam traduzir com os acentos da genialidade que os imortalizou. É na dor que mais sobressaem os cânticos da alma. Quando ela atinge as profundezas do ser, faz de lá surgirem os gritos eloquentes, os poderosos apelos que comovem e arrastam as pessoas.*

— Assim, é tempo de utilizar a força dos estímulos que dilaceram a sua alma, sua mente, causando sofrimento e amargura, para buscar, por meio deles, com a grandeza que eles detêm, o melhor para sua vida e para sua vivência – concluiu ele.

— Então, devemos agora – continuou –, avaliada e entendida a causa, a raiva, e a consequência, o sofrimento, buscar o tratamento: o perdão.

Na continuidade de suas argumentações em busca de apontar caminhos, Dr. Reinaldo disse-lhe:

— Ana, sua reação inicial, que alimenta até esse momento, foi instintiva, uma resposta inata que guarda uma ação de força igual e em sentido contrário àquela que lhe causou seu ofensor. É como se fosse uma razão de sobrevivência, motivo para manutenção da vida, em resposta à agressão sofrida. Assim, isso resultou em consequências marcadas pelo sofrimento desgastante, consumptivo, maléfico ao corpo, à mente e ao espírito. Quem lhe causou o mal que a atormenta, que a feriu e lhe fez adoecer tornou-se a fonte desse sofrimento e a razão instintiva para a vingança. A primeira reação é a de odiar, que se segue daquela de se vingar. Esses pensamentos, transformados em sentimentos, devem ser coibidos por serem a etiologia do problema e a razão do sofrer. Não posso lhe pedir que ame o seu ofensor, mas perdoá-lo, esquecer o mal que lhe foi feito, é o propósito – concluiu.

Perdoar é muito nobre, elevado e a melhor resposta ao grande mal que nos foi feito. Não é, entretanto, quase sempre, o primeiro pensamento, a primeira reação!

Porém, a alimentação da raiva é sentimento e fonte inesgotável de sofrimento. De novo, a causa.

Dr. Reinaldo continuou dizendo-lhe: — Sobre a raiva e o perdão, quero narrar uma história real, relatada em um livro sobre o ato de perdoar e suas consequências, contada pelo psicólogo Dr. Jack Kornfield.

— Ele viajava, de trem, de Washington para a Filadélfia. Sentou-se ao lado do diretor de um programa de reabilitação psicossocial para jovens delinquentes, componentes de gangues, que haviam cometido homicídio. Esse senhor, então, lhe fez a seguinte, emocionante, inusitada e real narrativa:

"Um jovem de 14 anos havia assassinado um garoto de 16, apenas com o intuito de demonstrar virilidade e coragem para os seus companheiros de gangue. A sangue frio! A mãe do assassinado, como era previsto e imaginável, passou por profunda tristeza e, não era de se esperar por causa do instinto natural, que desejasse vingança e alimentasse raiva e ódio. Isso pensado dentro do mais comezinho modo de avaliar a reação frente ao brutal fato. O assassino foi a julgamento e essa senhora, mãe do assassinado, o acompanhou desde o início até o veredito, que o condenou a três anos de reclusão em um reformatório para adolescentes infratores. Ao término do julgamento, ela dirigiu-se ao jovem e disse para todos ouvirem: 'Eu vou matar você!'.

Dois meses após o julgamento, ela fez uma visita ao presídio onde ele cumpria pena. Como o jovem não tinha família, morava nas ruas, foi a única visita que ele recebeu. Ficou constrangido, mas confortado quando ela lhe deu algum dinheiro e lhe dirigiu palavras de conforto. Falava com delicadeza. Ela continuou visitando-o com regularidade e sempre levando-lhe bolachas, doces, algumas roupas. Sobretudo no inverno.

Quando já se aproximava o tempo em que teria sua pena cumprida, ela lhe perguntou: 'Qual é o seu plano para quando sair da prisão?'. Sem saber para onde ir e o que fazer, e muito menos o que responder, ele permaneceu calado. Sempre que recebia essas visitas, era abatido por uma sensação mista de agradecimento e culpa. Agradecimento, pois nunca tinha tido alguém que se interessasse por ele, e culpa pelas óbvias razões de seu tresloucado ato.

Então, essa senhora, a mesma que havia jurado matá-lo, conseguiu com um amigo um emprego para o jovem, e assim que teve sua liberdade consumada, passou a trabalhar. Começou a experimentar uma outra vida. Nunca antes vivida.

Como ele não tinha onde morar e não era seu objetivo voltar às ruas e ao crime, arrependido que estava e recuperando-se da vida que muito cedo lhe arrebatara a liberdade, ela arrumou um quarto vago em sua casa e o recebeu. Ele morou com ela por oito meses, ali se alimentou e trabalhou no emprego que ela lhe providenciara. Então, certa noite, chamou-o para uma conversa na sala e lhe disse: 'Você lembra que lhe falei no tribunal que iria matar você?'. 'Claro', respondeu ele apavorado, imaginando que todos aqueles acontecimentos tinham sido planejados por ela para consumar, naquele momento, a promessa feita. Ele, com voz embargada, continuou: 'nunca vou me esquecer daquilo'.

'Bem, eu esqueci', afirmou ela. 'Não queria que o garoto que matou meu filho só por maldade continuasse vivo. Queria que ele morresse. Foi por isso que comecei a visitá-lo, levar-lhe coisas e dinheiro, que lhe arrumei um emprego e o trouxe para morar em minha casa. Comecei a transformá-lo. Matei aquele garoto, como prometi. Ele não existe mais!'.

Então, continuou: 'Agora que meu filho está morto e o assassino dele não existe mais, gostaria de saber se você quer ficar aqui. Tenho espaço e gostaria de adotá-lo se você consentir!'.

Desse modo, ela se tornou a mãe, presente e afetiva, que ele nunca tinha tido.

Aquele era um exemplo raro, inusitado, extremo, jamais visto, e provável e lamentavelmente que não será repetido, de compaixão e perdão!

De onde, possivelmente, vieram esses sentimentos?

Quando aquela mulher disse no tribunal: "Vou matar você", ela exarou um sentimento facilmente identificável e reconhecido por todos. Uma vingança "compreensível" e "explicável". O sentimento primitivo de retaliação, expressão do ódio. Assim, todos interpretaram. Muitos, senão todos, compreenderam.

Segundo George Vaillant, no seu livro *Fé – evidências científicas*, onde estão relatados esses fatos, esse conjunto de sentimentos edificantes, positivos, arraigados em princípios de alta espiritualidade são a explicação para essa história verdadeira e provavelmente única.

Afinal, os homens estão ainda muito distantes dos verdadeiros sentimentos que os coloquem muito acima dos primários instintos para chegarem ao mais alto da evolução.

Como explicar essa atitude e a vida desempenhada por essa senhora que elevou os seus sentimentos e deixou um ínclito exemplo de vida?

Afinal, quantos já se ocuparam em escrever, falar, fazer ensaios sob todos os prismas e as mais variadas égides sobre o poder regenerador do perdão?

O perdão não pode ser visto como uma visão romântica dos sacerdotes e religiosos. Não pode ser observado como preconizado pelas mais diversas religiões, ainda que apontado em todas elas como um sentimento necessário, reconfortante e elevado.

Tem, para ser valoroso, de ser definitivo. Extirpar o mal no seu todo, sem opção para a instalação de um comportamento chamado de ruminação, que faz com que o fato gerador do ódio seja, em alguns e frequentes instantes, revivido, continuando assim a ser maléfico e angustiante.

O perdão deve ser dado como uma borracha que apaga o escrito definitivamente. É o esquecimento pleno do mal que foi feito.

Cada vez mais, com base na ciência da investigação, pesquisadores de todo o mundo, das mais respeitadas e tradicionais universidades, estão voltados para a compreensão dos valores da espiritualidade, na manutenção da saúde e na gênese das doenças. Entre eles ódio/raiva, sofrimento e perdão.

Tyler, Tracy e Balboni, do Departamento de Saúde Pública da Harvard University em Boston, Estados Unidos, uma das mais tradicionais e respeitadas do mundo, escreveram, em 2017, artigo publicado na Revista da Associação Americana de Medicina que intitularam *Health and Spirituality*.

Em síntese, eles concluem nessa publicação: "Mais explícito foco na espiritualidade, frequentemente considerada fora da real e moderna medicina, pode melhorar as abordagens centradas nas pessoas para o bem-estar pleno dos pacientes e dos médicos".

Afirmam, por fim, que ciência, espiritualidade e saúde não caminham em sentidos divergentes, mas sim convergem para um mesmo ponto como coadjuvantes na prevenção e no tratamento das doenças, além de na preservação da saúde.

Isso faz coro a outros pensadores e cientistas que já em eras passadas afirmavam, como Max Planck: "Para os crentes, Deus está no princípio das coisas. Para os cientistas, no final de toda reflexão"; ou Albert Einstein: "A ciência sem a religião é cega. A religião sem a ciência é manca".

Então, após essa história repleta de exemplos de superação, elevação e bons sentimentos, Dr. Reinaldo continuou:

— Para seu conhecimento, Ana, o perdão é a disposição para abandonar o direito ao ressentimento, ao julgamento negativo e à indiferença em relação a alguém que nos feriu injustamente, encorajando qualidades desmerecidas como compaixão, generosidade e até mesmo amor por tal pessoa. Ou de forma mais simples e objetiva: perdoar é esquecer-se definitivamente do mal que nos foi feito.

Ana, que ouvira atenta e reflexiva todas essas palavras do médico que a acolhera e dela cuidava com o desvelo e atenção de que era merecedora e necessitada, com semblante tenso e aparência de preocupação, disse-lhe:

— Dr. Reinaldo, o senhor, então, me propõe que perdoe, esqueça e desconsidere todo o mal que recebi? Que eu volte a amar, no sentido mais humanístico desse sentimento, a pessoa que me causou tantos dissabores? Que destruiu anos dourados de minha vida? Não sei se serei capaz, se terei a grandeza, a dignidade e a elevação espiritual para tanto.

Ela continuou em suas reflexões dizendo: – Não me julgo tão espiritualizada para essa atitude que, embora me pareça tão nobre, acho que não sou capaz de exercê-la.

Reinaldo então continuou, agora ainda mais motivado e sendo desafiado a convencê-la da necessidade e dos benefícios, especialmente a ela, do perdão que, como ele já havia definido, era o tratamento para sua enfermidade.

Ele lhe disse: – Vamos relembrar o que lhe falei há pouco: "Quem deseja vingar-se ainda ama, e quem se mostra ofendido ainda quer". Lembra-se?

Ana, atenta às suas palavras, só pôde deter-se a, novamente, refletir com consciência apurada sobre elas.

– Embora possa parecer paradoxal – disse-lhe Dr. Reinaldo –, quando perdoamos, adquirimos mais conforto, méritos e bem-estar do que quando somos perdoados. Pois, quando perdoamos, fazemos o gesto sublime de oferecer o perdão e, quando somos perdoados, temos que admitir que criamos o motivo que gerou a necessidade de ser perdoado. Houve uma ação menos digna e nobre que praticamos. Esse é o caminho a ser trilhado para sua libertação dos males que tanto a afligem. Ele pode parecer de difícil acesso e com constantes dificuldades no caminhar, mas lhe levará ao ponto em que você poderá continuar sua nova e promissora vida. Além de perdoar, você ainda deverá abrir novamente o seu coração ao amor. Pela vida, pelas pessoas e para alguém que possa lhe restaurar a maravilhosa sensação de ser amada e poder, de novo, amar.

Ao ouvir essas palavras, Ana sentiu-se motivada a uma ação que a libertasse, que lhe possibilitasse a busca por uma vida nova. Tinha certeza das dificuldades, mas as olhava como um desafio a ser vencido, uma forma de se edificar para o bem e por ele chegar a uma reconciliação consigo mesma.

Sua juventude, a esperança de um novo amor e de novos e perenes sentimentos lhe dariam forças que, junto com as argumentações de quem com ela participou apontando-lhe caminhos e destinos melhores, seriam importantes nesse momento solene e especial de sua vida.

Dr. Reinaldo então concluiu: – Nessas nossas conversas, identifiquei a causa e lhe propus caminhos para sua plena recuperação. É, entretanto, necessário que siga sob as orientações de um competente terapeuta o seu tratamento. O caminho está definido. Ande por ele e chegue ao melhor de seu destino.

Ela não pôde deixar de ter a um só tempo um sorriso nos lábios e duas lágrimas nas faces. Ambos expressão de confiança, alegria e fé!

8
O PODER DA COMUNICAÇÃO

Comunicar é o que diferencia os homens dos demais seres vivos e caracteriza os médicos nas suas mais dignas ações.

> *Falar é um privilégio e ouvir um dom. O silêncio faz parte desse universo da comunicação. Calar, fazer silêncio pode ser uma concordância que reflete o bem, a obediência natural e pura, o respeito. Ou, às vezes, a catástrofe quando não se pode optar pela mudez.*

— Parabéns! É um bonito e saudável garoto. 52 centímetros e 3,4 quilos.

— O seu caso é grave. Infelizmente preciso dizer e você precisa saber. É um tumor de rápida progressão, em geral, muito agressivo. O fígado é um órgão que, quando agredido por um câncer, costuma responder muito mal. Entretanto, temos recursos e tratamentos que serão instituídos. Precisamos agir com eficiência e encarar o problema com esperança na cura e com fé nos resultados.

— Sou portador de ótimas notícias. A cirurgia foi um sucesso, tendo transcorrido sem complicações. Foram colocadas duas pontes e uma mamária. Assim, todos os déficits de circulação de seu coração foram corrigidos. Como você está se sentindo muito bem, alta em três dias e... vida normal.

— Sinto muito. Nem sempre conseguimos fazer o que gostaríamos. A morte é a principal rival poderosa e inevitável da vida. Às vezes vence a batalha travada com os médicos. Meus sentimentos.

A comunicação é essencial à vida. Falar, ouvir e ser ouvido são características que diferenciam os homens e os fazem ser destacados na escala evolutiva.

Jesus Cristo, o homem que dividiu o tempo em duas fases, a que ocorreu antes e a que veio após ele, foi, certamente, um grande comunicador. Dizia o que precisava ser dito para as pessoas que precisavam ouvir o que ele tinha a dizer.

Fez suas mensagens, ideias e ideais serem incorporados a todas as gerações. Falava com simplicidade, fazendo-se compreender; com humildade, fazendo-se respeitado; com o coração, fazendo-se ser sentido e amado. Quando achava que as pessoas não estavam preparadas para entendê-lo, expressava-se por meio de parábolas. As figuras que ele criava facilitavam a compreensão dos conceitos que ele precisava transmitir.

Jorge Luís Borges, escritor argentino, perdeu a visão por sofrer de intratável catarata em ambos os olhos. Estava, pois, impedido de ler o que escrevia. Motivo maior de toda a sua comunicação.

Ludwig van Beethoven, um dos maiores gênios da música erudita, tornou-se surdo aos 48 anos, sendo privado de ouvir as próprias composições. Motivo maior também de toda a sua comunicação.

Ambos, Borges e Beethoven, comunicavam-se de formas fantásticas, cada qual na sua área, cada um privado de um importante sentido para a percepção do mundo exterior. Entretanto, ambos guardaram em suas memórias o sentido pleno de como deveriam fazer para atingir os corações das pessoas para quem faziam suas obras. Eles desenvolveram, a despeito das limitações físicas, formas de se comunicarem e fizeram dessas comunicações uma arte. Utilizavam os sentimentos, já que privados dos sentidos.

Podemos dizer, sem chance de erro, que Beethoven "ouvia" apesar de sua plena acusia, e Borges "enxergava" apesar de sua completa amaurose.

Essas são evidências claras de que a comunicação é exercida pela mente, pelo espírito, apenas auxiliada pelos órgãos físicos.

Há uma grande e memorável diferença entre a visão, um sentido, e enxergar, um sentimento. O mesmo é válido em relação a ouvir e escutar.

Cora Coralina disse sobre o modo de nos comunicarmos e nos entendermos com as pessoas: "Nada do que vivemos tem sentido se não tocarmos os corações das pessoas".

Tocar os corações das pessoas pode ser entendido, como afirmou Mandela, como falar a linguagem que lhes toca o coração.

Há que considerar as diferenças entre o sentido e o sentimento.

Em *Superfícies profundidades,* livro do autor Fernando Nobre, está o poema sobre a diferença entre "ver e enxergar".

> *Há quem vê o céu*
> *Mas não enxerga o pôr do sol.*
> *Há quem vê a noiva*
> *Mas não enxerga o rosto sob o véu.*
> *Há quem vê o cálculo exato*
> *Mas não enxerga a matemática.*
> *Há quem olha o belo jardim*
> *Mas não enxerga nele o mato.*
> *Há quem vê o sofredor*
> *Mas não enxerga nele o sofrimento*
> *Há quem vê o rubor da face*
> *Mas não enxerga no doente a dor.*
> *Há quem vê o sonho*
> *Mas não enxerga o sonhador.*
> *Há os que veem a vida sem razão*
> *Mas não enxergam a razão da vida.*
> *É certo e dúvidas não restam*
> *Que ver não passa de um sentido*
> *E enxergar é sentimento, emoção.*
> *Desse modo e sendo assim*
> *Quase todos podem ver*
> *Os que são sensíveis também podem enxergar.*
> *Do começo ao fim.*
> *Sem exceção!*

● ● ●

O médico comunica-se com seus pacientes em diferentes circunstâncias e com distintos propósitos. Às vezes para dar ótimas notícias, esperadas, desejadas, comemoradas. Outras para ser sincero com fatos preocupantes que colocam vidas em risco, aproximando-as de um desfecho indesejável e fatal. Para anunciar a vida e outras vezes para falar sobre a morte. Participa, assim, dos vários momentos e das diversas etapas do viver. Precisa fazer isso de modo que inspire confiança e não deixe dúvidas. Não pode ser nem superficial para não ser crédulo, nem intensamente agudo, sendo cruel.

Dr. Reinaldo, sempre voltado para um lado afetivo e criterioso na prática da Medicina, conta a seguinte história, relatada por um de seus pacientes:

– Era um senhor de 64 anos, que havia sobrevivido a uma infecção pulmonar grave que o manteve na UTI por 15 intermináveis dias. Em vários momentos, a família havia sido informada de que ele não respondia adequadamente à última geração de antibióticos que estavam sendo utilizados, nada mais restando a ser empregado. Porém, seu muito bom prévio estado físico, resultado de atividades físicas regulares, bons hábitos alimentares, nunca tendo fumado e bebendo apenas socialmente, conspiravam contra o estado infeccioso e parecia que tudo estava a seu favor para uma recuperação, apesar de seu estado crítico no momento. Resultado: teve alta hospitalar em bom estado e com motivos para agradecer e comemorar. Muito religioso, atribuía a sua recuperação, em parte, a uma constante corrente de orações de familiares e amigos, além de sua própria e também frequente elevação espiritual durante toda a doença. Mas, ao procurar por meus cuidados nessa fase de recuperação, trazia uma ansiedade imprópria para esse momento em que deveria estar confortável e feliz. Havia procurado, por orientação quando de sua alta, um pneumologista para cuidar de seus pulmões que haviam sido a sede da tão grave infecção. Então, ele relatou o que lhe foi dito e a forma como aquilo tinha sido feito:

– Doutor, deparei-me com um médico sisudo, de poucas palavras e, quando as dizia, eram fortes e ditas de maneira rude. Começou por me lembrar que a doença que havia me acometido tinha sido muito grave e que eu deveria ficar muito atento para que isso não se repetisse. Como se isso fosse uma escolha pessoal. Assegurou-me, incisivamente, de que ainda precisava de muitos e intensos cuidados, pois minha aparência, ainda que boa, e o fato de me sentir muito bem, poderiam ser passageiros. Uma destruição verdadeira de meus melhores sentimentos, confiança e boa evolução. Foi como se a chama de bem-estar que me mantinha feliz e alegre, pela boa evolução que eu vinha experimentando, tivesse abruptamente recebido um jato d'água, apagando-se. Pediu-me uma enorme quantidade de exames, que eu deveria fazer e, em seguida, levar a ele. Não fiz os exames e, obviamente, não os levei a ele. Lá não volto mais. Preciso de apoio e de visões otimistas. Inseguro já fiquei com a doença que tive e que finalizou com um jeito desafiador! Agora estou aqui para saber como devo agir, se faz sentido todo esse conjunto de orientações e informações que me angustiam. Preciso de suas palavras, sinceras, objetivas, técnicas e humanas – concluiu.

Era isso disso que ele necessitava: nada mais do que uma acolhedora recepção, de um imenso fervor na comunicação, em consonância com a sua muito certa recuperação.

Foram esses os propósitos e objetivos tomados por Dr. Reinaldo. Suas mais ambiciosas metas seriam alcançadas. Visto assim, com otimismo e resiliência, não haveria outro caminho a ser trilhado.

● ● ●

As palavras têm poder, e o poder que elas exercem influencia as pessoas, suas condutas, seus sentimentos e suas atitudes.

A comunicação é essencial às relações humanas, em especial no exercício da Medicina.

Falar é um privilégio e ouvir, um dom. O silêncio faz parte desse universo da comunicação. Calar, fazer silêncio, pode ser uma concordância que reflete o bem, a obediência natural e pura, o respeito. Ou, às vezes, a catástrofe, quando não se podia ter optado pela mudez.

Também do livro *Superfícies profundidades* do autor Fernando Nobre, uma profunda reflexão:

> Sobre o Silêncio...
>
> No tribunal
> Pode ser bem ou mal.
> Nas núpcias, na hora do sim
> Será o começo do fim.
> No templo em prece
> Com ele a fé cresce.
> Na discussão
> Ao outro dá a razão.
> Na ordem dada com jeito
> É sinal de respeito
> Na prece em devoção
> Dá força à oração
> No recolhimento
> Dá asas ao pensamento.
> Na vida, dia após dia
> É luz e sabedoria.
> Guarda-se tudo
> Diz muito sem dizer nada.
> E, ainda que mudo,
> É silêncio do dia, da noite, da madrugada.

Na Medicina e no trato dos médicos com os pacientes, comunicação é de valor inestimável, assim como na vida, nos relacionamentos em geral, entre as pessoas.

Se a comunicação é a essência nas relações humanas, a sua aplicação na relação entre os médicos e pacientes é essencial para que os primeiros levem o conforto, a paz, a clareza dos propósitos de vida aos que lhe são confiados a cuidar e a esperança e o desejo da cura nas enfermidades e doenças.

Um editorial de importante revista científica internacional, denominado "O potencial efeito iatrogênico das palavras do médico", discute com eficiência e lucidez essa proposição.

Nesse texto, considera-se que a palavra do médico tem um grande poder e, portanto, precisa ser dita com precisão, carinho, consideração e clareza.

Que bom os médicos terem essa possibilidade e poderem causar esse bem pelas palavras que dizem e que são ouvidas por aqueles de que eles cuidam!

Simples sintomas relatados podem não representar situações de risco ou de potencial gravidade, mas, se não forem compreendidos e esclarecidos, resultarão em grande ansiedade. Vale repetir o já citado estudo realizado com médicos americanos que aponta que eles interrompem os relatos de seus pacientes em não mais de onze segundos do ponto em que começaram a sua fala. Esquecem, ou não sabem, que é mais nobre ouvir do que falar. Ouvir é acolhedor, terapêutico.

Orientar bem uma pessoa em relação à instituição de um novo medicamento que poderá resultar em algum efeito colateral ou prepará-la para um procedimento doloroso é, ao mesmo tempo, uma arte a ser exercitada e um dever a ser cumprido. Um ato que o médico deve exercer com especialíssimo cuidado.

Vamos a um exemplo: 38% das pessoas que começaram a usar um medicamento para hipertensão cujo efeito colateral conhecido é disfunção sexual tiveram essa manifestação, enquanto apenas 13% entre os devidamente orientados por seus médicos sobre essa possibilidade e sua possível transitoriedade apresentaram-na.

A possibilidade de dor muscular com o uso das estatinas, medicamentos empregados para reduzir o colesterol, ocorrerá em muito maior porcentagem naquelas pessoas que não foram bem orientadas com palavras esclarecedoras e afáveis.

Pode-se concluir que o diálogo sincero, atencioso e com cuidados será um importante mediador entre os anseios dos pacientes e seus médicos.

Ainda bem que os médicos podem dispor desse maravilhoso universo das palavras de conforto e auxílio. Exercê-lo é um dom, praticá-lo, um bem!

Novamente, como afirma Nelson Mandela: "É preciso falar-lhes na sua própria linguagem, para que tua mensagem lhes entre diretamente no coração". O centro das emoções. E que aí façam eterna morada.

As palavras e o tempo são dois valores que o médico que exerce com dignidade e ética irreparáveis a sua profissão não pode deixar de ter ao seu lado. São permanentes companheiros. Fiéis parceiros. Auxiliares na sua missão de entender doenças e doentes, enfermidades e enfermos.

O tempo é um fenômeno natural e sobrenatural.

Assim como nos mostra o autor Fernando Nobre em *Superfícies profundidades*:

Ele é irreverente
Não pede autorização para passar.
Flui independente,
Seu caminho por si a trilhar.

Não tem real e certa dimensão
Podendo variar do zero ao infinito
Escapa pela palma da mão
Passando como silêncio ou grito.

Não apresenta só uma quantidade
Sempre existiu antes de tudo!
Pode ser um lapso ou a eternidade,
Um instante de ruído ou mudo.

Cursa de diferentes formas
Na alegria não se o vê passar
Vibrando como da harpa as cordas.

Na tristeza é como se não fosse acabar.

Para o jovem é bom que logo passe
É o desejo de ganhar vida, crescer!
No velho é preocupação com o desenlace
Como quem, sem fé, tem medo de morrer.

Surge com o nascimento,
Segue-nos por toda a vida.
O perene tempo,
Em tudo presente, achando guarida!

● • ●

O progresso incontestável e acelerado das ciências envolvidas nas comunicações e na produção de novos meios de se comunicar teve um impacto jamais observado em outras épocas.

Uma revista científica publicada apenas na forma física, nas décadas de 1970 e 1980, 40 anos atrás, somente estava disponível nas melhores e mais completas bibliotecas sobre Medicina, no mínimo, seis meses após a sua publicação. Com os recursos desenvolvidos, sobretudo pela rede mundial de computadores, essas revistas estão disponibilizadas para consultas alguns dias antes de serem publicadas. Não raramente dias antes de suas efetivas circulações.

Esse é um ponto relevante nas atividades profissionais em geral e na Medicina, em particular, visto que é uma atividade que se modifica e atualiza em mínimos intervalos de tempo.

O conhecimento é tão célere atualmente que não é possível ao homem comum estar atualizado em um único tema, ainda que restrito a uma área específica do conhecimento.

O homem mais bem informado alguns séculos passados não detinha o conhecimento de um jovem secundarista de hoje.

No período entre 2015 e 2020, foram indexados na Web of Science (WoS) mais de onze milhões de artigos. São aproximadamente um milhão e oitocentas mil informações por ano, e o que é ainda mais alarmante: perto de cinco mil por dia!

A quantidade de dados disponíveis para conhecimento pode, atualmente, dobrar a cada ano com uma produção anual de 350 zettabytes ou 35 trilhões de gigabytes!

A Inteligência Artificial (IA) está às nossas portas desenvolvendo sistemas capazes de derrotar sistematicamente os maiores enxadristas humanos ou buscar novas moléculas para emprego na medicina. Está disponível nas mais amplas aplicações médicas, na educação e escrita no que se denomina "escritores não humanos".

A aplicação do conhecimento para o bem é o destino melhor que se pode dar a ele. Princípios da física aplicados ao desenvolvimento dos métodos de registros de imagens, como a ressonância magnética, mudaram, para melhor, diagnósticos que ou não podiam ser feitos ou o eram de forma imprecisa ou incorreta. Mas o inverso, o emprego do conhecimento para o mal, lamentavelmente foi e continua sendo observado.

Alfred Nobel experimentou essa triste realidade com a descoberta, em 1846, da nitroglicerina, um composto químico explosivo obtido a partir da reação de nitração da glicerina. Produz uma dilatação das veias do organismo humano maior do que a dilatação das artérias; entretanto, causa dilatação de musculatura lisa em geral, incluindo a musculatura esofágica e biliar e aumenta o relaxamento do músculo cardíaco. Dentre os efeitos benéficos sobre o organismo está a aplicação de seu potente efeito de dilatação dos vasos sanguíneos, sendo aplicada no infarto agudo do miocárdio e nos casos de falência do musculo cardíaco: insuficiência cardíaca.

Uma indesejada degeneração de aplicação de uma bem-sucedida pesquisa química: a nitroglicerina ser aplicada como potente e deletério explosivo!

Então, deliberadamente, a utilização de conhecimentos pode ser tristemente utilizada para o mal. No livro de Marcelo Gleiser *O Caldeirão Azul – o universo, o homem e seu espírito*, ele relata com clara rudeza uma aplicação do conhecimento científico contra a humanidade.

> *Na primeira guerra, conhecida também como a Guerra dos Químicos pelo emprego de gases venenosos nas frentes de batalhas com resultados devastadores, mais de 124 mil toneladas de gases venenosos foram utilizadas. Na Alemanha, pasmem, grandes empresas como Bayer, Hoechst e BASF uniram-se ao Instituto de Pesquisas Kaiser Wilhelm, sob a direção do Prêmio Nobel de Química Fritz Haber, para desenvolver bombas capazes de espalhar gases nas trincheiras.*

Fritz Haber, um cientista prussiano, descobriu como extrair nitrogênio do ar e incorporá-lo às plantas, salvando a humanidade da escassez de alimentos por falta de fertilizantes. Por essa razão, e merecidamente, recebeu o maior reconhecimento da comunidade científica internacional, o prêmio Nobel de Química em 1918. Mas, não satisfeito com essa relevante descoberta e o serviço prestado, envolveu-se na produção do gás cloro, dizimando milhares de pessoas de forma cruel e dilacerante como ocorrido na batalha de Ypres. Tornou-se, então, insensível, perdendo a noção fundamental de discernir entre a vida e a morte. Não se envergonhava desse feito ignóbil, cruel. Porém, sua esposa, Clara Immerwahr, deu cabo da própria vida nos jardins de sua casa enquanto ele comemorava com amigos sua capacidade de destruir pessoas.

Dar fim a vidas! Considerado criminoso de guerra, refugiou-se na Suíça em 1918, e quando quis residir na Inglaterra por estar sendo perseguido pela condição de judeu, foi severamente rechaçado pela comunidade científica do Reino Unido, como relata Benjamín Labatut em seu livro *Quando deixamos de entender o mundo*.

O feito de Haber foi uma vergonha inominável para a ciência empregada para fins tão espúrios e cruéis.

Lamentavelmente, o homem emprega para o mal o conhecimento que pode, e deveria, ser utilizado exclusivamente para o bem.

A Inteligência Artificial (IA) aplicada aos procedimentos médicos de diagnóstico, tratamento e definição de prognóstico é uma realidade e um caminho a ser trilhado apenas na direção das melhores conquistas nesse campo do conhecimento.

Podemos, ainda que de forma simplista, definir IA como a aplicação de diversas tecnologias para, juntas, estabelecerem modos de atuação de máquinas de tal modo que elas possam agir e executar tarefas de forma semelhante aos humanos.

Importante e reconhecida universidade americana disponibilizou um "robô assistente social", denominado por seus inventores de "Máquina Inteligente", capaz de interagir com pacientes em convalescença e em processos de reabilitação de doenças graves. Sofisticados programas de computação abordam essas pessoas com perguntas "pertinentes" com objetivo de receber as "respostas esperadas". Em substituição a um profissional que foi treinado, estudou e se aperfeiçoou para ter formação e ser provido, além de conhecimentos específicos, de critérios para o exercício da profissão, com sentimento e sensibilidade humanas peculiares.

Por que o "robô assistente social" na condução dos programas de tratamento e seguimento dos pacientes cardiopatas, por exemplo, seria fundamental?

A proposta de sua criadora é que esse robô possa ser usado no Laboratório de Interação daquela universidade para reabilitação de pacientes que sofreram um derrame cerebral seguido de comportamentos autistas, de pessoas que tiveram graves lesões cerebrais, dentre outras.

Afirma ainda que essas máquinas poderão oferecer o suporte psicológico de que esses indivíduos necessitam, principalmente para que eles realizem as atividades prescritas por seus médicos.

Cabe a pergunta lógica e irrefutável: será aceitável a voz metálica de um computador para trazer o reconfortante papel que o "calor humano" poderia lhe oferecer? Um aperto de mão no início e ao final da entrevista?

Sem refutar o inevitável e crescente papel da tecnologia na Medicina em geral, assim como em outras áreas das atividades humanas, esse "robô assistente social" precisaria ser capaz de compreender os sentimentos das pessoas e a elas dar respostas inteligentes, lógicas e sensíveis, além das programadas em seu *software*.

Em outras palavras: no dia em que ele puder sorrir frente a uma boa notícia dada ou chorar, de alegria ou tristeza, face a um fato que mereça essa sentimental resposta. No dia em que ele puder oferecer um abraço afetuoso e oportuno quando ele se fizer necessário e for conveniente. Isso ainda é um dom que apenas as pessoas têm e que as máquinas precisarão se desenvolver muito para conseguirem. Conseguirão?

● ● ●

Doença é diferente de enfermidade, isso já foi definido, mas é preciso que voltemos a esses conceitos para compreender, nesse momento, o papel da comunicação entre pacientes, familiares e médicos. Cuidadores e cuidados.

Pela importância e significado, de novo: doença é anormalidade da estrutura e função dos órgãos e sistemas corporais. Apresenta evidência biológica e química. Podem ser registradas alterações por meio de métodos de imagem ou laboratoriais. Não lida com fatores pessoais, culturais, sociais e espirituais da saúde debilitada.

Enfermidade é a resposta subjetiva do paciente ao não se sentir bem. Doença é algo que um órgão tem; enfermidade é algo que o ser humano apresenta. Resposta subjetiva ao fato de não estar bem (envolve comportamento, enfrentamento ou relacionamentos com outras pessoas). É a perspectiva do paciente.

Na prática, podemos afirmar que enfermidade é o que leva o paciente ao médico, o que ele sente enquanto doença é o que efetivamente tem após a consulta!

Desses conceitos, nem sempre conhecidos e avaliados, surge uma situação, não rara, de médicos, ao não encontrarem alterações documentadas de órgãos ou sistemas que justifiquem ou expliquem os sintomas referidos por seus pacientes, dizerem: "Isso não é nada" ou, ainda, "Você não tem nada!".

Ora, não ter nada é sentir-se bem. Não ter sintomas, incômodos que determinam estados de desconforto, mal-estar, indisposição.

A obrigação do médico é valorizar os sentimentos expressos, da forma como forem manifestos. É comunicar-se de forma que atenda às suas expectativas e aos seus anseios.

Essa pessoa pode não ter uma doença, mas, seguramente, tem uma enfermidade. Necessita de um medicamento poderoso: as palavras certas naquele momento.

João Guimarães Rosa, escritor, diplomata, novelista, romancista e médico, em *A terceira margem do Rio*, define que a vida e o modo como é conduzida são a terceira margem do rio entre as duas outras, definidas, metaforicamente, como o nascer e o morrer.

Participar da vida das pessoas: aí está a nobreza de ser médico, a grandeza de poder oferecer o que é necessário, no momento que é preciso. Por toda a vida.

Por isso o homem como ser humano não pode se dissociar do homem médico!

Se isso acontecer, está acabada sua mais nobre missão e a grandeza que a cerca: o exercício de ser médico!

É para isso e por isso que a espiritualidade, exercida como um conjunto de valores morais, mentais e emocionais que norteiam pensamentos, comportamentos e atitudes nas circunstâncias da vida de relacionamento intra e interpessoal, é essencial à vida do médico e, por conseguinte, o médico espiritualizado é essencial à vida daqueles de quem cuida.

A vida é uma grande provocadora de emoções e sentimentos. Conviver com eles é uma arte que o tempo ensina e que as escolhas feitas oferecem.

●●●

Reinaldo foi indicado por pacientes que com ele conviviam há muito tempo e nele depositavam confiança irrestrita para atender um jovem de 16 anos.

A princípio relutou, pois para essa idade há indicação de um especialista, o hebiatra, que tem formação para atender e orientar os problemas comuns a essa fase da vida e do desenvolvimento. Em particular, esse jovem já tinha sido consultado e orientado por grandes especialistas em otorrinolaringologia. Mas, diante da solicitação e da insistência, aceitou o desafio e deparou-se, então, com o seguinte caso:

– Meu filho – começou a relatar a mãe – iniciou uma gagueira aos 14 anos, muito tardia e pouco usual como já fui informada, com devastadora ação emocional, limitando-o igualmente nas atividades escolares e nos relacionamentos familiares e sociais.

Ela continuou seu relato, ainda sem a presença do rapaz, contando os fatos dramáticos que culminaram no aparecimento dessa "doença", como ela denominava.

– Estávamos em um banco, sentados frente à mesa do gerente que me atendia. Passou por nós um senhor de não mais de 40 anos, mal-vestido, roupas esfarrapadas e sujas, que se dirigiu a um dos caixas portando uma sacola de pano. Nela havia moedas recebidas de doações como esmolas obtidas por ele, ao longo do dia.

– Já era próximo das 16 horas, quando o banco encerraria as atividades. A atendente não foi cortês e menos ainda educada. Reclamou da hora inoportuna para contar aquela quantidade de moedas, algumas delas, como as roupas do seu portador, também muito sujas. Notas de dinheiro, igualmente a ele, esfarrapadas, malcuidadas.

– Com má vontade, atendeu-o, dando-lhe em troca às moedas aquilo que supostamente era o equivalente em notas. Ele saiu contrariado, possivelmente ofendido por sua condição humana degradante, aspecto que não suscitava respeito por quem considera as aparências para ditarem as considerações que devem ter com as pessoas. Dirigiu-se, então, à saída do banco portando sua sacola de pano. Visivelmente irritado e contrafeito. Sem que percebêssemos uma clara razão, foi abordado rispidamente por um segurança que, em seguida, o empurrou, com desnecessária e inaceitável violência para fora, após uma conversa que não pude ouvir. Nesse instante, e abruptamente, ele coloca a mão direita dentro de sua sacola que estava sendo segurada pela mão esquerda. Isso tudo observado com extrema ansiedade e desespero por meu filho. Em resposta imediata, o segurança saca sua arma e aponta-a à cabeça do pobre indivíduo.

— Vejo então Rafael levantar-se e abrupta e instintivamente esboçar um grito frusto, um pedido desesperado, mas que ele não conseguiu dizer mais do que nãnãnãnãããão! — concluiu a mãe absolutamente transtornada. Ele não conseguiu dizer de forma clara e audível a palavra **não**! A palavra inarticulada não lhe saiu, portanto, pela boca.

— Um estampido foi ouvido enquanto caía desfalecido o mendigo! A partir de então, ele não conseguiu mais falar normalmente. Inicia as palavras, cujas primeiras sílabas repete ansioso para só depois concluí-las. Não as encontra e, ao encontrá-las, elas não fluem normalmente.

Reinaldo concluiu que ele queria gritar "não" para o perverso assassino e a voz não saiu, imbuído da forte emoção que o acometia. Rafael introjetou a sua incapacidade de gritar ligando-a ao cruel assassinato daquela pessoa.

Rafael parecia pensar que se tivesse conseguido dizer fluentemente o "não" que pretendia dizer, talvez tivesse evitado o que havia ocorrido.

Reinaldo, então, estimulado pelo desafio que se delineava, quis examiná-lo, vê-lo, conversar com ele.

Recebeu-o com a maior descontração possível, saudando-o com cordialidade. Encontrou um jovem retraído, sem vontade, deprimido. Evitava as palavras e tinha uma interlocução quase que monossilábica.

Reinaldo procurou assuntos amenos e que possivelmente seriam de interesse de seu paciente. Falaram de futebol, das atividades escolares, suas pretensões futuras. Nesse ponto, uma convergência de interesses:

– Do...do...Doutor, meu gran...grande so...sonho é ser mé...médico. Como o senhor é.

No final do diálogo, a forma de expressão de Rafael tornou-se marcada apenas por algumas palavras entrecortadas, por uma dificuldade de normalmente articulá-las, mas quase sem gagueira.

Sentia-se confortado e seguro diante de uma pessoa com quem podia conversar sem preconceitos e limitações.

Isso propiciou a Reinaldo contar um pouco, e em breves palavras, a sua definição pela Medicina. Sua precoce vocação. A grande satisfação em ser médico.

Fez-lhe sentir que estava diante de um homem que era médico, que tinha angústias, frustrações, dificuldades. Que compreendia sua mente povoada pelas tristes cenas que vivera.

Disse-lhe que o livrar daquele desconforto e temor era um processo que dependeria muito de sua compreensão e do seu reconhecimento de que ele não tinha qualquer culpa no fato ocorrido. Que há pessoas cuja visão sobre a vida não vai além da aparência física sem a capacidade de avaliar o ser que aquele corpo abriga.

Sem dúvidas, Reinaldo estava diante de uma enfermidade com todas as características que a definem.

Quem cuidou dele sempre se ocupou da "gagueira" e nunca do "garoto gago".

Martha Weinman Lear, em seu livro *Onde deixei meus óculos?* diz:

> *A dor física também se fixa na memória, mas de forma diferente. Meu irmão consegue lembrar a dor que sentiu mais de meio século atrás, quando um valentão das redondezas bateu nele, quase quebrando o seu braço. Mas bem mais viva é a lembrança da sensação de vergonha por ter apanhado na frente dos colegas e de ter sido salvo pela nossa mãe. A dor física é meramente lembrada; a dor emocional pode ser plenamente revivida – uma distinção curiosa.*

Assim foi com Rafael. Ele incorporou uma dor emocional que o atingia de forma devastadora, cuja representação física era a sua dificuldade em falar.

As suas estruturas físicas responsáveis pela fala eram íntegras! Não havia o que se registrar com ressonâncias, tomografias, registros sofisticados. Tudo estava registrado, como nas enfermidades, na mente. Uma dor emocional que era constantemente revivida.

Não é raro que o médico precise curar a mente para obter os benefícios da cura física. A mente enferma define a doença expressa no corpo.

O diagnóstico estava feito. O cuidado e a atenção dispensados foram significativos, porém não suficientes. Era preciso que o tratamento fosse continuado com um especialista em comportamento.

Reinaldo sentiu-se com a missão cumprida, reconfortado, de novo, pelo poder que a Medicina lhe dava, pelo fato de ser médico e servir a quem necessita.

Era a doença que preocupava a todos que anteriormente atenderam Rafael, não o doente. Ele carecia de um tratamento que o visse dessa maneira, de um atento e competente psiquiatra ou psicólogo que tivesse essa formação e esses sentimentos.

Assim, Dr. Reinaldo o orientou. Teve o cuidado de não destruir o vínculo tão sólido criado com ele, convidando-o a, periodicamente, e quando lhe parecesse adequado, voltar a conversarem.

9
ENTRE A ÉTICA, A MORAL E A LEI

Três grandes regentes da vida: ética, moral e lei, objetivando que a humanidade viva em harmonia e propiciando ao homem a melhor relação consigo mesmo e com as demais pessoas.

Moral é o conjunto de regras sociais que norteiam o comportamento sobre o que é aceito ou não, considerando o caráter e as virtudes.
Ética é o modo de ser do indivíduo, a sua natureza, caráter e postura.

De Platão, Sócrates, Aristóteles a Yves de la Taille e Leonardo Boff, séculos se passaram, mas as discussões a respeito da moral, que podem ter modificados os seus conceitos e valores ao longo do tempo, continuam sendo palco de reflexões da humanidade e dos pensadores. Da academia às pessoas em geral. Questões relevantes são propostas sobre o tema sem as respostas nas mesmas proporções das perguntas. Às vezes, pode-se aprender mais com as perguntas que com as respostas, por mais incrível que possa parecer.

Simplificando uma discussão secular e repleta de teorias e explicações, pode-se afirmar que moral é o conjunto de regras sociais que norteiam o comportamento sobre o que é aceito ou não, considerando o caráter e as virtudes. Por sua vez, ética é o modo de ser do indivíduo, a sua natureza, caráter e postura.

Ética socrática é aquela caracterizada por bom caráter e valores morais. A posição ética de Sócrates argumenta que o homem não é mau, mas sim ignorante. Esse ponto de vista é chamado de "intelectualismo moral" e afirma que a virtude pode ser conhecida e, acima de tudo, pode ser ensinada no princípio do "Eu".

Para Platão e Aristóteles, a moral, na concepção do primeiro é o bem, já para o segundo, é a felicidade. A ética aristotélica consiste em atingir a felicidade, enquanto para Platão é a prática do bem. Em que ambos se sobrepõem? Praticar o bem pode ser a felicidade própria e determinar a do próximo.

"Contra a apatia dominante, a falta do pensamento criativo e investigativo intelectual acerca do que é bom ou mau, certo ou errado, em termos éticos e morais", Leonardo Boff apresenta reflexões que visam criar clareza e motivações para um comportamento ético e moral responsável e à altura dos desafios contemporâneos.

Ainda nesse último século, uma visão de Yves de la Taille, professor do Instituto de Psicologia da Universidade de São Paulo, estudioso da chamada Psicologia Moral, reuniu seus conhecimentos para escrever *Moral e Ética: dimensões intelectuais e afetivas*. O livro reúne as leituras, pesquisas e reflexões do autor, que trabalha com uma nova perspectiva de moral e ética, mostrando que esses conceitos surgem desde cedo na vida das pessoas.

Para Freud, "a consciência moral tem raízes inconscientes, e pode se explicar por forças afetivas". Piaget, por sua vez, "procurou identificar o que seria comum aos indivíduos". No que concerne ao desenvolvimento moral, identificou dois estágios: heteronomia (respeito às figuras de autoridade) e autonomia (separação da obediência que se tem na heteronomia).

Lawrence Kohlberg complementou a teoria de Piaget sobre o desenvolvimento da moral, que, para ele, "ocorre devido ao desenvolvimento da razão". O autor ainda analisa as raízes epistemológicas das palavras ética e moral. Ele esclarece que, por moral, devemos entender o fenômeno social, e por ética, a reflexão filosófica.

Simplificando o que é complexo e dando praticidade singular aos conceitos, podemos afirmar didaticamente que ética é como o indivíduo age com ele mesmo e moral é como age na sociedade onde vive!

O que foi moralmente aceito e considerado certo em um tempo pode ser reprovado e execrado nos dias atuais. A ética, por outro lado, é imutável e tida como correta em qualquer tempo.

O fato é que a moral e os costumes definiram, mais recentemente, um novo conceito na Medicina, o de "enfermidades morais", consideradas "as condições às quais o indivíduo está exposto como parte da sociedade a que pertence, suas condutas, hábitos e sentimentos frente a ela".

Tal conceito também pode ser considerado como:

> *Resposta subjetiva, afetando o comportamento ou relacionamento com os outros, envolvendo valores, sentimentos, ou atitudes associadas com prejuízo para si e/ou para o outro, incluindo a sociedade. Por tratar-se de enfermidade, não há confirmação laboratorial ou clínica, entretanto, pode ser avaliada objetivamente por meio de questionários ou escalas. Há correlação com alterações bioquímicas, hormonais ou desfechos clínicos dependendo da intensidade da condição clínica ou do período de observação.*

É claro que participam desse contexto de definição e compreensão do que se chama de enfermidade moral o conjunto de pensamentos e sentimentos já avaliados em outra parte deste livro, mas que, embora redundante, não é desnecessário repetir: sentimentos negativos, como raiva, ódio, pessimismo, vaidade, ingratidão, ressentimento, ruminação, desejo de vingança, egoísmo, intolerância. Por outro lado, os sentimentos positivos são representados por: perdão, honestidade, autodisciplina, altruísmo, humildade, gratidão, otimismo, solidariedade, empatia, tolerância, paciência, calma.

Como todos, eles se refletem individualmente em cada um e cada um compõe, ao somar, o todo da sociedade, todos esses pensamentos/sentimentos interferem no comportamento ético e moral vigente.

Essas características que não definem "doença" na sua clássica concepção poderão fazer com que ela surja, instale-se e comprometa, dessa forma, a saúde das pessoas.

Por outro lado, há outro componente que modula os sentimentos pessoais e a pessoa no conjunto da sociedade: a lei.

> *Lei (do verbo latino* ligare, *que significa "aquilo que liga", ou* legere, *que significa "aquilo que se lê") é uma norma ou conjunto de normas jurídicas criadas por meio dos processos próprios do ato normativo e estabelecidas pelas autoridades competentes para o efeito.*

Há vários tipos de leis determinadas por diferentes legislações e legisladores que modulam as mais diversas atividades do homem, com as características de insubordinação das quais é constante refém.

As leis existem para organizar a incapacidade dos homens de se guiarem pela retidão das condutas e das manifestações mais nobres do caráter. Imaginem uma sociedade plena de respeito mútuo, com comportamento ideal em consonância com os valores que definem o bem pessoal e o coletivo. Que leis seriam necessárias para disciplinar essas pessoas que fossem dominadas por esses princípios éticos e morais tão elevados consigo mesmas e com os demais? As pessoas seriam as próprias normas. Ditariam, com seu comportamento e sua conduta, o padrão que a legislação tem por meta fazer.

Utopia! Os homens precisem, talvez, de muitos séculos de evolução para assim se portarem, se isso for um dia atingido. É do caráter das pessoas não serem afeitas aos princípios mais nobres de condutas e posturas. Aqueles são hoje, e sempre serão, ditados pelas leis. Entretanto, as leis não são perenes. Muitas delas não existiam em um tempo passado e não seriam, pois, consideradas infrações as ações que elas agora disciplinam. Por outro lado, quando existem, não é aceitável não as obedecer.

Dentre os vários tipos de leis que regem as condutas da humanidade, pelo menos dois serão motivo de nossa avaliação: a lei dos homens e aquela acima deles, a lei divina.

Aos ateus e agnósticos cabem apenas o respeito às leis que regem a sociedade e ditadas pelas autoridades? A princípio, parece fazer sentido que, nessas específicas circunstâncias, a resposta seja positiva, representada pela afirmativa: sim!

Mas vejamos como ser fiel e obediente aos dois cenários legais é um caminho para a prática da ética, as convicções pessoais sobre bem, e da moral, a sua inserção na sociedade com o respeito e a dignidade que esse fato exige. Independentemente de fé, mas fundamentalmente relacionado aos critérios de respeito a si e ao próximo.

Cristo foi uma forma materializada para fazer os homens entenderem mais Deus, pois eles precisam de algo palpável. Tocável, material.

> *Pregou afirmando aos aflitos da terra não poderem mais do que recorrerem à vida futura, sem a certeza desse tempo, seria um contrassenso ou, bem mais, um engodo. A ideia de que o sofrimento é uma forma de aprendizado e crescimento moral, uma busca da felicidade, como afirmam algumas pessoas e certas religiões, seria muito dificilmente compreendida e aceita. Podemos questionar por que uns sofrem mais que outros? Por que para alguns nada parece dar certo enquanto para outros as coisas são sempre motivo de alegrias e a esperança do bem sempre se fazendo realidade? Por que alguns vivem na abastança e na riqueza enquanto outros passam a vida pelas misérias, sofrimentos e privações, sem que nada de especial tenham feito para justificar nem um nem outro desses fatos?*

Há também outros questionamentos: por que existe no mundo pessoas desfrutando de tantos bens e benesses enquanto outros padecem de males dos quais aparentemente não sejam merecedores? É uma injustiça aparente ver os bons sofrerem enquanto os maus desfrutam de tantos bens?

Se, por princípio, aceita-se Deus como absolutamente justo e perfeito, entendido como definido a seguir, não se pode admitir que não haja razão para que as coisas sejam dessa forma.

A concepção antropomórfica de Deus, na forma de um senhor de barbas brancas, cajado à mão, punitivo e severo, que conhece tudo e todos, em todos os locais do mundo, impiedoso juiz de nossos mais recônditos atos e pensamentos, dificulta a compreensão e a fé nesse poder absoluto que é, na realidade, a regência da natureza, de seus fenômenos e ocorrências. As leis naturais.

> *Deus não pode ser entendido como a ideia de um Pai, poderoso e insensível. Uma forma humanizada e poderosa que torna a sua concepção e a nossa fé de difícil compreensão e rara aceitação. Para as gerações desse século, um portador de super computador com uma memória*

infinda onde estão registrados todos os seres do planeta sob estrito e rigoroso controle? Uma ideia estapafúrdia, esdrúxula, inconsistente, incompreensível e inaceitável. Reunindo todos os ingredientes para uma falta absoluta de crença e fé, considera Leon Denis.

Ele não pode ser uma caricata figura humanizada com poderes absolutos e infinitos apartado dos fenômenos científicos e dos efeitos naturais que regem o mundo e foram responsáveis pela criação harmônica e única do universo, criando a partir do nada o todo, como sugerido em Concepção existencial de Deus, *de Herculano Pires.*

Essa eterna discussão entre os que creem e os que não admitem a divindade como a fonte de todos os fatos e a razão de todas as coisas carece de pensamento lógico e fé consistente.

De quem diz "não creio", não se espera que prove nada? Provar que não existe seria a antítese da prova da existência. A prova da existência é inerente aos que creem e têm que estabelecer as razões para isso. Mas será necessário provar se não há fé ou crença? Um raciocínio cartesiano, como na Matemática, de demonstrar um teorema ou resolver uma equação de qualquer grau não se aplica a essa discussão.

Há um desafio a ser proposto aos que não creem: argumentarem sobre a sua incredulidade. A mente precisa de desafios, estímulos, constantes questionamentos, ações que a ativem para que seja produtiva. A dinâmica da física, acionando o movimento dos corpos, tem o seu paralelo no raciocínio: o pensamento. Pensar é para a mente o que é se deslocar para os corpos, o que faz com que se movam, tanto em relação à matéria quanto ao espírito.

Não crer é admitir que as coisas como são vieram de um processo casuístico que se harmonizou de forma ideal e por acaso, por meio de incansáveis experiências de tentativa e erro. Imaginem de quanto tempo essas tentativas e erros precisariam para fazer com que, por exemplo, o sistema cardiovascular chegasse à precisão e eficácia para promover as aberturas das valvas cardíacas no momento certo, interligadas, possibilitando que o sangue necessário e fundamental à vida caminhasse sempre na direção correta: do coração aos pulmões e, depois, desses àquele mais uma vez. Enfim, imaginem de quanto tempo precisariam para fazer com que esse sistema funcionasse harmonicamente, sem interrupção, em torno de cem mil vezes ao dia e mais de doze trilhões de vezes em uma vida de oitenta anos!

Muitas vezes, esse equilíbrio da natureza, responsável pela harmonia e exatidão de sua dinâmica, entra em conflito com a ignorância dos homens ou com a sua falta de interesse em pensar sobre todos esses fenômenos. Será, então, mais fácil e confortável, preguiçosamente, não admitir uma consciência superior que cria e gere todos esses intrincados e complexos fenômenos que regem toda a vida e os fenômenos da natureza? Do universo? Entretanto, de novo, a forma como se entendem essas leis naturais ou divinas é que dará consistência, lógica e sensatez às crenças e à fé.

Pensar esse processo da criação, não pelo harmônico e divino equilíbrio da natureza, mas pela criação mágica e fantasiosa de "um ser" superior, onipotente e criativo, capaz de em um estalar de dedos tornar tudo pronto, perfeito, é como admitir a visão inconcebível e fantasiosa da criação bíblica de Adão e Eva, a partir dos quais toda a humanidade foi gerada.

Arthur Holly Compton, físico americano, ganhador do Nobel de Física em 1927, declarou: "Descobrimos que por trás da matéria está a energia, mas me parece que há algo atrás da energia e isso é o pensamento".

Cientistas que fizeram, com suas experiências, pensamentos e descobertas, o caminho pelo qual grande parte da humanidade trilha, tornaram públicas suas imagens de Deus. Stephen William Hawking afirmou simplesmente, sem, segundo ele, necessidade de demonstração: "Deus não existe". Por sua vez, Albert Einstein, físico e filósofo alemão, assim pronunciou-se:

> *A opinião comum de que sou ateu repousa sobre grave erro. Quem pretende deduzir isso de minhas teorias científicas não as entendeu... A experiência cósmica religiosa é a mais forte e a mais nobre fonte de pesquisa científica. Minha religião consiste na humilde admiração do espírito superior e ilimitado que se revela nos menores detalhes*

que podemos perceber em nossos espíritos frágeis e incertos. Essa convicção profundamente emocional na presença de um poder racionalmente superior, que se revela no incompreensível universo, é a ideia que faço de Deus.

É certo que no homem habita o bem e o mal. Todos somos um misto desses dois componentes. Se de outra forma isso for tratado, pode-se dizer: existe o céu e o inferno. A vida é a composição desses dois conceitos e será o equilíbrio entre eles que definirá quem são as pessoas. Como são e como serão.

O céu, modo de ações voltadas ao estrito bem, e o inferno, a tendência pela opção do mal, são os valores que definirão esse grande e eloquente espetáculo que se interpreta durante toda a vida. Segundo Leon Denis em *Concepção Existencial de Deus*:

> *Entre filósofos, pensadores, cientistas as concepções sobre Deus foram motivo de teses, explanações e controvérsias geradas por atentarem, não raramente, contra os princípios vigentes. Sócrates recebeu de presente uma taça de cicuta, com seu fatal efeito, quando, entre os filósofos gregos, manifestou sua crença no monoteísmo.*

Na concepção formal e simplista dos homens, há duas forças que movem o comportamento da humanidade, definidas de maneira a dar compreensão a conceitos dessa forma entendidos e simplificados: Deus como sinônimo do bem e o Diabo como sinônimo do mal. Trata-se de uma visão didática, simplista e pueril para atribuir a entidades opostas sentimentos e também destinos antagônicos, do mesmo modo que o dualismo entre o bem e o mal.

Ariano Vilar Suassuna, poeta, advogado, historiador, teatrólogo disse: "Deus para mim é uma necessidade. Se não acreditasse em Deus, era um desesperado".

Leandro Gomes de Barros escreveu sextilhas sobre o assunto, com profundidade reflexiva e humor apurado:

Se eu conversasse com Deus
Iria lhe perguntar:
Por que é que sofremos tanto
Quando se chega pra cá?
Perguntaria também
Como é que ele é feito
Que não dorme, que não come
E assim vive satisfeito.
Por que é que ele não fez
A gente do mesmo jeito?
Por que existem uns felizes
E outros que sofrem tanto?
Nascemos do mesmo jeito,
Vivemos no mesmo canto.
Quem foi temperar o choro
E acabou salgando o pranto?

Então, qual é o Deus no qual você crê? Ou por que não crê? Por que não tem a disposição de aceitar essa verdade e reconhecer suas evidências? Quais são os argumentos para a incredulidade?

Se não quiser se ocupar das respostas, é fundamental pensar sobre essas perguntas!

● ● ●

Há, também e pelas mesmas razões, entre as demais legislações, aquelas leis que regem a prática do médico. Elas surgiram com o Juramento de Hipócrates, um conjunto de valores éticos e morais que devem reger a prática ideal da Medicina, e englobam até o Código de Ética Médico, que é revisado e atualizado periodicamente, segundo os preceitos morais vigentes.

Agir sob a égide de suas normas é dever e critério a ser adotado por todos que exercem a nobre e especial profissão de médico.

Juramento de Hipócrates

"Eu juro, por Apolo médico, por Esculápio, Hígia e Panacea, e tomo por testemunhas todos os deuses e todas as deusas, cumprir, segundo meu poder e minha razão, a promessa que se segue:

Estimar, tanto quanto a meus pais, aquele que me ensinou esta arte; fazer vida comum e, se necessário for, com ele partilhar meus bens; ter seus filhos por meus próprios irmãos; ensinar-lhes esta arte, se eles tiverem necessidade de aprendê-la, sem remuneração e nem compromisso escrito; fazer participar dos preceitos, das lições e de todo o resto do ensino, meus filhos, os de meu mestre e os discípulos inscritos segundo os regulamentos da profissão, porém, só a estes. Aplicarei os regimes para o bem do doente segundo o meu poder e entendimento, nunca para causar dano ou mal a alguém. A ninguém darei por comprazer, nem remédio mortal nem um conselho que induza a perda. Do mesmo modo não darei a nenhuma mulher uma substância abortiva. Conservarei imaculada minha vida e minha arte. Não praticarei a talha, mesmo sobre um calculoso confirmado; deixarei essa operação aos práticos que disso cuidam. Em toda casa, aí entrarei para o bem dos doentes, mantendo-me longe de todo o dano voluntário e de toda a sedução, sobretudo dos prazeres do amor, com as mulheres ou com os homens livres ou escravizados. Àquilo que no exercício ou fora do exercício da profissão e no convívio da sociedade, eu tiver visto ou ouvido, que não seja preciso divulgar, eu conservarei inteiramente secreto. Se eu cumprir este juramento com fidelidade, que me seja dado gozar felizmente da vida e da minha profissão, honrado para sempre entre os homens; se eu dele me afastar ou infringir, o contrário aconteça."

Mas, não raramente, as crenças, visões pessoais, religiosas, ideológicas, interpretações de escrituras seculares podem incompatibilizar-se com as normas legais.

Dr. Reinaldo, em certa ocasião, foi convocado a opinar sobre um caso em que havia conflito entre a conduta médica a ser necessariamente tomada e a formação religiosa e as convicções de familiares de uma paciente internada em estado grave no hospital onde ele atuava.

Chegando ao centro de cirurgias, deparou-se com uma bonita jovem de 17 anos, recém-operada por um problema de origem ginecológica. A cirurgia tinha ocorrido da forma esperada, porém uma alteração inerente à paciente determinou um profuso e intenso sangramento. Os parâmetros que definem critérios para uma reposição sanguínea imediata eram claros. Correspondiam ao que todas as diretrizes sobre o assunto determinavam. Não havia dúvidas. Uma relação direta determinava dois claros caminhos: transfusão de sangue total até a reposição do que a hemorragia maciça tinha determinado ou morte.

A família, ali representada pelos pais, opunha-se por razões de convicções religiosas ao procedimento.

A decisão caberia, então, ao médico solicitado para avaliar o caso, considerando o conjunto de fatos envolvidos.

Dr. Reinaldo começou a sua alocução aos familiares, calcado em dois aspectos: o direito constitucional de cada pessoa ter as suas convicções filosóficas, políticas, religiosas e a indiscutível determinação do direito à vida e, a qualquer custo, a sua preservação.

Então, dirigiu-se a eles:

– Primeiramente, fico consternado com a evolução incomum do caso dessa jovem. Como disse, não é usual que isso ocorra; entretanto, quando se estabelece um quadro clínico com essas características, há gravidade e possibilidade de, no curto prazo, haver um desfecho fatal caso as providências estabelecidas pelo conhecimento médico não sejam tomadas.

– É clara a convicção religiosa e filosófica de vocês, que são os familiares próximos e os responsáveis por ela, principalmente considerando-se que se trata de menor de idade – disse-lhes. – As leis estabelecem que há o direito de escolha sobre atos e condutas a serem tomados de acordo com as crenças de todas as ordens, incluindo as religiosas. Ninguém poderá impedi-los de processar qualquer princípio filosófico ou de crença, pois esse é um direito inalienável de qualquer cidadão – continuou. – Precisamos analisar entre valores maiores que se sobrepõem às convicções, sejam elas de que ordem forem. Há situações em que é preciso fazer o que se entende ser correto para salvar a vida, mesmo contra a vontade dos familiares. Esse é um princípio estabelecido claramente pela prática médica, que orienta como proceder no caso de pacientes que, por motivos diversos, inclusive de ordem religiosa, recusam a transfusão de sangue.

Ele explicou:

> *Se não houver iminente perigo de vida, o médico respeitará a vontade do paciente ou de seus responsáveis, porém em caso de iminente perigo de morte, praticará a transfusão de sangue, independentemente de consentimento do paciente ou de seus responsáveis.*

– Sou um médico – continuou ele com suas ponderações – que jurou dedicar todas as minhas atividades para o bem das pessoas que me foram dadas a cuidar. Desde a minha graduação, quando fiz o Juramento de Hipócrates, que rege as melhores práticas da minha profissão até o cuidado para preservar a vida, nosso bem maior, independentemente da forma como deva agir para que isso ocorra, tudo tenho feito para cumpri-lo. No meu juramento, dentre outras confirmações de minha conduta, afirmei: "Aplicarei os regimes para o bem do doente segundo o meu poder e entendimento, nunca para causar dano ou mal a alguém". Assim determinarei que seja, com a consciência livre de qualquer infração, desrespeito a quem quer que seja, a quais princípios estejam envolvidos. Imagino que não é de seu pensamento, e muito menos de seu interesse, que sua filha perca a vida por conta de suas convicções religiosas que, embora devam ser respeitadas em sua plenitude, não estão acima do direito sagrado à vida.

Então, ele continuou afirmando que, de acordo com esses princípios e normas legais e éticas, ela receberia a transfusão necessária, recomendada e salvadora.

Assim foi feito: a vida foi preservada. A conduta médica indicada e necessária foi respeitada. Era o recomendado. A vida em primeiro lugar.

10
MISSÃO CUMPRIDA!

Como a vida foi e como, ao chegar
ao seu fim, pode-se avaliar
o que valeu a pena, suas
conquistas e frustrações.

A vida é uma grande peça
Um espetáculo maravilhoso
E como todo bom espetáculo tem
Um começo e um fim
Para que sejamos aplaudidos no seu final
a morte
Como somos no início dele
o nascimento
É necessário que sejamos protagonistas
Desse inigualável e fantástico show
É essa interpretação que definirá
Como foi a peça que representamos
No inquietante palco da vida.

Para tudo há um começo, um tempo e um fim. Com exceção do universo, cujo início é nebuloso e cujo fim não se pode prever nem reconhecer, tudo começa e acaba.

A vida é o cumprimento de duas sentenças: a do nascimento e a da morte. Essa é a determinação universal, indiscutível e certa.

Era um sábado de temperatura amena, nublado, silencioso. O silêncio, que as atividades usuais dos dias de trabalho comprometem, era pleno. Convite ao descanso e relaxamento.

Reinaldo, naquela tarde, mostrava-se cansado. Em alguns momentos, parecia abater-lhe um incomum desconforto para um homem habituado a intensa atividade, apesar de os anos vividos terem roubado parcialmente sua disposição.

Foram algumas décadas de atividades diárias no hospital e no consultório, exceção apenas aos sábados à tarde e domingos, atendendo inúmeras pessoas sem recusar, por qual razão fosse um atendimento.

Impreterivelmente, antes de chegar ao consultório e depois de dele sair, passava pelo hospital a fim de ver seus pacientes mais graves e que tinham sido internados para cuidados especiais, o que fazia sempre com desvelo e cuidados desmedidos.

Isso fazia com que saísse muito cedo e muito tarde retornasse à casa.

Havia apenas uma pequena pausa para o almoço, que ele levava para o consultório, cuidadosamente preparado por Solange e que, assim, tinha tempero especial. Os condimentos do amor!

Essa vida, partilhada por tantos outros médicos que, como Reinaldo fazem dela sua forma de trabalho, lhe foi gratificante e, como costumava dizer, proporcionou-lhe uma vida farta, sem necessidades não atendidas e até com a possibilidade de alguns pecados capitais, mas não mortais.

Agora a realidade era outra.

Tendo há algum tempo se afastado de suas atividades médicas, não por vontade própria, mas pelas limitações físicas resultantes de longo tempo de trabalho intenso e dedicado, ele ocupava muito de seu tempo com aquilo que ele sempre gostou de fazer, mas que o exíguo tempo não lhe permitia: ler, ouvir música e algumas outras atividades que ele chamava de "veleidades". Todas, entretanto, certamente merecidas.

"Vadiar", como costumava dizer, "que ninguém é de ferro". Em tom de brincadeira, continuava dizendo, sem ser a expressão da verdade: "Acho que estou me acostumando mais facilmente, e em pouco tempo, a ficar à toa do que demorei a acostumar-me ao trabalho.

Não raramente, fazia incursões pela escrita de textos que relatavam situações passadas no exercício da Medicina, algumas bastante interessantes. Mas confessava não ter esse dom, embora aqueles que liam seus escritos não concordassem com essa avaliação e o incentivassem a se aventurar mais nessa prática.

Dos artigos que escreveu, havia um de que ele gostava bastante, por ser expressão de seu sentimento de otimismo, e que chamou de *Esperança*. Assim dizia:

Esperança, sentimento que move o mundo e os homens.
É a expectativa de esperar por melhores momentos quando eles não estão fazendo parte da vida e gratificá-los quando suave e constantemente nos acompanham.
Desejo de tempos melhores, de luz quando há trevas e aquecimento quando castiga o frio, de brisa quando escalda o tempo, de venturas para os que sofrem e de fé para os agnósticos.
Esperança de que após a forte chuva, mesmo o mais terrível temporal, pode surgir no céu um arco-íris, se há seca e temperaturas inóspitas elas podem ser o prenúncio de arrefecimento com tempo suportável.
Homens! É preciso que vivam com esperança para que suportem as adversidades e esperem depois delas as boas emoções. É preciso que tenham esperança em um mundo mais igualitário e justo e lutem ardorosamente por isso.
Governantes, deem esperanças aos governados, administradores aos administrados, imperadores aos súditos, homens a todos os outros homens do planeta.
Esperança é expectativa, espera.
As próprias pessoas criam suas expectativas, esperam por aquilo com o que sonham.
Esperam seus sonhos realizados e suas expectativas concretizadas.
Esperança move as pessoas para a elevada busca de propósitos de vida. Vida que com ela é digna e sem ela não faz sentido.

Em outro momento, quando, como ele frequentemente fazia, pensava saudoso em seus amigos de profissão e de fé com os quais tinha tido um convívio de anos, compondo a sua própria vida e as deles, resolveu, sob inspiração desse carinho, escrever para eles.

Sobre esse texto em particular, tinha especial gosto, a ponto de tê-lo decorado e recitá-lo em várias ocasiões, já que a amizade povoa toda a nossa vida. Sempre!

Amigos são amor e sentimento.
Esperança e atitude

Brisa suave, forte vento
Delicadeza, doença e saúde.

A favor ou contra, discutem
concordando ou não.
Põem na mente, incutem
Precisando, estendem a mão.

Brancos, pretos, costas, frente
Gelado, frio, bonito, feio.
Tudo, nada, igual, diferente
Face, dorso, colo, seio.

Tendo a leveza do sim,
Minha vida é a vida deles
Pode ser que vivam sem mim,
Mas não vivo sem eles.

Em um tempo de ócio criativo em que ele vivia, e como ele definia, procurou testar habilidades que não sabia se tinha. Assim, esboçou algumas pinceladas em telas de pintura, atividade para a qual, como ele considerava, não tinha pendores.

Era, naquele período, como sempre fora, um irrequieto pensador e um artista a procurar o seu destino e sua arte.

Nenhuma dessas telas resistiu à sua própria avaliação crítica. Enquanto na escrita alguns textos salvaram-se com qualidade para serem apreciados, da pintura nada restou!

Ele mesmo costumava dizer que, como pintor, tinha se revelado um bom médico.

Mas a Medicina ele soube exercer muito bem. Foi, na sua história profissional, um dedicado e competente médico, daqueles que se entusiasmam com um novo paciente, cuja história deixava-lhe ávido para saber e exercitar o senso crítico em busca, à medida que ia conhecendo os detalhes, de estabelecer um possível diagnóstico, de um conjunto de exames para subsidiá-lo ou excluí-lo e, por fim, de um tratamento apropriado a ser proposto.

Dizia: "Nenhum outro exercício profissional é tão exigente, criativo e desafiador. Além disso, ao final, é tão gratificante que as vitórias intelectuais são superiores em valor ao dinheiro resultante".

Mesmo já aposentado dessas práticas, como ele próprio dizia, ainda guardava esse prazer do raciocínio claro e da busca de uma solução para os enigmas, muitas vezes indecifráveis e desafiadores, que são as doenças, ameaçando a saúde e a vida.

"A luta constante do médico contra a doença e a favor do bem-estar é inigualável a qualquer outro bem material" – dizia.

Apreciava-a de maneira especial.

• • •

Passou a tarde do sábado dedicado a refletir sobre a vida, o passado e o presente, sem se ocupar com o futuro.

Ficou longo tempo em seu escritório, local preferido, lendo, ouvindo boa música, duas atividades que o elevavam a um nível acima da terra, quase no céu, como dizia sempre.

Os vidros que o separavam do bem cuidado jardim, que faceava a sua cadeira preferida, permitiam uma harmoniosa iluminação e proporcionavam vista agradável, som especial e sensação de conforto e prazer. Uma conjunção de todos os bons sentidos e sentimentos.

Então pensava: *como o homem pode ser infeliz vivendo momentos especiais se é capaz de criá-los e, sobretudo, valorizá-los.*

Depois de algum tempo nesse devaneio, foi à varanda para um encontro com Solange. Foi longo o tempo de conversas amenas e agradáveis. Sentados em confortáveis cadeiras, cercados de flores e dos aromas delas, recordaram viagens muito marcantes para ambos e acontecimentos de destaque, como quando Reinaldo, a contragosto, embora agradecido, recebeu medalha de honra ao mérito profissional, dada pela Câmara de Vereadores da cidade, com a aprovação absoluta e unânime dos vereadores.

Fez uma pequena pausa para ir em busca de alguns papéis nos quais escrevera agradecimentos para aquele momento que, embora não lhe tenha agradado, por ser um homem simples, o acalentara pelo reconhecimento nele implícito.

Delicada e carinhosamente, pediu a Solange que tivesse "paciência" para ouvir de novo trechos daquela alocução que ele fez quando daquela homenagem. Obteve não só a concordância em ouvir novamente, como também a grata lembrança daquele especial momento.

Então, ele, empostando a voz, como se estivesse mais uma vez naquele púlpito, leu pausada e atentamente o que tinha escrito para a ocasião.

> *Prezadas autoridades, prezados amigos, amigas, colegas,*
> *Uma homenagem como essa nos faz refletir sobre a vida. Ela nos conduz, obrigatoriamente, a uma autobiografia, a reflexões sobre o que passou e a expectativas sobre o que virá. Uma revisão sobre o passado e uma indagação sobre o futuro.*
> *Se, por um lado, receber essa medalha, que é um agradecimento por meu trabalho, me agrada, por outro, me faz pensar que fiz o que me pareceu correto e esperado. [...]*
> *Termino com palavras que, durante o meu tempo de "aposentado", para não ser ranzinza nem desocupado, escrevi, compondo um conjunto de textos, reflexões sobre a existência, sobre o trabalho, a fé e a esperança na vida.*
> *Ao agradecê-los por essa deferência, concedendo-me essa honraria, quero fazer esses...*
>
> *Agradecimentos*
> *Agradeço por tanto que tenho*
> *Pelo que não me foi dado*
> *Pelo que guardo e retenho*
> *Agradeço pelo que me foi tirado!*

Pelo que conquistei sou grato
Pelo conseguido tenho gratidão
Pelo que não foi de fato
Não há mágoas, mas compreensão.

Tenho mais do que preciso
Agradeço muito por isso
A gratidão por tudo é meu juízo.
Outras coisas? Não preciso disso.

Agradeço por ter profissão
Agradeço por trabalhar.
Sou grato por agir com retidão.
Agradecido pelo dom de cuidar.

Obrigado por poder curar
Agradecido por ter voz serena
Grato por saber amar
Agradecimento pela vida não pequena.

Agradecido por olhar com desvelo
Pela coragem, falta de medo
Gratidão por olhar e vê-lo.
Obrigado pelo diálogo cedo.

Obrigado, por tudo e por fim
Pelos ensinamentos seus
Obrigado pela vida dada assim
Agradecido pela fé em Deus!

Nesse momento de especial emoção, por essa homenagem, a minha gratidão!

Ao terminar, ambos tinham os olhos rasos d'água, pois as palavras dele foram um reviver de toda uma vida.

∙ ∙ ∙

Lembraram, com alegria, o que ocorrera na viagem de trem pelo interior da França. A composição que pegaram para ir até Lyon tinha duas partes não identificadas adequadamente.

Os cinco primeiros vagões iriam para o destino final, que eles almejavam, mas os últimos cinco seriam destacados do comboio logo à frente, em pequena e charmosa cidade medieval a quase 40 quilômetros do destino desejado. Sem a devida orientação, embarcaram em um dos últimos vagões. Só perceberam o equívoco quando, em rápida parada, a parte da frente rapidamente deslocou-se em direção a Lyon, deixando-os imóveis em destino que não era o programado. Ainda bem que malas e pertences pessoais estavam em compartimento à frente dos assentos em que se acomodaram. Não restando outra opção, desceram à procura de uma acomodação, após verem o encanto da pequena cidade rodeada por videiras que já faziam antever que por ali se produziam bons vinhos. Uma cidadela com características medievais.

Charmoso hotel, muito aconchegante, foi cuidadosamente escolhido com o intuito de criar clima capaz de minimizar o erro, ou o verdadeiro vexame que, combinaram, não contariam a ninguém quando retornassem, transformando aquela noite em inesquecível. Realmente foi o que ocorreu, pois, naquele momento, muitos anos depois, ainda lembravam-se, e com detalhes, do ocorrido.

Com temperatura amena, em torno dos 18 graus centígrados, foram, por indicação da recepção do hotel, a um restaurante no centro, onde comeram inesquecível *coq au vin* com vinho regional de ótima qualidade e sobremesa típica.

Ao chegarem ao restaurante, que ficava em frente a uma elegante praça de pequenas dimensões e de grande beleza, o simpático maître, observando o clima romântico e de alegria contagiante que reinava entre o casal, trouxe-lhes como brinde da casa duas taças de genuíno champagne, gentilmente precedido por cortês reverência e um sonoro e suave: "Bonne nuit, madame et monsieur. Sois le bienvenu".

Enquanto jantavam, um acordeonista de rosto róseo, corpo avantajado, grandes bigodes e boina à francesa cor de vinho, tocava *La vie en Rose* acompanhado ao violino por linda moça que tratava como se fosse sua esposa, mas que, na realidade, não parecia ser. Desfrutava dos encantamentos que ela possuía que, aliás, era motivo do mesmo sentimento de todos.

Caminharam pelas redondezas, região cercada por pequenos jardins cobertos de flores típicas da estação.

Exercitaram, novamente, sentimentos que os uniram ao longo de toda uma vida, que foram responsáveis por sustentar um relacionamento em alguns momentos conturbados pelas vicissitudes que o viver e a vida impõem mesmo sem serem desejadas ou esperadas.

Relembraram, naquele meio tão especial, entre plantas e flores, clima e ares, uma vida passada e a expectativa de um tempo que ainda haveriam de viver.

●●●

A conversa fluiu por longo tempo naquela tarde de brisa leve, os dois sentados em confortáveis cadeiras na varanda, repleta de plantas e flores que atraíam pássaros para cantar como se estivem fazendo, de fundo, uma canção para as reminiscências do casal. Alguns momentos às vezes eram visitados por uma suave garoa que, acompanhada de brisa leve, dava um frescor especial àquela tarde.

As mãos levemente tocavam-se a todo instante, e as lembranças vinham povoar os pensamentos para o reviver de bons momentos que tiveram na vida a dois.

Houve um pequeno silêncio e, em seguida, ela se lembrou de que não tendo filhos fizeram mais fortes as ligações entre eles, por não terem com quem dividir tanto e intenso amor. E com certo resquício de tristeza, ainda não totalmente resolvida, embora tenha tido a grandeza do perdão, a despeito dos anos passados, acrescentou:

— Mesmo quando os sentimentos foram abalados, eu, embora entristecida por seu quase abandono, não deixei jamais de te amar.

Ao dizer isso, virou-se discretamente para esconder os olhos vermelhos e umedecidos, sem, entretanto, descer pelo rosto lágrima alguma.

As lágrimas não caíram, mas rapidamente os lábios encarregaram-se de produzir um sorriso que todas as más lembranças esconderam.

Ele, nesse momento, fez uma observação com duplo sentido: de arrefecer os ânimos e dar descontração ao talvez único momento em que a incerteza tinha vindo bater-lhes à porta.

— Não tivemos filhos, é certo, mas tentamos bastante.

Reinaldo relembrou que já havia dito aquilo em outra ocasião, ao que Solange, com sutil mordida nos lábios e ainda persistente rubor, concordou também com malícia e graça.

Levantando-se, ela foi ao escritório do marido, de onde voltou com álbuns de fotos que retratavam, de certa forma, bons momentos da vida em comum.

Com carinho, viram as fotos dos tempos de namoro quando ainda muito jovens, ambos estudantes.

Havia fotos de uma viagem rápida que tinham feito em um fim de semana sem que os pais dela soubessem. Aquilo exigira uma desculpa tão bem dada que jamais fora descoberta. E, naquele momento, ele revelou, embora tardiamente, que os dele também nunca souberam da façanha.

Em outras fotos, podiam ser vistos sorrisos e semblantes que eram a expressão da felicidade. Eram os momentos registrados da formatura e do noivado que se seguiu, selando o desejo de união e a certeza de que a vida seria, como realmente foi, feliz.

Seguiram-se fotos de viagens ao exterior, sonhos de ambos desde a juventude, com registros de passagens por pontos turísticos de boa parte de países europeus e outros locais.

Ao identificarem a foto da Fontana di Trevi, não puderam deixar de lembrar que tinham almoçado em restaurante típico com massa igualmente original e bebido uma garrafa de vinho, cuja escolha, feita por Reinaldo, foi recriminada por Solange muito mais e exclusivamente pelo preço que pela qualidade, pois tratava-se de um *Amarone della Valpolicella* de 15 anos de idade. Um garoto para os homens, um homem feito e imponente para os enólogos, como disse o simpático garçom, que fez um verdadeiro cerimonial ao colocar a "preciosidade" no decanter, não sem antes filtrá-lo em um fino guardanapo de linho branco.

Fizeram um inesquecível brinde acompanhado por uma massa de ótima qualidade e tradição.

Lembraram, também, como fora lenta a caminhada pelas ruas atrás da fonte após aquele fausto almoço e aquele vinho especial.

Também havia fotos de uma viagem à Austrália, essa organizada por Solange, que sempre sonhara conhecer Sidney.

Viram fotos em que navegavam em um barco pela baía repleta de tubarões, fato que os australianos faziam questão de ressaltar e que Solange nem quis lembrar, visto a ansiedade e o pavor que a dominaram durante todo o percurso. Isso parecia mais uma forma de criar algo especial ao passeio do que apontar o que na realidade ocorria.

Reinaldo, entretanto, lembrou-a de que ainda assim ela não tinha deixado de observar e registrar em fotos e na mente o suntuoso Sydney Opera House que imponentemente adorna a baía.

Solange lembrou-se, ainda, de uma viagem especial que tinham feito à Toscana. Tinham visto, lembrou-se ela, antes de viajarem, o encantador filme *Sob o Sol da Toscana*, passado e filmado na região de Cortona, com especiais locações em Bramasole, pequenina e charmosa região montanhosa, onde viveu momentos românticos a personagem principal.

Na história romântica e dramática do filme, *Frances Mayes* (Diane Lane) é uma escritora que leva uma vida feliz em São Francisco, até que se divorcia do marido. Triste e deprimida, ela decide mudar radicalmente de vida e compra uma chácara na Toscana para descansar e poder terminar em paz seu novo texto. Porém, enquanto cuida da reforma da nova casa, acaba conhecendo um novo amor, reacendendo sua paixão.

Solange lembrou emocionada que tinham ido visitar a casa ainda intacta, reativando na memória aqueles bons momentos. Um dentre tantos que a vida lhes proporcionou.

E assim a tarde foi passando com aquelas lembranças que compuseram o longo caminho, que tinha sido, até então, a convivência, as dificuldades e os prazeres que juntos viveram.

● ● ●

Com sensível e forte emoção, lembraram-se da formatura de Josi. Ela cursara uma das mais tradicionais escolas de Direito do país. Formara-se com louvor, obtendo imediatamente após a formatura, igualmente com méritos, aprovação para o exercício da profissão.

Dedicada aos estudos como sempre fora, em parte por suas próprias características e de outra parte pelo compromisso feito com ela própria de dignificar a oportunidade que recebera de Solange e Reinaldo, com afinco começou a sua preparação para o magistrado. Já no primeiro exame realizado foi aprovada e assumiu como juíza de Direito em pequena localidade do interior.

Lembraram-se com forte emoção de seu discurso de formatura quando na presença dos familiares referiu-se a Reinaldo e Solange como "pais substitutos". A um, o seu biológico e verdadeiro pai, agradeceu a memória de tantos e edificantes exemplos, vindos de um homem simples de forte caráter e grande determinação. A ambos, Solange e Reinaldo, como aqueles que a escolheram como filha.

● ● ●

Final da tarde, um lanche servido para acalmar o estômago e acalentar o espírito enlevado por tantos e bons fatos revividos.

No início da noite, acomodados no conforto da sala de estar, longas e produtivas conversas estenderam-se até tarde, quando Reinaldo, manifestando cansaço e algum mal-estar, reconheceu a necessidade de repouso. Apareceu-lhe um desconforto na região do estômago, atribuído, por ele, a tantas lembranças, emoções e recordações que lhe tocaram a alma, confortaram-lhe o espírito, fizeram-no reviver bons momentos e recordar, instintivamente, outros não tão especiais.

Foi deitar-se, sentindo reconfortante bem-estar e alegria incontida pelo maravilhoso dia passado ao lado de Solange. Não pôde deixar de agradecer tudo que teve e tinha: o trabalho edificante, o amor construtivo, a vida bela.

A cama com lençóis cuidadosamente estendidos, travesseiros macios e fino edredom, que parecia acariciar a pele, era uma recepção elegante e auspiciosa para o corpo fisicamente cansado e o espírito confortavelmente elevado.

Esse dia não tinha sido, entretanto, muito diferente de outros ao longo de algumas décadas. Na mente, ainda inebriada pelo prazer daquele convívio tão intenso em dia memorável, ele tinha um só pensamento de agradecimento por ter tido vida tão especial: ter, com sabedoria, resolvido e contornado os problemas que lhe foram impostos pela vida e feito dela algo que, nesse momento, dava-lhe satisfação e conforto.

Amaram-se com vigor e carinho. O prazer do corpo elevado ao mais alto dos sentimentos. Foi a confirmação de um amor de tantos anos revigorado a cada dia.

Enlevado por tantos e bons momentos ao deitar-se, no silêncio da noite que incita a mente a flutuar por pensamentos e motiva os sentimentos a exacerbarem-se, Reinaldo deu a esse momento especial ilimitada margem de ideias.

Vinham-lhe claramente visões de tempos passados, de histórias vividas e das que não se concretizaram, num misto de alegria por aquelas e frustrações por essas.

Embora o sono quisesse, por vezes, com seu poder de embotar a mente e limitar o pensamento, roubar-lhe o raciocínio, não lhe era possível deter aquela avalanche de ideias que lhe brotavam incisivas com vontade própria de instaurarem-se, fortes e apelativas.

Como um roteiro em que se estabelece, e desde o início se apresenta, chamando a cada cena um novo cenário que suscita outro e esse ao próximo, incontroláveis, as lembranças apresentavam-se e clamavam por outras.

Uma sequência, às vezes não cronológica, de fatos vividos, passados ou simplesmente imaginados no clamor de outras situações similares conspurcava a lógica em favor da paixão ou dava tons de paixão ao que nem lógico poderia ser.

Algo o instava a continuar naquela sequência que o fazia pensar ser reminiscências, fatos que não mais lhe ocupavam os momentos da vida cotidiana, mas que a construção da personalidade e da pessoa tocavam-lhe à busca da reflexão.

Em alguns momentos, nesse leve torpor, podia ouvir a delicada e sutil respiração de Solange, que adormecera com um sorriso esboçado e mantido pelas boas lembranças da tarde.

Por que a infância, e os fatos nela vividos, misturavam-se a tempos da vida adulta, profissional, afetiva, amorosa, como que levando àquele turbilhão de raciocínios ora lógicos ora irreais e incompreensíveis?

Ao mesmo tempo em que tudo lhe parecia intocável e conturbador, vinha-lhe uma agradável sensação de bem-estar. Uma efetiva catarse.

Porém, qual era o significado dessa revisão de vida?

Não havia explicação real, mas lhe trazia bem-estar e alimentava o pensar, que lhe fluía leve, solto, incontrolável.

Não lhe pôde ficar sem as lembranças de um amor puro, ingênuo e sincero, da adolescência, que pelo fato de ter sido o primeiro, nem o único e menos ainda o último, deixou-lhe as marcas indeléveis que como tal incorporaram-se à alma e à vida de sempre.

Essa agradável sensação de leveza ocupou-o por um tempo que lhe pareceu maior do que realmente foi. Sentiu, a um só tempo, alegria, nostalgia e encanto.

Enebriado por essas doces lembranças, passou pelos agradáveis momentos de sua aprovação na faculdade de Medicina de seus sonhos. Pelas incontáveis noites de angústia e pela expectativa da mais temida prova, uma delas em especial, pois podia custar-lhe um ano a mais de faculdade, considerando que era uma recuperação de um malsucedido exame final.

Mas livrou-se rapidamente daquele pensamento-pesadelo ao recordar com encantamento o dia do inesquecível seminário de Psicologia, quando se encontrou com os olhos, os pensamentos, o corpo e a mente daquela com quem dividiria todas as suas conquistas e frustrações ao longo de muitos anos de vida em comum.

Então, foi levado a refletir sobre o amor que move as pessoas e as conduz para os mais diversos locais. Do paraíso ao purgatório, aquele quando o amor lhe sorri e o acalenta e esse quando ele o abandona, vira-lhe as costas em sinal de imediata partida, tendo como fruto o abandono. A tristeza e o desalento.

Refletiu sobre a profissão exercida com desvelo e carinho. Quanto bem lhe trouxe porque bem levou a tantas pessoas. Entretanto, como nem tudo é só bem ou mal, a vida assume também esse papel. Então, pensou ele, no silêncio que o acompanhava e nas reflexões que fazia: *Quantos decepcionei por não encontrarem o que de mim esperavam? Quantos procuravam acalanto, generosidade, esperança e essas não foram minhas melhores respostas? Mais ainda, foram quantos os que não me deixaram saber e eu não pude perceber essas frustradas situações?*

Mas fiz muito por pessoas e em condições nas quais elas necessitavam da minha condição de médico, amigo, confidente, sacerdote da paz e referência do bem.

Se eu tivesse que fazer muitas coisas que foram feitas, provavelmente as faria igual, consolou-se!

Em tudo há erros e acertos. Felizes daqueles que em momentos como esse, de profundas reflexões e necessárias revisões da vida, podem encontrar uma relevância do bem que foi feito sobre o que não foi realizado.

Refletiu, ainda, sobre a capacidade do perdão dado e o valor do perdão recebido. O agradecimento pelos dons com os quais somos agraciados, a compreensão pelo que não foi conseguido. O histrionismo, evitado e compreendido, que não acrescenta, mas diminui e prejudica. Benevolência, a bondade de ânimo, com os outros mais próximos e aqueles de quem a vida nos coloca no caminho para convívios fugazes ou perenes.

O torpor e a letargia impostos pelo sono iminente eram insuficientes para diminuir os pensares, mas, ao contrário, estimulavam o raciocínio em flagrante desacordo entre o momento e as ideias que, céleres, surgiam.

Teve tempo ainda antes que seus sentidos se arrefecessem por completo para uma reflexão: fui Homem e Médico. Entre o sucesso e o fracasso, o prazer e a decepção.

Livre pensar é acalento para a mente. Conforto para a alma. Deleite para o espírito.

● ● ●

Reinaldo adormeceu embalado por esses pensamentos que tinham o sentido de prece ao alto. A noite passou, e o sono, com seu poder reparador de energias, se fez por toda ela.

Pela manhã, ainda quieto, parecia dormir profundamente com semblante de conforto e paz, sem mudar de posição, coberto pelo edredom até a altura do peito, o braço direito levemente posto sobre a barriga enquanto o esquerdo repousava sob o travesseiro alvo e macio.

Solange, na sua prece matutina, só fez agradecer a vida que tinham construído juntos, as boas lembranças de fatos tão marcantes e o agradecimento também pelo que ocorrera de indesejado que ela soube entender como uma forma de fortalecer a relação de afeto entre eles. De aprendizado para a prática do perdão.

Não deixou, como sempre fazia, de beijar a face direita de Reinaldo, com um leve toque em seus cabelos grisalhos que, mesmo na cama, ainda mantinham-se alinhados e bem penteados.

Ainda ficou algum tempo a observá-lo, como uma prece constante contida nos lábios. Agradecida. Amorosa.

● ● ●

Levantou-se antes dele, como também era hábito, indo terminar a preparação do desjejum caprichosamente feito e considerando as preferências dele. Nada de sofisticação nesse momento, como havia sido em toda a sua vida. Mas, também como sempre fez, não deixou de preparar o suco de laranjas frescas, o pão deixado já em posição de ser aquecido para receber manteiga fresca e uma geleia. Café preto com pouco leite, sem açúcar. Acompanhamentos preferidos. Tradicionais.

Esperou por algum tempo, especialmente com o intuito de estender o merecido descanso dele por mais tempo.

Ele passara a vida toda levantando-se muito cedo para os cuidados e a higiene pessoal, para no café da manhã já estar de banho tomado, barba feita e impecavelmente vestido. Era uma forma de valorizar o seu dia, as pessoas com quem conviveria e receber bem apresentável o primeiro bom-dia de Solange.

Pronto para o trabalho. Agora podia descansar um pouco mais. Alongar o merecido repouso.

Ela cuidou das plantas, fez breve limpeza na cozinha e, então, decidiu despertá-lo para, juntos, como por muitos anos, fazerem a primeira refeição do dia.

Delicadamente, entrou no quarto e dirigiu-se à cama para acordá-lo com um beijo de bom-dia. Trazia consigo uma xícara de café fresco.

Ao tocá-lo, sentiu, assustada, um rosto frio e pálido. Inerte.

Ao observá-lo mais atentamente, não percebeu os movimentos respiratórios.

Não teve lágrimas para derramar, não teve energias para gritar nem clamar por socorro. Era um conjunto de emoções tão volumoso que mal lhe permitia respirar.

Entendeu, então, por que haviam passado o dia anterior da forma como ocorrera. Havia sido a despedida não programada, mas necessária, para encerrarem uma vida de união como aquela que tiveram.

Mentalmente, como que em prece e absoluto silêncio, lembrou-se do que ele dizia sobre a morte.

Ela faz parte da vida como sua sentença final, que extingue uma existência, iniciando outra e que, quando abruptamente ocorre, livra-nos dos sofrimentos e das dores. É uma bênção dos céus.

O dia estava claro, havia uma luminosidade especial. Uma brisa leve e suave fazia moverem-se levemente as folhas do jardim. Balançava com suaves movimentos as finas cortinas que recobriam as janelas. Na casa, um silêncio respeitoso se fazia. Apenas podia-se sentir, mais do que ouvir, a respiração ofegante de Solange. Um soluçar suave e pungente.

Da varanda vinha o canto dos pássaros que, ignorando a tristeza que se abatia naquele instante, cantavam alegremente. Uma comemoração da vida tão especial que aquele Homem Médico tinha vivido?

Solange, à beira do leito, inclinou-se para beijar-lhe a fronte fria e foi cuidar de tudo que era preciso.

Havia partido o homem, mas ainda viveria para sempre o médico, suas histórias, suas lembranças. Seu legado.

Então, dos olhos, uma profusão de lágrimas rolou e abundantemente desceu por seu rosto.

BIBLIOGRAFIA CONSULTADA, LEITURA RECOMENDADA

Para escrever este livro, além da criatividade de sua história, várias consultas e leituras foram necessárias. Para quem quiser ampliar esses pensamentos e estender esses horizontes, recomendo as leituras que fiz e as consultas que realizei.

ALVES, Rubem. *Sobre o tempo e a eternaIdade.* 9. ed. Campinas: Papirus, 2000.

ANDRADE, Carlos Drummond de. *Antologia Poética.* Rio de Janeiro: Record, 2001.

ANDRADE, Mário de. *Macunaíma, o herói sem nenhum caráter.* Rio de Janeiro: Agir, 2008. (Folha, Grandes Escritores).

ANGERAMI, Valdemar Augusto. *Espiritualidade e prática clínica.* São Paulo: Thomsom Learning, 2004.

ASSARÉ, Patativa do. *Cante aqui que eu canto lá.* 4. ed. São Paulo: Vozes, 1982.

AVEZUM Jr., Álvaro et al. Espiritualidade e fatores psicossociais em Medicina Cardiovascular. In: *Atualização da Diretriz de Prevenção Cardiovascular da Sociedade Brasileira de Cardiologia – 2019.* Arquivos Brasileiros de Cardiologia, 2019. 113(4),787-891.

AVEZUM Jr., Álvaro; BORBA, Mário; LANTIERI, Carla; MOREIRA, Dalmo; BEDIRIN, Ricardo. Enfermidade moral: como pensamentos e sentimentos influenciam a saúde cardiovascular. *Rev. Soc. Cardiol Estado de São Paulo*. 2020, 30(3), 425-30.

AVEZUM, Suzana Garcia Pacheco. *Avaliação da disposição para o perdão em pacientes com infarto agudo do miocárdio*. Universidade Santo Amaro – UNISA, 2018.

BÍBLIA Sagrada. Português. 81. ed. São Paulo: Edições Paulinas, 1980.

BINI, Edson. *A Ética a Nicômaco – Aristóteles*. São Paulo: Edipro, 2018.

BOBBIO, Marco. *O doente imaginado*. São Paulo: Bamboo Editorial, 2016.

BOFF, Leonardo. *Ética e moral:* a busca dos fundamentos. São Paulo: Vozes, 2004.

BRANDÃO, Ignácio de Loyola. *Veia bailarina*. São Paulo: Global Editora, 1997.

CHIDA, Yoichi; STEPTOE, Andrew; POWELL, Lynda H. Religiosity/spirituality and mortality. A systematic quantitative review. *Psychother Psychosom*, 78(2), p. 81-90, 2009.

CIPRIANI, A.; FURUKAWA, TA.; SALANTI, G.; CHAIMANI, A.; ATKINSON, LZ.; OGAWA, Y.; LEUCHT, S.; RUHE, HG.; TURNER, EH.; HIGGINS, JPT.; EGGER, M.; TAKESHIMA, N.; HAYASAKA, Y.; IMAI, H.; SHINOHARA, K.; TAJIKA, A.; IOANNIDIS, JPA.; GEDDES, JR. Comparative efficacy and acceptability of 21 antidepressant drugs for the acute treatment of adults with major depressive disorder: a systematic review and network meta-analysis. *Lancet*. 2018 Apr 7;391(10128):1357-1366. doi: 10.1016/S0140-6736(17)32802-7. Epub 2018 Feb 21.

CONSELHO Federal de Medicina. Código de Ética Médica – Resolução CFM de 22 de setembro de 2018.

CRONIN, Archibald Joseph. *A cidadela*. 22. ed. São Paulo: Livraria José Olympio Editora, 1968.

DENIS, Léon. *O problema do ser, do destino e da dor*. 32. ed. Brasil: Editora FEB, 2013.

EÇA, Matias Aires Ramos da Silva de. *Reflexões sobre a vaidade dos homens:* Discursos morais sobre os efeitos da vaidade. São Paulo: Edipro, 2011.

FERREIRA, Aurélio Buarque de Holanda. *Aurélio Século XXI – O dicionário da Língua Portuguesa*. Rio de Janeiro, Nova Fronteira, 1999.

FORCIEA, Bruce. *O código da cura*. São Paulo: Cultrix, 2007.

FRIEDMAN, Meyer; FRIEDLAND, Gerald W. *As dez maiores descobertas da Medicina*. São Paulo: Companhia das Letras, 1999.

FROMME, Erik; BILLINGS, Andrew. Care of the dying doctor: on the other end of the stethoscope. *JAMA*, 2003, 290, 248-255.

FURTADO, Mozart Regis. *Conjuntivo*. São Paulo: Nuvem Editorial, 2014.

GALLUS, S.; TAVANI, A.; LACCHIA, C.;. Pizza and risk of acute myocardial infarction. *European Journal of Clinical Nutrition*, 2004, 58, 1543–1546.

GASSET, José Ortega y. *Ideias e crenças*. São Paulo: Vide Editorial, 2018.

GILLUM, R.F.; KING, Dana E.; OBISESAN, Thomas O.; KOENIG, Harold G. Frequency of attendance at religious services and mortality in a U.S. National Cohort. *Ann Epidemiol*, 2008,18(2),124-9.

GLEISER, Marcelo. *A simples beleza do inesperado*. Rio de Janeiro: Record, 2016.

_____. *O caldeirão azul*: O universo, o homem e seu espírito. Rio de Janeiro: Record, 2019.

GOLDBOURT, U.; YAARI, S.; MEDALIE, J. H. Factors predictive of long--term coronary heart disease mortality among 10,059 male Israeli civil servants and municipal employees. A 23-year mortality follow-up in the Israeli Ischemic Heart Disease Study. *Cardiology*, 1993; 82(2-3); 100-21.

HARARI, Yuval Noah. *Homo Deus – Uma breve história do amanhã*. São Paulo: Companhia das Letras, 2015.

HAUY, Amini Boainain. *Gramática da Língua Portuguesa Padrão*. São Paulo: Edusp, 2014.

HETEM, Luiz Alberto. *A grande obra: como* identificar e o que deve fazer com o orgulho, a inveja, a raiva e a culpa. 1. ed. São Paulo: Figurati 2016.

KARAM, A; CLAGUE, J; MARSHALL, K; OLIVIER, J; Series FH. The view from above: faith and health. *Lancet*, 2015, 386(10005), 22-4.

KARDEC, Alan. *O Evangelho segundo o Espiritismo*. 40. ed. Brasília: Federação Espírita do Brasil (FEB), 1984.

KNOBEL, Elias; SILVA, Ana Lucia Martins da; ANDREOLI, Paola Bruno de Araújo. *Coração é emoção*. São Paulo: Atheneu, 2010.

KOENIG, Harold G.. *Medicina, religião e saúde – O encontro da ciência e da espiritualidade*. Porto Alegre: L&PM, 2012.

LABATUT, Benjamín. *Quando deixamos de entender o mundo*. São Paulo: Todavia, 2022.

LEAR, Martha Weinman. *Onde deixei meus óculos?* Rio de Janeiro: Sextante, 2008.

LI, Shanshan; STAMPFER, Meir J.; WILLIAMS, David R.; VANDERWEELE, Tyler J. Association of Religious Service Attendance With Mortality Among Women. *JAMA Intern Med*. 2016,176(6), 777-785.

LOBATO, José Bento Renato Monteiro. *Reinações de Narizinho*. São Paulo: Editora Nacional, 1931.

LUCCHETTI, Giancarlo; GRANERO, Alessandra Lamas; BASSI, Rodrigo Modena; LATORRACA, Rafael; PONTE NACIF, Salete Aparecida da. Espiritualidade na prática clínica: o que o clínico deve saber? *Rev Bras Clin Med*, 2010, 8(2),154-158.

LUZ, Protásio Lemos da. *Nem só de ciência se faz a cura*. 3. ed. São Paulo: Manole, 2019.

MARCONDES, Danilo. *Textos básicos de ética: de Platão a Foucault*. Rio de Janeiro: Zahar, 2007.

MARTIN, William Fergus. *Quatro passos para o perdão – Uma forma poderosa de liberdade, felicidade e sucesso*. USA: Findhorn Press, 2014.

MAY, Ross W.; SANCHEZ-GONZALEZ, Marcos A.; HAWKINS, Kirsten A.; BATCHELOR, Wayne B.; FINCHAM, Frank D. Effect of anger and trait forgiveness on cardiovascular risk in young adult females. *Am J Cardiol*. 2014 Jul 1, 114(1), 47-52.

MELEIRO, Alexandrina Maria Augusto da Silva. *O médico como paciente*. São Paulo: Lemos Editorial, 2001.

MORIGUCHI, Emilio Hideyuki et al. Espiritualidade e Fatores Psicossociais em Medicina Cardiovascular. in Atualização da Diretriz de Prevenção Cardiovascular da Sociedade Brasileira de Cardiologia – 2019, *Arq Bras Cardiol*, 2019, 113(4), 787-891.

MUKHERJEE, Siddhartha. *O imperador de todos os males*. 4. ed. São Paulo: Companhia das Letras, 2010.

NIETZSCHE, Friedrich. *Genealogia da moral*. São Paulo: Companhia de Bolso, 2009.

NOBRE, Fernando. *Superfícies profundidades*: Histórias Estórias Poesia. Paraná: Editora Viseu, 2021.

PATRONO, C. Low dose of Aspirin for prevention of atherothrombosis. *New England Journal of Medicine*, 2005, 353, 2373-2383.

PÉPIN, Charles. *As virtudes do fracasso*. 2. ed. São Paulo: Editora Estação da Liberdade, 2021.

PIRES, J. Herculano. *Concepção existencial de Deus*. São Paulo: Paideia, 1981.

POULSON, J. Bitter pills to swallow. *NEJM*, 1998, 338, 1844-1846.

PUCHALSKI, Christina M.; VITILLO, Robert; HULL, Sharon K.; RELLER, Nancy. Improving the spiritual dimension of whole person care: reaching national and international consensus. *J Palliat Med.*, 2014 Jun,17(6), 642-56.

RAMOS, Graciliano. *Vidas secas*. 159. ed. Rio de Janeiro: Record, 2019.

RODRIGUES, Nelson. *O casamento*. São Paulo: Companhia das Letras, 1993.

_____. *Vestido de noiva*. São Paulo: Folha, 2008.

ROSA, João Guimarães. *A terceira margem do rio*. Rio de Janeiro: Nova Aguilar, 1994, 409-413.

ROZANSKI, Alan; BAVISHI, Chirag; KUBZANSKY, Laura D. et al. Association of Optimism with Cardiovascular Events and All-Cause Mortality: A Systematic Review and Meta-analysis, *JAMA Net Open*, 2019 Sept 4;2(9):e1912200.

SARAMAGO, José. *As intermitências da morte*. Portugal: Porto Editora, 2005.

SCHMIDT, Eric; KISSINGER, Henry; HUTTENLOCHER, Daniel. *A Era da IA e nosso futuro como humanos*. Rio de Janeiro: Alta Cult, 2023.

STANLEY, L. L.; MAZIER, M. J. P.; SCOTIA, N. Potential Explanations for the French Paradox. *Science*, 1999, 19(1), 3-15.

TAILLE, Yves de la. *Moral e ética:* dimensões intelectuais e afetivas. São Paulo: ArtMed, 2006.

TURNER, Erick. Selective publications of antidepressant trials and its influence on apparent efficacy. *New England Journal of Medicine*, 2008.358:252-260.

VAILLANT, George E. *Fé – evidências científicas*. São Paulo: Manole, 2008.

WEELE, Tyler J. Vander; BALBONI, Tracy A.; KOH, Howard K. Health and spirituality. *JAMA*, 2017; Aug 8; 328(6); 519-520.

WIKIPEDIA. *Sherlock Homes and Dr. Joseph Bell*. Acesso em: 24 jul. 2023.

WORLD Medical Association. Declaration of Geneva [Physician's Oath]. In: REICH, Warren Thomas et al. *Encyclopedia of Bioethics*. University of Minnesota, Human Rights Library, 1995.

grupo novo século

Compartilhando propósitos e conectando pessoas

Visite nosso site e fique por dentro dos nossos lançamentos:
www.gruponovoseculo.com.br

‹ns

- facebook/novoseculoeditora
- @novoseculoeditora
- @NovoSeculo
- novo século editora

gruponovoseculo.com.br

Edição: 1ª
Fonte: Garamond